JN168258

さよなら、DV

穂美
Hinami

文芸社

もくじ

プロローグ――気づき

「まさかこんなことになるなんて……。信じられないよ」

私は暗闇の中で大きく目を見開き、声に出してつぶやいた。

明日は三番目の子供の入学式。

その前夜に、私は大変な事実に気付いたのである。

私の職業はソーシャルワーカーである。病院や福祉施設、相談機関などで、患者さんや利用者さん、そのご家族などからの相談に乗る仕事だ。今は育児休業中であるが、こういったことに関しては何度か研修を受けたことがあるし、普通の人よりも知識があると自負していた。だからまさか、自分がこんなことになるなんて、想像したこともなかった。

いや、それは嘘だ。思い返してみれば、今までにも何度か、疑問に思ったことはあったはずだ。何かおかしいのではないか。普通とは違うのではないか……。

でも「普通」という価値基準なんて、あってないようなものだし、自分がそれでいいなら、いいのだと思っていた。

いや、違う。それでいいなんて、思ってこなかったじゃないか。私はいつも、疑問を持っていた。けれどもそれを認めてしまったら、すべてが終わりになってしまうことも、心のどこかで知っていたから、今まで目を背けてきたのだ。でも、たった今、それに気付いた。

こうなると、もうどうしようもないのだった。先は見えている。本当に初めて思い付いたことなら、再考の余地はある。だが、ずっと心のどこかでわかっていながら気付かぬふりをしてきたことは、一度認めてしまうと、もう逃れようがないのだった。

「まさか自分がこんなことになるなんて、本当に信じられないよ」

私は大きなため息をついたあと、自分の気持ちを確認するように、もう一度声に出してつぶやいた。

子供たちは寝息を立てている。

一番上の子供だけは、息を殺して、私の独り言を聞いていたかもしれなかった。

第一章　決意

明日は三番目の子供、リョウの小学校入学式だ。夕食を早めに済ませ、二十時には寝るばかりにして、子供たちは全員リビングに集まっていた。一番上のナツミ、三番目のリョウ、四番目のアケミは一列に並んで座り、テレビを見ている。二番目のジュンだけは、その列から少し離れてトランプをいじっていた。好きなマジックの練習でもしているのだろう。末っ子のショウは、床に敷いたベビー布団の上でスヤスヤと気持ちよさそうに眠っていた。

「ねぇナツミ、明日、向こうのおばあちゃんも来るよね。あのＤＶＤ、そろそろ返してって言ってあるけど、明日忘れずに持ってきてもらえるようにメールしてくれる？」

私は夕食のあと片付けをしながら、テレビを見ている一番上の子に声をかけた。

「あ、そうだね。いいよー」

一番上の子が、手を濡らしている私のかわりに、私の携帯から義母にメールをした。返信はすぐにきた。

「あのＤＶＤは、この前パパに渡しましたよ。明日の入学式、楽しみです。おばあちゃんより」

え……？　そんなこと、一言も聞いてない。夫からも、義母からも……。

「ねぇナツミ、ＤＶＤ返したって言ってるよ、おばあちゃん。パパに渡したって。私が度忘れしているだけかな？　返してもらった覚えある？　ねぇ、ちょっとその辺、探してみてくれる？」

「え、うそ、返したって？　ちょっと待って、今見てみるから」

私と一番上の子は、慌てて思い当たるところを探してみた。ＤＶＤがしまってある棚の中、先日夫が実家からもらってきたお土産の袋の中、夫の書斎、ＣＤのしまってある引き出しの中……。

「ない……。ないよね……」

「うん。ないよー」

「えー……、なくなっちゃった？　あれ、大事なＤＶＤなのに……」

私は泣きたい気持ちで、何度も何度も同じところを探して回った。やっぱり、どこを探しても、ない。

そのＤＶＤは、私と子供の好きな女優さんが出ていたテレビドラマを録画したものだった。私の仕事内容に近いものをテーマにした内容だったから、親近感を覚えて、子供たちにも見せた。ちょうど一年ほど前のことだ。その話を義母にすると、

「ミミちゃんのお仕事を描いたものなら私も見てみたいわ」

などと言うものだから、貸したのだった。半分は私に義理立てして、興味のあるふりをしたのだと思っていた。

その後、そのＤＶＤを見たとも返すとも、うんともすんとも言ってこないため、半年ほど経った頃、

「あまり興味がなければ、そのまま返してくださってもいいですよ。お忙しいと思いますし……」

とやんわりと催促したところ、

「あ、見る見る」

と言うので、そのままにしてあった。

義母は、人から借りたものをいい加減に扱う人ではない。それは十年以上の付き合いで知っている。だから、遅くなったとしても、必ず返ってくるだろうと信頼はしていた。

それなのに、返す際に「ありがとう」の一言も、「息子に渡しておいたわよ」という連絡も、「遅くなってごめんなさいね」という謝りの言葉も、何もないなんて。しかも、こちらの手元に戻ってきていないと知った今でも、「ごめん」の一言もないとは……。

私は、落胆と、怒りと、悲しみと、いろんな感情がごちゃ混ぜになった気持ちで、家中を引っ掻き回し続けた。ああ、貸すのではなかったと、後悔の念に駆られながら。

もともと義母は、人の気持ちを思いやるタイプの人ではない。どんな時でも、自分が一番大事な人だ。でもだからといって、こういうことまでいい加減にする人ではないと、そこだけは信頼を置いてきた。

なんとなく……ではあるが、これは義母の無意識の意地悪なのかもしれないと思った。

表向きは「ミミちゃん、ミミちゃん」と私をとても可愛がってくれているように見えるが、要所要所で、ちくちくとこちらを傷付けるようなことを、言ったりしたりする。他人から見たら、それはただの冗談や、むしろ親しさの象徴であるように見えるだろう。だから、こちらも愚痴は言えないのだ。一言でも不満を漏らせば、逆に私がひねくれていじけた、意地の悪い嫁のように見えてしまう。ＤＶＤのことも、本人は全く悪気がないように振舞っている。だが、いつもはきちんとしているはずの義母が、今回に限って、こんないい加減な返し方をしてきた。私の仕事に関係するＤＶＤだから、最初から面白くなかったのか、それとも内容を見て、なんらかの対抗心を燃やしたのか……。

いずれにせよ、私は悲しくて悔しくて情けなくて泣きだしたい気持ちをこらえながら、家の中をあっちへこっちへと探し回っていた。

そんなところへ、夫が帰ってきた。

「ただいま〜。ねえミミ、こないだの袋の中に、入ってなかった？」

義母から連絡がいったのだろう。夫は帰るなり第一声、そう言った。なぜか上機嫌である。

「入ってなかったよ。今、もう一度、思い当たるところ全部探したけど、ないよ。だって、あなたもお義母さんも、そんなこと一言も言ってなかったじゃない」

私は泣きそうになって言った。

「おかしいな、車の中かな。今日車検に出しちゃったからな～。帰ってくるの明後日なんだよね。車検から帰ってきたら、もう一回見てみるからさ」

なんでそんなに笑っていられるの？　普通、人から物を預かってきたら、一言言わない？　自分がその一言を忘れたことで、私は大切にしていたＤＶＤをなくしてしまったかもしれないんだよ。それにさ、普通、こういう時は、「ごめん」って言わない？

夫の無神経な態度に、余計に悲しくなった私は、眉をしかめて言った。

「もしかして、間違って捨てちゃったかもしれないじゃない。何かに紛れて。一言言ってくれれば、注意して見ていたのに……。あれ、大事なＤＶＤだったんだよ……」

すると夫は、かっと目を見開き、地を這うような低い声で言った。

「なんだと……？」

そして次の瞬間、夫は突然大声で怒鳴った。

「俺が悪いっていうのかよ!!」

私はビクッとした。テレビを見ていたリョウが、わーっと声をあげて泣きだした。隣に座っていたアケミも、クスンクスンと鼻をすすりあげながら泣きだした。一番上のナツミは、こちらに背を向けたまま、身じろぎもせずテレビを見続けている。ジュンは、一人無言でトランプをいじっている。末っ子のショウは夫の大きな声に一瞬ぴくっとしたが、床に敷いたベビー布団の上で、そのまま眠り続けていた。

野獣のような恐ろしい目がかっと見開かれ、ぎらぎらとこちらを睨みつけている。あの目。何度見ても背筋がぞっとする、あの目……。

いつもなら、すぐに謝るところだった。私の言い方が悪かった、ごめんね、と。

でも今日は、私の中で何かがぷつんと切れた。

明日は入学式よ。それなのにどうして、私が少しも悪くないことで、しかも子供たちの前で、そんなふうに怒鳴りつけられなければならないの……？

噴火は一発で収まったようだった。大丈夫。この人をこれ以上責めなければ、こちらに危害を加えることはない。

私は長く息を吐いたあと、静かに言った。

「じゃあ、私が悪いの？」

「悪いだろう。なんだよ、その顔は。ひどすぎるだろう」

「じゃあ、あなたは少しも悪くないの？」

「そうだろう」

「そう……。少しも？」

「だとしたって、お前のその態度はないだろう。ひどすぎる」

ああ、そう……。

結婚してこの方、こういう時、私は一度もあなたに謝ってもらったことがない。あなたが悪い時でさえ、ただの一度も。

そして今日もそうなのね。

でも私、今日は絶対に謝らない。絶対に。

「何、そのＤＶＤ、なんていうの？　買ってくるから。題名言って。買ってくりゃいいんだろ？」

夫は吐き捨てるように言った。その自分勝手な、無神経な言い方が、よりいっそう私を虚しくさせた。

「そういうことを言ってるんじゃないの」

「じゃあ、どういうこと？」

夫はまた、不機嫌に言う。

もう、いいや。この先どうなろうと、もうどうでもいい。子供たちの身の安全と笑顔以外に、守りたいものなんて何一つない。

私はふっきれたような気持ちになり、独り言のように言った。

「あーあ、もういい。もうたくさん。いつもこうなの。私、疲れた……。今日は、この話はおしまいにしましょう。明日は入学式だから、私は子供たちと一緒にもう寝ます」

私は夫をその場に一人残し、末っ子を抱き上げると、まだ泣いている子供たちを連れて、二階の寝室へと上がっていった。

*

次の日は、三番目の子供の入学式。早起きをして、着物の着付けの準備をしなくてはならない。

一昨年から習い始めた着付けは、妊娠してからしばらく休んでしまってはいるが、なんとか一人で着付けられるくらいには上達していた。スーツにしようかとも思ったのだが、産後太りでどれも入らないし、新しく買いにいくには、お金も時間も余裕がない。そういうわけで、必然的に着物で行く羽目になった。このところ毎日着付けの練習をして、なんとか一人で着上げるところまではできる自信がついたが、何せ着付けには時間がかかる。

いつもより早く起きて、髪のセットだけは先に済ませ、子供たちにご飯を食べさせた。こういう時、自分は立ち食いだ。髪型をきれいに整え、パジャマ姿で歩きながら口をもぐもぐさせている自分の行動は、ものすごくちぐはぐだと思う。

七時半に夫を起こした。あまり早く起こしても機嫌が悪くなるし、なんの役にも立たないから、遅すぎず早すぎず、七時半。忙しい最中に自分で起こしにいくと、何度声をかけてもすぐにいびきをかき始める夫に嫌悪感を覚えるため、いつも子供たちに起こしにいかせていた。

夫が二階から下りてきた。ぼさぼさの頭で、目をこすりながら。きっと私の反応をうかがっているのだろう。私はいつもどおりのあいさつをする。

「おはようございます。ご飯食べますか？」

「ん……、もらう」

夫は心なしか気まずそうに言う。

「じゃあ、それ、チンして、納豆と卵で食べてください」

「ん」

忙しい日の朝の定番メニューは、納豆、生卵、前日の味噌汁の残りである。我が家の味噌汁は、汁よりも具のほうが多いのではないかというくらい、これでもかと野菜を入れる。そして、薄味だ。私の作る味噌汁をあまり好まない夫は、必然的に納豆&卵かけご飯だけの、偏ったメニューになる。本人がいいと言うのだから、最近は「バランス悪いから、お味噌汁も食べて」なんてしつこく勧めなくなった。

ニコチン依存症の夫は、朝食をとるよりもまず煙草を吸いに、ヨレヨレのTシャツと短パン姿のままで庭に出ていった。

六年生のナツミと四年生のジュンは、「いってきまーす！」と元気に学校へ出かけていった。

上の二人の子供たちと入れ替わりで、私の母がやってきた。母は我が家と道を一本挟んだ向かいの家に、一人で住んでいる。今日は、下の二人の子供の面倒を見るためと、昼頃にやってくる義母を迎え入れるため、留守番を頼んでいた。

「ねえ〜、パパとママ、仲直りした〜？」

私の母に、スーツに着替えるのを手伝ってもらいながら、今日主役の三番目の子が言う。

「う〜ん、そうねえ……」

私はそばで聞いている母の反応を気にしつつ、にっこり笑いながら、あいまいに答えた。

末っ子の授乳を済ませ、母に子供たちの相手をしてもらう間に、私は急いで着物を着付ける。あと三十分で家を出なければならない。焦ると余計にうまくいかない。

なんとか着上げて、にこにこ顔の三番目の子と、夫と、家を出た。末っ子を抱き上げた母と、大きく手を振る四番目の子に見送られながら、子供と手をつないで学校まで歩く。私たちはどのような親子に見えるだろう。パパは少々むすっとしているが、子供はママと手をつなぎ、にこにこして歩いている。多分間違いなく、幸せいっぱいの親子に見えるだろう。だが私は、子供に笑顔を向けながら考えていた。

入学式が終わったら、きちんと考えなければならない。これから先の、私たちのことを……。

入学式を終えて帰ってくると、義母が来ていた。上級生である上の子たちも、一足先に帰宅している。帰ってきた私たちを見るなり、義母が言った。

「ねえ〜、ＤＶＤなかった？　おかしいわね。たしかにあの袋の中に入れたわよね」

「ああ。車の中に落としたかもしれないって話してたんだけど」

夫が答えている。

「そうよね。メールもらってから、おかしいな～と思っていたのよ。そうよね、きっと車の中にあるわよね。だってたしかに、入れたものね、私たち」

「ああ、そうだよな。車が明日車検から帰ってくるから、もう一度よく見てみるわ」

二人はすでに車の中にあると決めてしまったらしく、一件落着というふうに納得し合っている。やはり、どうしても謝るということをしないのだ、この親子は。

私と一番上の子は、顔を見合わせた。同じことを考えているようだった。


その日の昼食は、両家のおばあちゃんたちと私たち七人家族の、計九人が我が家に集まり、店屋物のお寿司を囲んで三番目の子の入学を祝った。主役である子供はご機嫌で言う。

「昨日、パパとママけんかしちゃったんだよー。でも、もう仲直りしたんだよね。だって、今日仲よかったもんね」

私はにこにこして言う。

「そうねー」

「あらそうなのー。そういうこともあるわよねー」

母が適当な気休めを言っている。

お願い、もうそれ以上その話はしないで。私は心の中でつぶやいた。

その日の午後から、夫は出張の予定だった。正確に言えば、その日の午後に義母を実家まで送っていき、そのまま実家に一泊する。翌朝実家からカーディーラーへ、車検に出していた自家用車を受け取りに行き、会社で自家用車から作業車に乗り換えて、そのまま東北の出張先へ向かう、という予定だった。

夫と義母が出発してしまうと、私はホーッと息をついた。

本当は今日のうちに、

「あなたが怖いから、しばらく実家に泊まっていて」

と言うつもりだった。でも、なぜか私は言わなかった。勇気が出なくて言えなかったのではない。まだ言わないほうがいいような気がしたのだ。なんとなく。

夫の不在の間に、しておかなければならないことがたくさんあった。でも、今日はさすがに疲れている。明日の朝起きたら、ゆっくり考えることにしよう。今日はせっかくのお祝いの日だ。子供たちとの平穏な時間を、大切にしたかった。

*

その晩、子供たちを寝かしつけてから、私は暗闇の中で考えた。

夫がキレるのは、今に始まったことではない。結婚当初は、誰しもが「優しいね〜」と言ってくれる旦那さんだった。私も本当にそう思っていたし、今思い返しても、そうだったと思う。あの頃の彼はたしかに、私には優しかった。

でも、キレやすい人であったことも、また事実だった。付き合っている時は私にそんな一面を見せたことはなかったが、結婚して数か月後、妊娠してお腹の大きい私と一緒に、スーパー銭湯に行った時のことだ。入浴券を買おうと券売機に並んでいたところ、「おい、兄ちゃん、早くしろよ」と酔っぱらいのおじちゃんにからまれ、その場で喧嘩をしそうになった。私は「やめてよ」と申しわけ程度に夫の袖口を引っ張りつつ、そのおじちゃんから腹いせに私のお腹を殴られでもしたらと思うと、気が気ではなかった。その時は喧嘩に発展する前に銭湯から夫を引っ張りだし、大事にはならなかったが、夫が本気でヤクザのような口調で脅すのを、私はその時初めて見た。目が血走ってぎらぎら光り、感覚的に怖いと思った。だがそれが自分に向けられるようになるなんて、あの時は思いもしなかった。

結婚して数年経つと、年に数回、キレるようになった。大声を出して、あの時のヤクザ口調で私を脅しつける。

「なんだと?　てめぇ、こら。ふざけんな」

そうして、家の中の物を壊すようになった。テーブルをたたく、物干し竿を殴りつけてへし曲げる、扇風機を殴りつけて壊す、私のピアノを蹴りつける……。

そんなふうにされると、怖くて震えあがる反面、妙に頭の芯が冷めていく感覚になった。そして、安全なところからその光景を眺めている、もう一人の私が出現するのだ。その私はいつも、おかしくて笑いだしそうになっていた。

だって、おかしいじゃないか。大の大人が、声をひっくり返して、大声で怒鳴っているなんて。なんだと、てめえこのやろうって。カッコ悪い。まるで臆病な犬が、何もしない通行人に対して、血走った目でギャンギャン吠え立てているみたいだ。見苦しい。

そんな時は、私が謝れば済むことだった。何度か経験するうち、うまくやり過ごす術を身に付けた。なんでもいいから、謝っておけばいいのだ。そうすれば、いずれ嵐は過ぎ去る。

そうか、ごめんね。私のそういうところが気に入らなかったのね。嫌な思いをさせてごめんね……。

今まではそうしてきた。

でも、昨日、私は気付いてしまった。今まではそれでよかったかもしれない。でも、これからはきっとダメだ。

今までは暴力に発展しなかったからいい。でも、いつまでもそうだとは限らない。ああいうキレやすい人は、何かのきっかけで一度でも手を上げたら、あとは歯止めがきかなくなるような気がした。それに、これからは子供たちももっと難しい年頃になっていく。私だけではない。子供たちも、手を上げられるかもしれない。一度でも手を上げたら、それだけでは済まなくなる。絶対に……。

そう考えだしたら、その想像は当たっているように思えた。

夫は、今までに何度も自動車事故を起こしている。スピード違反で何度も捕まっている。免停を二回もくらっている。でも、一向に反省しない。大丈夫、まだ点数は残っているから。いつもそんな言い方をする。

自分がキレる時だって、いつも言う。「お前がそうさせるんだろう」って。

ああいう人は、絶対に反省なんかしないのだ。いつだって周りが悪い。そうさせる相手が悪い、そうなってしまった状況が悪い、自分は悪くない。

そして今回、入学式前日なのにキレた。恐れていることが現実になるのは、時間の問題かもしれない。

夫のいない間に、こういうケースが暴力に発展することはあるのかどうか、しかるべき機関に相談してみよう。

不安の源は突き止めたが、その夜は、当然よく眠れるはずもなかった。

*

入学式の次の日、三番目の子供は「ただいま〜」と元気に学校から帰ってきた。私の決意をよそに、楽しそうに学校のことをあれやこれやと報告する。

よかった。一昨日の夜のことは、さほど気にしてはいないようだ。

夕食時、私は子供たちにもう一度聞いてみた。

「ねえ。ママはパパのことが怖いんだ。しばらくおばあちゃんちに泊まってくださいって、メールしてもいいかなあ」

一番上の子が言う。

「いいんじゃない」

二番目、三番目、四番目の子供たちも、口々に言う。

「うん、いいよね」

「うん、それがいい」

その反応は、正直意外だった。二日経って、子供たちの気持ちも少しは変わり、淋しいから嫌だと言いだすのではないかと思っていたが、案外そうでもないらしい。

私のほうが心配になり、何度もしつこく確認した。

「ねえ、あなたたち、本当にそれでいいの？　淋しくない？　大丈夫？」

子供たちは口々に言う。

「えー、だって、いなくてもいつもと同じじゃん」

「そりゃ、ちょっとは淋しいかもしれないけど……」

「えー、淋しくない。大丈夫」

「いないほうがいいー」

あ、そう……。


一昨日の夜、子供たちと一緒に寝室に引きあげた私は、半分は独り言のように、子供たちに向かって言った。

「決めた。ママ、今回は絶対に謝らない。いつもいつもママが謝ってきたけど、今回は、絶っ対に、謝らないよ」

すると、一番上の子が言った。

「もう、離婚しちゃえば。あんな人」

……え？　あなた、今、なんて言った？

その場の勢いで言っているのかもしれない。私は問い返した。

「え？　離婚……していいの？」

「すれば？」

「え、本当に？」

「本当に」

時が経てば変わる気持ちかもしれない。でもその言葉は、私を長年の呪縛から解放する、魔法の呪文だった。私は、子供たちの気持ちが結論に向けて急がないように、少し引き戻す意味も込めて言った。

「本当に離婚するかどうかは置いといて、これからのことをきちんと考えるために、ママ、少しパパと距離を置いてみようかな。一緒に住んでいたんじゃ、本当の気持ちもわからないし、ましてや離婚の話なんかできないもん。離婚なんて一言でも言ったら、きっとさっきみたいにキレちゃう」

うん、うん、と子供たちは頷いている。

「じゃあさ、ちょうどパパ明日から出張だから、出張が終わっても、そのままおばあちゃんちに泊まっていてくださいって、言ってみようか」

うん、うん。子供たちは頷く。

「本当にいいい？」

「うん、いいんじゃない」

一番上の子は、変わらず冷ややかな調子で言う。二番目と三番目の子も、「うん、それでいい」と同調する。

私は小さな子にもわかるように、噛み砕いて説明した。

「あのね、離婚ていうのは、パパとママがお別れすること。子供たちは、パパかママか、どちらかと一緒に暮らすの。だからね、ママと一緒に暮らすとしたら、パパとは一緒に暮らせないの。パパと暮らすなら、ママと一緒には暮らせないの」

「えー、ママがいい」

四番目のアケミが即座にそう言った。

「本当？　ママと一緒にいてくれる？」

「うん！」

アケミはにこにことしながら答える。

「じゃあ、パパとは暮らせなくても、それでいい？」

「うん、ママがいいー」

ほかの子たちも、誰も嫌だとは言わない。私に気を遣っているという可能性を考えても、離婚という選択肢を真面目に検討しても、罰は当たらなさそうである。

言いだしっぺが私ではないということが、私を守る言いわけとなった。

*

今夜夫は、東北の出張先に到着しているはずである。しばらく帰ってこないで欲しいと告げて仮にキレたとしても、すぐにここまでは戻ってこられない。私たちは安全だ。

夕食のあと、意を決して夫にメールを打った。送信ボタンを押すことは、なかなかできなかった。子供たちに何度も何度も「いい？　いい？」と確認し、最後は目をつぶって、えいっと送信ボタンを押した。

「私も子供たちも、あなたのことが怖いので、申しわけありませんが、しばらく実家に泊まってください。」

すぐに返信がきた。

「なぜ？」

なぜはないだろう。理由を書いているではないか。ここで電話をすると、数時間コースだ。返信しようかどうか迷っていると、一分も経たないうちに、夫から電話がきた。

「やだ、どうしよう、どうしよう。電話きた。出る？　出るしかないよね。出なかったらもっと大変なことになるもんね」

　誰にともなく言いながら、私はドキドキ、ズキズキする胸を押さえて、電話に出た。

「もしもし……」

「なんで？」

　おお。あのヤクザのような怖い声だ。

「だから、私も子供たちもあなたが怖いので」

「だから、なんで？」

「なんでって……。だから、先のことをきちんと冷静に考えたいので、しばらく離れたいんです。実家に泊まっていてもらえませんか」

　夫はドスのきいたヤクザな声で、唸るように言った。

「テメエは、卑怯だな。俺が母親嫌いだってこと、知ってんじゃねえか」

　卑怯、ですか……？　実家に泊まってと言うことが？

いつもの脅し口調も、電話を通すとそんなに怖くなかった。それに、夫がいくら脅したところで、今日は安全だ。

「そんなこと言っても、仕方ないじゃないですか。こういう状況じゃあ。実家が嫌だったら、いつものように会社に泊まったらどうですか？」

私は夫の脅しには動じず、冷静に切り返した。

夫は相方さんと二人で数年前に測量会社を興し、古い平屋の一軒家を借りて事務所として使っている。風呂、台所は当然最初から完備、それに加えて夫と相方さんは、冷蔵庫や洗濯機、布団や炊飯器まで持ち込み、快適に泊まり込めるようにしている。朝早い仕事のある日の前日など、夫は普段から月に数回は会社に泊まっていたから、私にそう言われたところで、特段困ることもないはずだった。

「だから、卑怯だって言ってんだよ。俺のいない間に、そんな結論出してよ～」

夫は私の言葉には答えずに、的外れな返答をしてきた。どうも卑怯という言い方が好きらしい。そんなヤクザのような声を出したって、私は安全だ。

「結論ではないでしょう。結論を出すために考えたいから、離れて生活したいって、言っているんです。それにあなたが家にいたんじゃ、私たちだって、本音を言えないでしょう」

「だから、そういうのが卑怯なんだよ。俺のいないところで子供たちを丸め込んでよ～」

「じゃあ、子供たちと直接話しますか？」

私が言うと、夫の勢いは急に弱まる。

「え……。あ……、あぁ、いいよ」

一番上の子に電話をかわったが、予想どおり、九割は夫がしゃべっている。子供は相槌を打つだけで、ほとんど自分の意見を言っていない。たまに子供がしゃべっていると思うと、夫の機嫌を損ねないように、気を遣い、ものすごく遠まわしな言い方をしている。

「だからー、嫌いとか言ってるんじゃなくてー、不安なんだ。そうそう。うんうん」

その様子を見て、私はだんだんイライラしてきた。これじゃあ、子供があなたの話を聞いてあげてるんじゃないの。普通、逆でしょう。親が、子供の意見を聞くんでしょう、普通。

二十一時になった。きりがないので、子供から電話を取り返し、「遅くなるからまた明日」と、尻切れトンボのまま電話を切った。

予想どおりの反応だった。わかってはいたけれど。予想外のことは何一つないけれど……。

ああ、これからどうしよう。

*

夫　その1

なんだよ、あいつ。ふざけんなよ。

なんなんだよ、突然。帰ってくるなってよ。

いつもの夫婦喧嘩じゃねえか。昨日は普通にしてたじゃねえか。ふざけるのもいい加減にしろよ。

畜生。馬鹿にしやがって。実家に帰れだ？　俺が母親を嫌ってるって知ってて、ああいうことを言いやがる。本当に卑怯な女だ。

何が気に入らないんだ。一昨日だって、たかがＤＶＤで、なんであんなに怒るんだよ。車の中探したけど、見つからないんだよな。でも俺がなくしたって決まったわけじゃねえだろう。俺は母親から預かっただけだ。そんなに大事なＤＶＤなら貸すなよ。てゆーかケチ臭いんだよ。録画したＤＶＤなんかで、うだうだ言ってんじゃねえよ。買ってくるって言ってんだろう。てゆーか、俺よりＤＶＤのほうが大事なのかよ。

俺は文句一つ言わずに家事をやってるじゃねえか。俺の周りで俺ほど家事をやってるやつはいないぞ。みんなにすげぇすげぇって言われてるぞ。

それにあいつ、いつも俺が帰ると、さっさと寝ちゃってるじゃねえか。新婚当初からそうだ。違うだろう、普通。俺の友達の奥さんは、どんなに遅くなっても、寝ないで待ってるって言ってたぞ。

でも、なんで今回、急に帰ってくるななんて言いだしてんだ？　何か、俺、そんなに怒らせるようなことしたか？　まぁ、でかい声出すのはたまにあるけど、手も上げてねぇし、今回は物だって壊してないぞ。

だからあいつはよくわかんねえんだよな。なんで出てけとか言われなきゃなんないんだよ。

まあ、そのうち機嫌も直るだろう。何日かすりゃあ、帰ってこいって言うはずだ。いつもそうだから。

あー、しかしムカつくな。イライラさせんじゃねえよ。俺明日から仕事だぞ。こんなんじゃ、眠れやしない。本当に面倒くせえ女だな。

＊

翌日は土曜日。

新学期が始まって最初の数週間、母親は何かと忙しい。朝の集団登校があり、クラス替えがあり、給食はまだ始まらず、家庭訪問、授業参観、保護者会……。今年度の地区副班長を引き受け、朝の集団登校で児童の一団を学校に送り届ける役割になっていた私は、最初の一週間がさらに忙しかった。そのうえ今年は、三番目の子が新一年生だ。入学式後に一日だけ通い、二日間休む。今年のカレンダーは、そんな私にとってベストなペース配分のように思われた。しかも、離婚騒動が浮上したとなると、なおさらだ。

しかし、朝目覚めてから気が付いた。土曜日ということは、官公庁は休み、すなわち、公の相談機関はすべて休みということだ。

昨日一日ぼんやりと過ごしたことを、今さらながらに後悔した。しかし昨日は私にとって、夫に決別のメールを送るための、心の準備期間だった。今までの結婚生活を何度も何度も思い返し、さてこれからどうしよう、本当に離婚を考えていいのか、こんなことぐらいどこの夫婦にもあることじゃないのか、こんなことぐらいで離婚しようなんて私のわがままなんじゃないか、いや、でもこのままの生活を続けていくことなんてもうできない……。そんなことを延々と考え続けていた。それでもやはり、別れることを前提に考えてみよう。そこに立ってみたら見えてくるものがあるかもしれない。そんなふうに思えたのは、昨日という一日があったからこそだ。

とはいえ、この土日を無駄に過ごしたくはなかった。夫だって、いつまでおとなしく出ていったままでいてくれるか、わかったものじゃない。

子供たちが朝食をとっている間に、私は末っ子を抱いて授乳しながら、市役所から無料で配られる『市民のためのなんでもＢＯＯＫ』をぱらぱらとめくってみた。

えーと、子育て、生活、障害、介護……。

今まで気付かずに過ごしてきた大馬鹿者とはいえ、私も一応は相談員である。こういう時に、どこに相談したらいいか、だいたいのことは知っているつもりだ。

心の健康、法律相談、えーと。

女性相談。あった、これだ！

相談機関の連絡先はいくつか載っていた。予想どおり、受け付けは平日の九時から十七時というのが基本であったが、二十四時間三百六十五日電話相談可能、というところが、一つだけあった。

やっぱり……。

夫や恋人などからの暴力は、当然のことながら、平日限定で行われるものではない。緊急に相談したり駆け込んだりできる場所があるのを、私は知識としては持っていた。

ふと気付くと、子供たちは粗方食事を終え、くだらない喧嘩を始めている。

「こらー、食べ終わったなら、さっさとごちそうさましなさい！　食器、自分で下げて」

私は末っ子をベビー布団に寝かせ、授乳で乱れた服装を整えると、今調べた電話番号に少しでも早く電話をしてみようと、猛スピードで朝食のあと片付けを始めた。

*

県が設置する二十四時間対応の相談センターに電話をすると、三コールですぐに出た。

「もしもし、あの、すみません……。ちょっと、気になることがあって、あの一般論でいいので、教えていただけませんか？」

電話に出たのは中年くらいと思われる、はきはきとした感じの女性の声だった。

「一般論というのは、どういう？　あなたのこと？」

「あ、はい、でもあの、すぐにどうこうというのではなくて、ちょっと気になることがあって……」

「ええ、どうぞ」

私は、どこから話していいのかわからなかったが、とにかく思いつくままに話してみることにした。

「ええと、あの、今までは夫から手を上げられたことはなくても、これから先、暴力に発展することはあるんですか？　たとえば、年に何回かヤクザ口調で脅されたり、物を壊されたりするんですけど」

これではあまりに抽象的すぎてわかりにくいか。

「ええと、たとえば先日のことですが、義母にＤＶＤを貸していて、それを返して欲しいと言ったら、すでに夫に返してあると言われたんです。それで、帰ってきた夫に聞いても、すぐに見つからなかったんです。ちょうど車を車検に出していて、その中に落ちているかもしれないという話になって。でもそのＤＶＤ、私と子供にとっては大事なものだったんです。だから私が、顔をゆがめて、あのＤＶＤは大事なものだったのにって言ったら、突然『俺が悪いのかよ』って怒りだして……」

「それは、あなたに関する相談と理解していいわけね?」

相談員は再度確認する。

「はい……」

私は、一般論として相談するのをやめた。どうやら、こんな程度でも、詳しい話を聞いてもらっていいみたいだ。


「今回夫がキレたのは、入学式の前日だったんです。夫がキレた瞬間に、入学式を控えた子供がわっと泣きだしてしまって。あとで聞いたらほかの子も、こっそり泣いていたそうなんです。入学式前日だっていうのに、あんなにくだらないことで、あんなふうに怒りだして」

「それは、まったく怒るようなことではないわね。ましてや怒鳴るようなことでもない」

相談員は冷ややかに言った。私はその言葉と態度から、私の言い分を擁護してもらえたような気がしてホッとした。すると、言葉が次から次へと口をついて出てきた。

「そうですよね! それなのに、夫は言うんです。お前のその態度がひどいって。顔をゆがめたその顔がひどすぎるって。でも私、怒ってそういう顔をしたんじゃないんです。悲しかったんです。大事なＤＶＤなのに、夫も義母も、貸してくれてありがとうもなければ、謝ることもしない。それなのに、悲しい顔をすることすら、許されないなんて」

私は話し始めると勢いがついて、一気にそこまでしゃべった。そしてふと我に返った。そうだ、筋道立てて話さなければ。

「今回だけじゃなくて、こういうことがたまに起こるんです。年に何回か……。直接手を上げられるわけではないんですが、ヤクザ口調で脅されたり、物を壊されることもあります。たとえば、物干し竿を殴って曲げてしまったり、扇風機を壊したり、ピアノを蹴ったり」

「あと、お皿もガチャンてやったよ！」

そばで聞いていた三番目の子供が、口を出す。

「そうそう、お皿を割ったか、乱暴に扱ったか、そんなこともあったような気がしますね。私はあんまり覚えてないんですけど」

子供のほうがよく覚えているのか。私は苦笑しながら続けた。

「それに、今回夫がキレたのは、入学式前日です。いつもと違う特別な日の前日です。それなのに、あんなことでキレてしまった。今までは暴力にはなりませんでしたが、ふと、これから先、何かのきっかけで暴力に発展することがあるんじゃないかと怖くなって、今日お電話したんです。ああいう人たちは、一度手を上げたら歯止めがきかなくなって、どんどんエスカレートしてしまうんじゃないかと、すごく怖くなったんです。今は暴力に発展していないからいいけど、暴力が振るわれたらもう最後なんじゃないか、もしそうなってしまったら、私は一人で子供たちを守りきれないんじゃないかって……」

やっと結論にたどり着いた。そう、私は今日このことが知りたかったのだ。何かをきっかけに、暴力が始まることが、あるのかどうかを。

「それはもちろんありますね。というより、あなた、今の段階で、もう立派なＤＶ（ドメスティック・バイオレンス）ですよ」

相談員は、さっきと同じように、冷ややかに言った。

「え……?」

「それに、お子さんの前でもそういうことをするんでしょう？　子供の前でそんな大きな声を出して、そんな態度をとるなんて、立派な児童虐待ですよ」

「え……？」

私は一体、今まで何をしていたのだろう。

今の段階で完全にＤＶ。子供の前でそんな姿を見せるなんて、児童虐待……。

今まで私は、人を見る目、真実を見抜く目だけは間違いないと、自負してきた。それなのに、自分の身に降りかかっていることを、自覚すらしていなかったなんて。

しかし、認めるしかなかった。私の目は節穴だったということを。今ここで目を背けたら、もっとひどいことになる。

「そうですか……。あの、それで、もし今日お電話をして、暴力に発展する恐れがあると告げられたら、先のことをきちんと考えようと思っていました。あの、離婚も考えようかと」

「そうね。その選択も、間違っていないと思うわよ」

相談員は淀みなくきっぱりと言った。


私はびっくりしてしまった。正直、意外だったのだ。きっと、急いで結論を出すなとか、旦那さんにも言い分があるだろうとか、少しくらいはクールダウンさせるようなことを言うだろうと予想していたのだ。それが、離婚を支持するようなことを言われてしまった。だがこれをきっかけに、私の頭はむしろスーッと冷めていった。ああ、そういうことなのだ。これは感情論でもなんでもない。客観的に見て、離婚してしかるべき状態なのだと。


「でもね、離婚するといっても、そう簡単なことではないと思うしね。生活していくのに、お仕事もしなければならないし、女手一つで子供を育てていくのは、やっぱり大変だし」

「あの、仕事は、今育休中で、一応戻れることにはなっています」

「そう、それならその点は安心ね。お子さんは、何人？」

「あの、五人いるんです」

「あら、そんなに？　大丈夫？　それは望んだ子供なの？」

ＤＶでは、望まない性行為を強要されることもある。望まない子なら、一人親になって大変な思いをするうちに、虐待に発展することもある、ということなのだろう。相談員は心配そうに聞いた。

「あの、それは大丈夫です。むしろ、私が欲しいと望んだんです」

それは本当だった。私がそう答えると、相談員ははきはきとした態度をふっと緩めて、包み込むような温かさで言った。

「そう。あなた、子供が好きなのね」

「はい！　大好きなんです。可愛いんです」

私は嬉しくなって素直に答えた。

「そう、それなら、頑張れるわね。でも、あなたはまだ、これがＤＶであると気付いたばかり。やっとスタート地点に立ったところね。だから、これからもっともっと、ＤＶについて勉強する必要があるわね。たとえば、ＤＶについての本を読んでみるのもいいと思うわ」

「それは大丈夫です。私、相談員の仕事をしていて」と言葉にしかけて私はやめた。何を言おうとしているのだ。私はついさっきまで、これがＤＶであると気付いてすらいなかったではないか。

「はい。わかりました」

私は素直に言った。

「それから、市役所でやっている女性相談、そこにも行ってみて、相談履歴を残しておくといいと思うわ。ほかにも、女性センターとか、相談を受けているところはたくさんあるから、とにかくいろいろなところで相談してみることね」

「わかりました。ありがとうございます」

相談員と話していると、一番上の子が私のそばに寄ってきて、腕を引っ張った。

「電話、かわって」

電話をかわると、子供は言った。

「あの、お母さんがお父さんにまた同じようなことをされたら、どうしたらいいですか？

私にできることはありますか？」

私の胸が、ギュウと痛んだ。この子も傷付いていたのか。

いつも私たち夫婦を冷めた目で観察しているだけかと思っていたが、本当は胸を痛めていたのだ。私を心配していたのだ。

きっとほかの子供たちも傷付いている。

しばらく話したあと、子供は受話器を私に戻してきた。

「けなげね。お母さんのことを心配して……」

「はい、そうなんです。本当にいい子たちなんです」

私は謙遜せずに言った。本当にそう思っていた。

「でも、夫は出張や会社に泊まることが多いんですが、夫が帰ってくる日になると、私はなんだかイライラして、つい子供への当たりもきつくなってしまうんです。こんなことで怒らなくていいと思うようなことで、ひどく怒ってしまって。そういうのも本当によくないとはわかっているんですけど」

私が懺悔するように言うと、相談員はすかさず言った。

「あなた、もうすでに身体症状が出ているんじゃない」

身体症状？

ああ、これがそうなのか。どうして今まで気付かなかったのだろう。クライエント（来談者）には偉そうに説明してきたのに……。

人は、精神的な負荷がかかると、どこも悪くなくても、身体の不調を訴えることがある。たとえば、学校や会社に行きたくないと思っていると、本当に頭やお腹が痛くなったり、下痢をしてしまったりする。決して仮病ではないのだけれど、病気というわけでもない。そういう現象を、身体症状という。

たしかに夫が帰ってくる日は、どうにもこうにも身体が重くてだるくて、頭が痛かった。身体を引きずるようにして動き、ひどい時には寝込んでしまう。そうか、妙にイライラするのも、身体症状のうちだったのか。

可愛いはずの子供にきつく当たってしまうことで、自分をずっと責め続けてきた私は、また一つ肩の荷が下りた気がした。本当だ。気付いてみれば、夫が帰ってこないとわかっている日は、こんなにも身体が軽い。イライラしない。

そしてそのことに気付いてしまったら、やはりもう元には戻れない。

電話を切ったあと、どんなことを話したのかと聞くと、一番上の子供は言った。
「もし、次に同じようなことがあったら、警察に電話すればいいって、言ってた」
「そう。そうなんだね。ママも、今までそう思ってきたんだよ。パパが怖い時、一度でも殴られたら、すぐに警察を呼ぼうって、決めてたんだよ。いつでも電話できるように心の準備をして、パパと話してたんだよ。それで正解だったんだね。警察を呼んでいいんだね」

「うん。そう言ってた」

「そう……。心配してくれてありがとう」

「ううん。どういたしまして」

*

朝十時、洗濯をして、掃除をしてと、家の中を動き回っていると、夫から電話がかかってきた。

「あのさ、アパート借りるってのはどう？」

夫はおちゃらけた調子で、軽く言った。私はその態度にムカッとした。この人は何もわかっていない。私は冷たく言った。

「それでは、あなたは自由で楽しくなるでしょうけれど、問題の解決にはならないでしょう。そんなことをするくらいならすっぱり離婚しましょう。今新たにアパートを構える経済的余裕なんて、うちにはない。これから子供たちにはもっともっとお金がかかるようになるのよ。それなのに、アパートを借りるだなんて、そんなところにお金は使えない。それならば、すぐにでも離婚しましょう」

私が夫の話に乗らなかったので、夫は不機嫌になって言った。

「なんだよ、それ」

夫が不機嫌な声を出しても、私は動じなかった。さっき電話相談で、離婚という選択肢が早まった結論でないということを確認してあったおかげで、私は躊躇せず離婚という言葉を口にすることができた。言ってみたあとも、特に後悔の念は湧いてこない。今まで夫の前でいっさい「離婚」ということを口にしなかった私が、平然とそれを言ったことで、夫は少なからず動揺したようだった。彼は作戦を変えてきた。

「いや、あのさ、昨日あの電話のあと、俺もいろいろ考えたんだよ。昨日ほとんど眠れなかったんだ」

彼はさも悩みぬいたというふうに言う。あ、そう。眠れないのが当然だと思うけど。あんな話のあとでガーガー熟睡されたら、それもどうかと思うわ。そんなの、こっちだって状況は同じだ。おまけにこちらは乳飲み子を抱えている。普段だって、一晩に三回も四回も、授乳のために起きている。常に熟睡なんてできていない。私は興味なさそうに、「ふぅん」と答えた。

私の反応が変わらないことに、夫はまたも動揺したようだった。私を諭すように、良識ある夫を装って続けた。

「それでさ、一つ気付いたことがあるんだよ。今までも、俺がああいうふうになること、あっただろう?」

「え? どういうこと? テメェ、ふざけんなよ、このやろうって、ヤクザみたいになること?」

「そうそう。ああいうふうになるのってさ、そういえば、お前のほうからそうなったことは、一度もなかったなってことに気付いたの」

「ああ、そう」

その言い方は、私もヤクザ口調で応じているように聞こえる。でも私は今まで、一度だってあなたにそんな態度をとったことはありません。

「な？」

「そう。それで？」

夫は私が、「よく気付いてくれたわね。私はそのことに気付いて欲しかったのよ」なんて感動して言うとでも思ったのだろうか。そして、「俺も悪かったよ。今度から気を付けるから」なんて結末を想像していたのだろうか。

夫は無言で私の言葉を待っている。夫がどんな回答を期待していたのかは知らないが、私は夫の言葉になんの感慨も持たなかったので、無感動に言った。

「だから、それで？」

夫は言葉に窮している。

「あの、私まだこれからやることがたくさんあるの。悪いけど、切らせてもらっていいかしら」

私は冷たく言い放った。

「あ、あのさ、俺、今日雨で現場作業が中止になったんだ。昼頃にもう一度連絡していいかな？」

夫は急に気を遣ったような優しい声になって言った。

「お昼頃？　あー、うん。じゃあ、そうしてください」

私は感情のない平坦な声のまま、電話を切った。

*

夫との電話を終え、ひととおり家の中の掃除を済ませると、私はママ友のA子にメールをした。

「以前、ご主人から暴力を受けたことがあると言っていましたよね。もしかして、DVに関する本を持っていませんか？　もし持っていたら、至急貸してもらえませんか？」

昼食の準備をしていると、再び夫から電話がかかってきた。

「今、大丈夫？」

こちらを気遣うように確認する。全然大丈夫ではない。食事時真っただ中である。それくらい、一緒に住んでいたあなたならわかるだろう。こちらを気遣うふりをしたって、所詮自分が最優先なのだ、この人は。

ちょうど子供たちのためのおかずを作り終えたところだったから、盛り付けは自分たちでするよう目配せし、私は携帯を耳に当て直した。

「まあ、大丈夫というわけでもないけど。あまり長くならなければね」

「ごめんね」

夫は卑屈なほど下手に出ている。

私は正直迷っていた。電話相談でＤＶだと言われたことを、夫に伝えるかどうか。最後の最後まで、こちらの切り札として明かさないでおきたい気もした。だが、それでは夫は、いつまでも納得しないような気がする。

自分から電話をかけてきたくせに、夫は何も話しださない。私はしびれを切らして、こちらの言い分をはっきりと告げることにした。

「実は、女性の相談センターに電話相談をしました。そうしたら、今の私たち夫婦の状態は、ＤＶであるとはっきりと告げられました。そのうえでよく考えましたが、離婚を前提に話を進めていきたいのです。私も子供たちも、あなたが怖いので、しばらく家には近付かないでください。両方の実家にも、離婚を前提に話を進めていくと伝えます。兄弟にも。共通の友人にも相談して、意見を聞こうと思っています。それでいいですか？」

「いや、違うだろう。そういうことは、夫婦の間でよく話し合ってから、周りに報告するんだろう」

　夫はうんと言わない。

「でも、私はあなたと一緒に住んでいたら、言いたいことなんて言えません。今までだってそうだったから。あなた、覚えていますか？　もう何年も前、あなたと心がすれ違っているると感じた時、私が話し合いたいと思って、あなたに、『こんなふうにあなたとうまくいっていないのは嫌なの』と言ったことがあるのを」

「いや、覚えてない」

「そう。その時あなた、なんて言ったと思う？」

「なんて言った？」

「『テメエなんて、別れてやらぁ！　そういうことだろう！　テメエなんか、別れてやるよ！』。そう言って、怒鳴り散らしたのよ」

「そうだったか。覚えてない……」

「そうよね。自分のしたことは覚えてないのよね。でも、されたほうは覚えてる。私、その時思ったの。この人には、離婚なんて言葉、絶対に口にできないって。冗談でも言えないと思った。もし私が離婚という言葉を口にする時は、本当に離婚を決意した時だけ。あの時に、そう心に決めたの」

「……」

「だから、私の心は決まってる。迷いはない。私と、離婚してください」

「お前は、それでいいんだな？」

夫は確認した。しかし歯切れは悪い。

「うん。そうしたいと思ってる。あなたはどうですか？」

私が尋ねると、夫は言った。

「それじゃ、仕方ないだろう。お前がそうしたいと言うのなら」

そうではない。私はあなた自身の気持ちを聞いているのだ。私はもう一度確認した。

「あなたはどうなの？　あなたの気持ちは。あなたは私と離婚したいの？」

「いや、仕方ないだろう。こうなったら」


そう。この人はいつもそうなのだった。自分がこうしたいとは、絶対に言わない。もしかしたら、自分の意思がないのかもしれない。もしくは、すべての責任を相手に押し付けたいだけなのかもしれない。

もし夫が、まだ離婚したくないと言ったら、考え直そうかとも思っていた。でも、これでは無理だ。やり直すために努力する気があるとは、とても思えない。


「じゃあ、それでいいのね。両家の親には、私から連絡を入れます」

夫はまだ煮えきらない様子である。

「いや、でも、本当は違うと思うんだけどな。だって、こういうことは夫婦でちゃんと話し合ってから、親に伝えることだと思うんだけど」

「でも、あなたも離婚でいいと言ったでしょう?」

「うん、言った。でも、俺だって我慢してきたんだ。俺だってお前に対して不満がたくさんあるんだ」

「だったらなおさら、私なんかと離婚したいでしょう?」

「でもさ、子供たちはどうなんだよ。ずるいんだよ、俺がいない間にそんなこと決めてさ」

「決めたのではないでしょう。私たちの希望を伝えてるだけでしょう」

「俺は子供たちを人質にとられているようなものだからね」

「じゃあ、何?　子供たちを育てたいっていうの?」


私の声が大きくなった。この人が子供を引き取りたいと、心底思うわけがない。でも、私を困らせるために、子供の親権を主張することはあるかもしれない。こんな急な離婚話は、相手にとっては寝耳に水で、すんなり受け入れるなんて、夫のプライドが許さないであろう。子供を寄こせと言ってきたら、どうしよう……。

「ほら、今はお前のほうが興奮してるじゃない。DVだって言うけど、今はお前のほうが、大きい声出してるぜ。俺はこんなに落ち着いてる」

こういう揚げ足取りは、この人の得意とするところだ。

「それは今、あなたが子供のことを持ち出したからでしょう」

どうしよう、このままでは相手のペースに乗せられる。私は内心焦っていたが、その時は夫も、自分に格好の反撃のチャンスが巡ってきているとは気付いていないようだった。夫もそこまで冷静ではないらしい。夫は取り繕うように言った。

「いや、違う違う。子供たちは、全員お前が育てたほうがいいと思ってるの。うちは兄弟も多いし。そのほうがいいと思ってさ」

なぜ兄弟が多いと母親が育てたほうがいいのか、なんの根拠も見出せないが、とにかく彼はそれで私が納得すると思っているようだった。なんだ、結局、自分では育てたくないんだ。私はホッとした。

「でもさ、離婚したら会わせてくれないとかいうのも困るしさ。俺が帰ってこないほうがいいなんて、お前が洗脳してるとしか思えないんだよね。俺は家にいないことが多いからさ、その間にさ」

「だったら自分で子供に確認すればいいじゃない。昨日電話かわったでしょう?」

「だからやっぱりさ、子供に会うこととか、養育費とか、まだちゃんと決まってないじゃん。それなのに親に言うのは、なんか違う気がするんだよな」

夫はどうしても、まだこのことは公にしたくないようである。

「でも、じゃあ、その辺りがきちんと決まるまで、離婚できないの?」

「いや、そういうわけじゃないけど。でも、話がこじれたらどうするの?」

「その時は調停でも裁判でも、公の場で話し合いましょう」

私がきっぱりと言うと、夫は急に黙り込んだ。それから、低い声でつぶやいた。

「そこまで考えてるんだ……」

ここまできてようやく、私が本気だということが、わかってきたようだった。

「当たり前よ。そうでもなきゃ、離婚なんて簡単に切りだすわけないでしょう?」

「じゃあ、じゃあさ、離婚ってことは、もう、愛情はないのか」

夫は低く神妙な声で言った。私はその言葉を聞いて、鳥肌が立った。

何? 今の……。私に対してあんな態度をとっておきながら、あなたは愛されることを求めているの?

離婚するしないは、愛情だけの問題ではない。たとえ愛情があったとしても、今の状態では結婚生活を続けていくことはできない。逆に、恋愛感情はないとしても、穏やかな家庭生活が営めるのなら、一つ屋根の下で暮らしていける。

だが、彼に対して愛情があるのか……。私は答えることができなかった。愛着はあるかもしれない。十年以上一緒にいたのだから。同情もあるだろう。私が見捨てたら、この人はどうなるんだろうと。だが、愛情があるのか……。

私は答えなかった。夫が可哀そうで胸が痛くなったが、彼を守るために嘘を言うなんてことは、できなかった。沈黙が流れた。

「じゃあ、じゃあさ、わかった。しばらく家に近付かないからさ、俺の荷物、取りにいってもいいかな。子供たちとも話したいしさ」

私は身体がゾクリとした。もちろん、ほぼ間違いなく、危険なことはないだろう。しかし、あなたのしていることはＤＶだとはっきりと突きつけた、そのことが抑止力となるのか、それとも彼を逆上させる源となるのか、私には予想がつかなかった。世の中では恐ろしい事件が次々と起きている。まあ大丈夫であろう、そういった少しの油断が大きな事件につながるのではないか……。

しかし、断る理由が見つからなかった。ここで頑なに断れば、それも彼を怒らせる原因になるかもしれない。

要するに、いつ何をしても、運が悪ければ、彼の逆鱗に触れるということだ。

「わかった。いつ、取りにきますか？」

私は仕方なく言った。

「えっとー、俺、明日で出張終わるんだー。だから、朝こっちを出てー、直で帰れば三時くらいには行けると思うんだー」

夫はフレンドリーさを強調したいのか、なぜか間延びした言い方をした。その妙な愛想のよさが、私を苛立たせた。

「三時。わかりました、母に聞いてみます。私たちだけでは不安なので、母にいてもらってもいいですよね」

「うん、もちろん、もちろん」

ははーん。これは、自分は危険でないというアピールだな。こちらの言うことをすべて受け入れて、話のわかる夫だということを、印象付けたいのだな。それなら、こちらも騙されたふりをしよう。

「では、その時間にお願いします。大幅に時間がずれる時は、連絡ください」

「うん、もちろん、もちろん」

取り繕ったような、聞き覚えのある口癖が聞こえてくる。そうだった、私はこの声に、いつも騙されたふりをしてきたんだ。

「ところで、今日は仕事できないんでしょ。出張、明日帰ってくるんじゃ、仕事終わらないんじゃないの？」

私は、さっきから気になっていたことを口にした。夫は急にいつもの馴れ馴れしい口調に戻り、さも弱りきったというふうに言う。

「そうなんだよー。今回だけじゃ終わらないから、また来なきゃならないんだよなー。参ったよ」

「ふうん」

こういう時、さも大変そうに訴えるのも夫の得意技である。

それにしても、脅してみたり、馴れ馴れしくしてみたり、いい人ぶってみたり、同情を引いてみたり。なんともキャラクターに一貫性がない。こんなことはいつものことだったが、今日の私は夫のそんな様子を、冷めきった感情で分析していた。私、こんな人を本当に愛してきたのだろうか。

「子供たちとの話は、私に聞かれたくないでしょうから、別室がいいですか？」

子供たちに危害を加えるということはまずないであろうが、夫の危険度を認識してしまうと、なんとなく不安を感じる。私はどうしたものかと考えながら言った。

「別に、お前も一緒にいてもいいよ」

私のいないところで、子供たちの本心を聞きたいんじゃなかったのか？

「荷物は、どういったものを持っていきますか？　少しまとめておきましょうか」

「うん、そうしてくれると助かるな。まあ、持ってくったって、パンツぐらいのものだけどね。はっはっは」

パンツだけのためにわざわざ家に帰ってくるのか？

私は白けた。そして、一抹の不安を感じた。明日夫と会ったら、子供たちはやはり離れたくないと言うのではないだろうか。

でも、そうなったらその時に考えるしかなかった。とにかく明日は、母に立ち会ってもらうことにしよう。危険なことにだけはならないように、細心の注意を払おう。

＊

夫　その2

なんなんだ？　あいつ。今回は頑固だな。
いつも、なんだかんだ言いながら、最終的には俺に言いくるめられてきたじゃないか。
それが今回に限って、なんでこうなんだ？

まぁでも、明日とりあえず家に帰ることになったしな。俺が暴力的でないってことがわかれば、あいつも少しは考えを変えるんじゃないのか。このまま家に帰ってきていいよってことに、なるかもしれないしな。
そうだよな。子供たちも、絶対淋しいって言うはずだもんな。子供たちに言われちゃ、追い出すわけにもいかないもんな。その時は、まぁ許してやって、帰ってやるか。

そうだそうだ、前にもこういうことあったよな。あいつが朝起こしてくれなくて俺が遅刻した時。俺、怒って会社に泊まったんだよな。その時も、最終的にあいつが電話かけてきて、帰ってきてくれって言ったんだもんな。あれもひどかったよなー。俺が起きられないってわかってて、起こしてくれないんだもんな。

まぁでも、あの時と同じで、最終的には自分のほうが間違っていたって、謝ってくるだろう。

でもなぁ……。

今回は頑固なんだよな。あいつ、絶対に謝らないつもりかな。そんなにDVDが大事だったのかな。買ってきてやるって言ってんのにな。もう一度車の中をよく探してみるか。見つかったら、ころっと機嫌が直ったりしてな。まぁ、女なんてそんなもんだろう。

ああ、そうだった。母親にも連絡しておかなきゃいけない。

母親にはなんて言ったらいいんだ？　あの母親、こんなことになったって知ったら、大騒ぎして手がつけられなくなるんじゃないのか？　そうか、もし本当に離婚なんてことになったら、これから先どうやって孫の顔を見せてやればいいんだ？

畜生。今まではあの面倒臭い母親の相手はあいつに任せておけばよかったものを、これからは俺がしなくちゃならないのか。どうすりゃいいんだ、なんだってこんなことになったんだ。これというのも、あいつが物わかりの悪い嫁だからだ。こんなことぐらいで離婚するなんて言わないだろう、普通。

ふん、あいつ、俺のことばかりガミガミと責め立てやがって。お前みたいな女、こっちから願い下げだ。離婚してやらぁ。

第二章　露呈

夫との電話を終えて少し経つと、ママ友のA子からメールの返信があった。

「DVの本、持ってますよ。今日は夕方から出かける用事があるので、その前ならお貸しできますよ。」

A子の家まで、徒歩五分くらいだ。私は上の子たち二人に、散歩ついでにA子の家から本を借りてきてくれるよう頼んだ。二人とも、二つ返事で出かけていった。小学生でも、高学年ともなるとずいぶんと役に立つ。

二人が出かけていったあと、ちょうど母が訪ねてきた。

「あら、みんないないのね？　なんだ、おいしいおやつを持ってきたのに」

母は特に用事もなさそうである。ちょうどよかった、明日、夫が一時帰宅する時の、立ち会いを頼まなければならない。

「上の二人は、お出かけ中。すぐ戻るはずだけど。ほかの二人は、二階でお昼寝」

生後半年を過ぎたばかりの末っ子だけは、目の届くリビングにベビー布団を敷いて寝かせている。

「旦那さんは？　まだ出張中？　大変ねぇ。ほとんど休みなしじゃない。これじゃあ母子家庭ね」

母は、嫌味なんだか、本当に大変だと思っているのか、わからないような言い方をした。母のこういう、労っているとも批判しているともとれる中途半端な言い方は、いつも私の癇に障る。本当は非協力的な旦那だと思っているが、自分は嫌味な姑になりたくないから、こういう善い人ぶった言い方をするのだと、私は解釈していた。

「あー、あの人ね、追い出した。離婚する、あんな人」

私はわざと偉そうに言った。

「えー？　なんで、なんで？　彼、頑張ってるじゃない！」

母は、即座にそう言った。その言い方もまた、私の癇に障った。

彼が頑張っている？　彼のどこを見てそう言っているのか。母親だったら、何があったのかと一番に聞くものじゃないのか？　娘が辛い思いをしていたのではないかと、心配するものじゃないのか？　それを、事情も聞かずに、夫の肩を持つようなことを言うなんて。しかもこんなに近くにいて、私たち夫婦の状況が、何一つわかっていなかったというのか？

そんなことだろうと思ってはいたが、改めて再確認してしまうと、なんだかがっかりした。これだから私は、この母親に全幅の信頼を置くことができないのだ。

「ただいま〜」

玄関から元気な声が聞こえ、上の二人が帰ってきた。

「おかえり〜。本、貸してくれた？」

「うん、すぐに持ってきてくれたよ。はい、これ」

私は子供たちから本を受け取り、パラパラとめくってみた。どうやら、DV・モラハラ夫と別れなくてもうまくやっていける方法があるといった内容の本らしい。

ふ～ん、なるほど。

私は、母にその本を差し出した。

「これよ、これ。うちもこれだったの」

「え？　何これ。DV、もら、はら……？　え？　何、これ」

私はどう説明しようか迷った。この十二年間の結婚生活のことを、たった数分で、どう説明したらいいのか？


さっき私が離婚すると宣言した時母が言ったように、私たち夫婦の関係は、おそらく、私が主導権を握り、夫がそれについてきているように見えただろう。実際、家事は何もしたくなかった夫を、手を替え品を替え、ここまでできるように育ててきたのは私だし、夫が外で、「うちの嫁さん怖くてさ～」と言っているのも知っている。

だが、本当のところはどうなのか。

私は夫の「恐妻」発言には、いつも不満を持ち続けてきた。私はそんなに「怖い」の？

私はこれでも、あなたが気分を害さないように、できる限り言い方や方法を考えて頼みごとをしているつもり。それなのに、そんなふうに言われなければならないの？


共働きなのは、私が仕事を続けたいというのももちろんあるが、夫の収入が少ないからでもある。結婚当初は夫の収入のほうが上回っていたが、夫が起業すると言って退職してから起業するまでの数か月間は、私もちょうど仕事を辞めていた時期だったから我が家は無収入だったし、私のほうが先に就職して外に働きにいくようになった。ではその間、夫は何をしていたのか？

夫は起業の準備だとか言ってはいたが、ほとんど家で庭いじりなどをして過ごしていた。洗濯と掃除くらいはしてくれていたような覚えはあるが、そのほかは、食事の準備も私、買い物も私、子供たちの保育園への送迎も私。どう考えても不公平である。でも、不満は口にしなかった。その頃にはすでに、夫の暴力的な性質に気付いていたから。

夫が起業したあとも、つい二年前まで、私の収入のほうが多かった。それでも、夫は残業があると言い、朝早い仕事があるから会社に泊まると言い、今日は飲み会だと言い、家事と子供たちの世話は八割方私である。でも、起業して間もないから、今が大事な時期なのだと、いっさい文句は言わなかった。

そのかわり、家事はある程度分担してもらっていた。洗濯干しと、私ができない時の夕食のあと片付けだ。それを言うと、みんな「すごいね〜、旦那さん」と口を揃えて言った。

でも、本当にそうなの？

私は、子供が夜泣きしても毎朝五時に起きて、朝食と夕食の準備をしているよ。帰ってきたら、休む間もなく保育園に迎えにいき、子供たちに夕食を食べさせ、お風呂に入れているよ。買い物だって全部私。洗濯物をたたむのも私。保育園や学校のことも私。家の中のことを把握しているのも私。嫌だと思ったことはないけど、私は一人しかいない。全部私一人でやるなんて、無理なんだよ……。

それに夫は、たしかに帰宅時間は遅かったが、昼寝をしているのを、私はちゃんと知っている。本人がいつも自慢げに話すからだ。

「今日は眠くてさ〜、現場作業のあと、車の中で昼寝しちゃってさ〜、気付いたら二時間も経ってたぜ」

こういう自慢話を聞かされる時は、必死で笑顔を作りながら、私は泣きたいのをこらえていた。私は夜中、子供に何度も起こされて、ゆっくり眠ることすらできないんだよ。それなのに、そういう話を私の前でしないで。

夕食のあと片付けだってそうだ。「俺、洗い物はするよ〜」と調子よく言うくせに、「水切り籠の中は空っぽにしといてね。俺、食器片付けるの苦手だから」と平然と言う。苦手、ではなく、やりたくないのでしょう？　でも、文句を言うと、「じゃあ、お前やって」と放棄する。だから私は、どんなに大変でも必死でそこまでは終わらせておかないといけなかった。でも、そこまでできていたら、あと片付けは半分以上終わったも同然だ。

だからと言って、私がすべてやろうとは思わなかった。少しでも夫に分担してもらわないと、やらないことが当たり前になってしまう。この人は、そういう人だ。だから、自分でやってしまったほうが楽だと思うようなことでも、あえて夫に協力してもらう形を守ろうと必死だった。

　夫はそんな私の苦労も知らずに、やりやすくお膳立てされた家事だけをこなして、さも協力的な夫のように、自慢げに吹聴して回る。

「俺はさ〜、家事をこんだけやってるんだぜ。まったく、大変だよ。うちの奥さんは怖えからよ〜」


「だからね、うちもDV夫だったの」

「ええ……？」

「それはね、今朝、専門の相談センターに電話して確認したの」

　私は、電話相談で話したのと同じ話を、もう一度母に繰り返した。

「だから、しばらく帰ってこないでって、言ったの」

「まあ、それは。俄かには信じがたい話だわね」

「でも、本当だもの。私よりも子供たちのほうがよく覚えているみたい。ね？」

　リビングでテレビを見ている二人の子供たちに投げかけると、二人とも、「うん」と返した。

「まぁねー、たしかに入学式の日、旦那さん、機嫌悪そうだったものね。喧嘩したって聞いたけど、いつものことなのかな、ぐらいに思っていたのよね」

さすがに鈍感な母のことだ。その鈍感さに救われる部分も、たしかにあることはあるが、限度がある。

「今までこんなに近くにいて、少しも気付かなかったのね。私、だいぶあの人に気を遣って生活してきたんだけど。私の様子がおかしいなぁと思ったこと、一度もなかったの?」

本当のところ、私は今まで、いつバレるかと、ビクビクしながら生活してきたのだ。私たち家族と母とは、近くに住んでいるため、一緒に出かけたり食事をしたり、行動を共にすることがよくあった。そんな時、私はいつも夫が機嫌を損ねるのではないかと、ハラハラしながら様子をうかがっていたのだった。夫の機嫌が悪いと、私にはすぐわかる。おっちょこちょいの母が失態をしでかすと、夫は苛立ちの表情を浮かべる。私が夫の期待どおりの行動をとらないと、さっと顔色が変わり不機嫌になる。だから母も、もしかしたら夫のそれらの変化に気付いているのではないかと思っていたのだ。だが、母は拍子抜けするような答えをした。

「全然。だってあの人、とても愛想がいいじゃない。それに、男の人にしては珍しくおしゃべりでしょう？　いつもペラペラと気持ちよさそうに話しているじゃない。だから、そんなふうに暴力的になるなんて、考えたこともなかったわ。それに、あなたも何も言わないし」

当たり前です。あなたに心配をかけないように、必死に隠してきたんです。

「でも、じゃあ、これからどうするの？　あの人、実家に泊まるの？」

「さあ。実家でも会社でも、好きにすればいいんじゃない。それでね、明日の午後三時頃、荷物を取りにきたいって言うのよ。だからその時間、ここに一緒にいて欲しいの。お母さん女だから少々頼りないけど、何かあった時に警察を呼ぶくらいはできるでしょう？」

母は突然不安そうな顔をする。

「いいけど。大丈夫でしょう？　変なことには、ならないでしょう？」

「たぶん、十中八九ね」

「えー、なんかやだ。パパに会いたくない」

テレビを見ていた子供が、話に割って入ってきた。

「でも、パパ、子供たちと話したいって言ってたよ」

「話したいことなんて、ない」

「え、本当？　二人とも、ないの？」

「うん、ないよ」

二人は口々に言う。可哀そうな夫。


「でもね、変なのよ。荷物っていっても、何を持っていくのかって聞いたら、パンツくらいだって」

「パンツ？」

母は若干馬鹿にしたような微妙な笑いを浮かべる。

「私はまた、しばらく生活に困らないように、持っていきたいものがあるのかと思ったんだけど。パンツなんて、どこでも買えるのにね」

そこまでしゃべって、私ははっと気が付いた。

「そうか。あの人、またすぐに戻ってこられる気でいるのか。だから、パンツぐらいしか、持っていくものが思い浮かばないんだ」

母はそれを聞いて、また微妙な笑いをした。

「まあ、前から少し思ってはいたけど、おたくの旦那さんは、どうも物事をあまり深く考えない人のようね。まぁいいわ。明日の三時ね。わかった。少し早めに来ようか？」

「はい。お願いします。万が一早く来られたら、ちょっと怖いから。よろしくお願いしますね」

＊

母への報告が済むと、はたと思いだした。

そうだった。義母にも連絡をしなくてはならなかった。私は母に末っ子の子守を頼み、義母に電話をかけた。

数回の呼び出し音のあと、ポツッと受話器を取り上げた音が聞こえる。

「もしもし」

私が声を発すると、

「はい」

と幽霊のようなぼそりとした声が聞こえた。あ、これは息子から聞いたな、と直感する。

私が名乗ると、義母は突然おいおいと泣きだした。

「どうしてなのぉ〜〜〜！」

「息子さんから、お聞きになったのではないですか？」

私が冷たく言うと、

「言わないのよ〜、あの子、なんにも。俺がすぐに怒るからって……。それしか」

あ、そう。語らないのが男らしさだと、さも言いたげな口調だ。何を言いなさる。あなたの息子の場合は逆だ。自分に都合の悪いことを、隠しているだけだ。こうなったら、今までのこともすべて話してやる。息子の悪いところなんか絶対に見たくなかったあなたに、現実を突きつけてやる。

私は冷酷な気持ちで、離婚を切りだした経緯を話し始めた。

「結婚してから、息子さんが私に対してヤクザのような口調で脅したり、家の中の物を壊したりということが、年に何回か起こるようになりました。でも、いつもではないので、もし一度でも直接手を上げられるようなことがあったら、すぐに警察を呼ぼうと思って、今まで様子を見てきました。でも、先日の、あのＤＶＤの件ありますよね。あの時、私が『あれは大事なＤＶＤだったのに』と顔をゆがめて言ったら、その態度が悪いと、子供たちの前でヤクザのようにキレたんです。それで、その時にふと気付いて、専門の相談センターに電話をしました」

「はあぁぁぁ……」

義母は電話の向こうで、ため息と啜り泣きの混ざったような声をもらしている。

「そうしたら、今の状態は、完全にＤＶですと言われました」

「あぁぁぁ……」

義母は今度は声を出して泣いた。

「こういったことが、今後暴力に発展する恐れも十分にあるそうです。相談員の方に、離婚も考えようと思っていると伝えたら、その選択は間違っていないと言われました。ですから私は、離婚を前提に話し合いを進めていきたいと考えています」
「ねぇ〜、どうして。だって、五人も子供がいて、親としての責任があるでしょう」
きたきた。これだ。まるで私を責めるように言う。それはあなたの息子に言ってくださ
い。
「親としての責任があるからこそです。息子さんが暴れだした時、私は五人の子供たちを
一人で守りきれる自信はありません」
「でもねぇ、そうやってすぐにＤＶＤって決めてしまわずに」
ＤＶＤではありません。それはあなたがいつまでも返さなかったものです。息子さんの
しているのはＤＶ、ドメスティック・バイオレンスです。
「ですから、これからもっとたくさんの専門機関や友人に相談して、本当に離婚が一番い
い選択なのか、よく考えてみるつもりです」
「友達になんか話してどうするのよ。友達は、うんうんって聞くだけじゃないの。そんな
家庭の中のことを友達にさらすなんて」

出た！　世間体を何よりも大切にする見栄っ張り。そして、本当の友達のいない人が言う、淋しい言葉。

「それは大丈夫です。私の友人に、興味本位で私の話を聞く人なんて一人もいません。本当に心の底から、私のことを考えてアドバイスしてくれる友人達ばかりです。それに、友人の言いなりになって結論を出すつもりもありません。私は、友人たちの意見を参考にして、自分で考えて結論を出します」

私は皮肉たっぷりに言ってやった。

「それはそうだけども」

義母もそれ以上言い返せない。

「はぁ～、こんなことになって、あの子、変な気起こさないかしら？　私、心配で心配で……」

この期に及んで息子の心配か？　今まで怖い思いをしてきた私たち母子のことなど、いっさい気にかけずに？

私は白けた気分になり、義母の言葉を無視して続けた。

「それに、子供の前でそんな態度をとるなんて、児童虐待に当たるとも言われました。今までだって、そういうこと、何回もあります。それは決して、子供にいい影響を与えるとは思いません」

「おかしいわね。うちのお父さんは、そんなこと一回もなかったのよ」

ほら、その言い方。私が怒らせるようなことをしている、とでも言いたげだ。

「育て方間違ったのかしらね」

そうでしょうね。違いますよ、とでも言って欲しいのだろうか。私はそれには答えずに言った。

「息子さんは、若い頃からよく警察のお世話になっていたそうですね。家庭を持った今でも、他人様と喧嘩をしそうになったり、交通事故を何度も起こしています。そういった性質は、父親になった今でも変わらないようです。私、息子さんから、未成年の頃に警察に捕まって、お父さんがかわりに指紋を取られたって聞いていますけど、本当ですか?」

私はわざと、その話に触れた。義母が絶対に触れて欲しくないであろうそのことに。だが、その時の義母の反応に、私のほうが驚いた。

「え？　警察？　そんなこと、あの子は一度もなかったわよ」

は⁇

私は耳を疑った。

「一度も……ですか？」

「そうよ、一度も」

義母の言い方には、後ろめたさもばつの悪さも、微塵も感じられなかった。嘘をついているのでも、隠しているのでもない。この人は、本当に忘れてしまったのだ。

もし、自分にとってどうしても受け入れられない事実を、本当にすっぽりと忘れてしまえるのだとしたら。私はその異常性に寒気を感じると同時に、夫も同じような性質を持っていることに、ふと思い当たったのだった。

夫は、小さい頃の記憶がないといつも言っていた。小学校よりも前の記憶がほとんどないというのだ。幼稚園に行っていた頃のことを覚えていない。妹と遊んだ記憶もない。

ただ、強烈に覚えているのは、小学校一年生の夏休みに引っ越しをすることになったことだった。担任の先生はお別れ会をすると言ってくれたが、自分は頑なにそれを断った。なぜか。自分は少しも淋しくなかったから。早く新しい家に引っ越したくてうずうずしていたから。

「お友達と離れるのが嫌じゃなかったの？」

その話になると、私は必ず聞いた。少しも淋しくないという、その感覚がどうしても理解できなかったからだ。でも夫は、いつもこう答えた。

「いや、新しい家に行けるのが、嬉しくてたまらなかったよ」

多分それが、彼のはっきり覚えている、一番小さい頃の記憶だ。

そして彼には、どうしても許せないもう一つの記憶がある。

ある時、小学校で戦争の映画を見た。小さかった夫は、それを見て怖くなって、泣きながら家に帰った。でも、自分がそんなことで泣いたなんて、恥ずかしいから誰にも知られたくない。だから、母親に訴えた。ねぇ、このことは、誰にも言わないで。

だが、母親はそれを守らなかった。次の日すぐ、母親は学校に抗議をした。こんな小さな子供に戦争の映画を見せるなんて。優しい心を持っているうちの子は、泣いて帰ってきたんですよ。

夫は恥ずかしくて仕方がなかった。深く傷付いた。そしてそれは、母親に対する生涯の恨みとなった。

それは相当な恨みであろう。何せ私は、その話を何十回となく聞かされている。

この二つの話に、夫の母子関係が象徴されていると、私は思ったものだ。

引っ越しの話は、夫が友達との別れがたい友情を築いていないということを示している。それは、多分、母親は息子が一番で、お友達を大切にすることを教えてこなかったということだろう。

今日はお友達と何したの？　お友達とそんなことをしたの、それは楽しかったね。そういう時、お友達はどんな気持ちなのかな？　そんなことをしたら、お友達は悲しいよ。

自分以外の人を大切にするってこういうことだよ、人のことは、大切にしなくちゃいけないんだよ。そういうメッセージを、母親は息子にいっさい伝えてこなかったのだろう。あなたが大事なのよ。あなたは可愛いのよ。あなたは素晴らしいのよ。あなたは……。

そして戦争の話は、母親が息子の気持ちなど、実はこれっぽっちも大切にしていないということを表している。本当は、泣いている息子の話を十分に聞き、小さな胸の痛みを受け止めてあげることが必要だったのではないか。

今は日本は戦争をしていないから、泣かなくて大丈夫だよ。でも、戦争は怖いね、あんなこと、二度としちゃダメだよね。みんなで力を合わせて、戦争をなくしていかなければならないよね。だからああいう映画を見たんだよ。

そういうことを息子と話し合うこと、それが必要だったのだ。そうすれば、息子の恐怖心も少しは和らいだかもしれない。そうでなかったとしても、やみくもに怖がるのではなく、物事を深く考えてみることがもう少しは身に付いたかもしれない。

だが、母親はそれをしなかった。息子が泣いていることの責任を、学校に押し付けた。

要するに、泣きやませることができない母親だったのだ。だから、対処の方法がわからずに、学校に苦情を言ったのだ。息子を泣かせないでくださいよ、と。

表面的なことを何よりも大事にするこの母子の関係を、見事に表している出来事だと、私は思う。

そして、そんな母親を受け入れられなかった夫は、辛かった幼少期の記憶を、いつしかすべて自分の中から追い出した。さまざまな葛藤を、なかったことにしたのだ。

息子が一番だった母親からは、大切に育てられていたことだろう。何不自由なく育ったはずだ。すべてのわがままが許されたはずだ。

それでも彼は、幸福ではなかったのだ。すべてを忘れてしまうくらいに。

だから、この親子が認めるはずがないのだった。警察沙汰のことも、離婚のことも、何もかも。自分に都合の悪いことには、向き合うことができないのだから。すべての責任を他人に押し付けて、逃げることしかできないのだから。きっと、これからもずっと……。


「ねえ、お母さん、そこにいるかしら」

義母は啜り泣きながら言った。

「はい、います」

「ちょっとかわってくれる?」


母に電話をかわるように言うと、母はあからさまに嫌そうな顔をする。

「何を話せばいいのよ」

「だって、かわってって」

母は顔をしかめて受話器を受け取り、文句の一言でも言ってやるのかと思ったら、なんと、相手の話をうんうん、と聞いている。

これだから、この人は。私は電話の内容が気になり、家の中の片付けものなどをしながら、母の周りをうろうろする。母の目に入るように、「早く切って！」という合図を送るが、母はうまく話を切り上げることができずに、いつまでもうんうんと聞いている。

もう、なんで。どうして相手の話をそんなに聞いてあげなきゃいけないの？

昔からいつもそうだった。私の母は、必要以上に謙遜し、私を下に置く傾向がある。たとえば私が誉められると、いいえ、できの悪い子で、と返す。もちろん日本人だから、大半の人はそうであろう。だが、それも度を越すと嫌味に聞こえる。

こう言ってはなんだが、私は客観的に見て、できのいい子であった。別に大人に誉められようと思ってそうしていたのではない。期待される役割がわかるから、そのとおりにしただけである。反抗することで自己主張をする必要性を感じなかっただけだ。だから、相応の評価をされていると思う時に、あまりにも謙遜されると、そばで聞いていて気分が悪くなる。いえいえ、そんなことないですよ、くらいでやめておいてくれればいいものを。卑屈なほど過小評価されると、気分が悪いのを通り越して、それが本当のことのように思えてくる。

母は私が人の悪口を言う時も、あからさまに注意する。そんなこと言うもんじゃないわよ、と。

そんなこと言うもんじゃないことぐらいわかっていて、人は悪口を言うものだ。いいじゃないか、たまには。本人を目の前にして言っているわけでもあるまいし。自分は人をいっさい悪く思わないのか。

義母のことだって、よく思っていないのはバレバレである。遠慮がちに「ねーえ、あちらのお母さん、こういうところあるわよねぇ」なんて、ただの会話とも悪口ともつかない言い方をしてくる。「そうなのよ〜」なんてそれに乗ってしまうと損をする。最後には決まって「そんなこと言うもんじゃないわよ」と諭されるのである。

じゃあ最初からそんな話題振らないでよ！　本当は自分だって、よく思っていないくせに!!

要するに、偽善者なのだ。いつも自分が善人でいたいのだ。だから、自分の醜い面が見えそうになると、慌ててそれを打ち消そうとする。そしてその罪を、私に擦り付けるのだ。いつもそうだ。


やっとのことで電話を切り、母が疲れた様子で言う。

「はぁ～、どうして私が聞かなきゃいけないの？　おたくの息子のしたことで、こんなことになったんでしょうが」

「じゃあ、なんでそう言わないの？　どうして一時間も聞いてあげるのよ」

私が恨めしそうに言うと、母はもっともらしく言う。

「仕方ないじゃない。聞いてあげなきゃいけないかしらと思って。あちらだって寝耳に水だろうから。でもね、これだけは納得できなかったわ。だって、あちらのお母さん、開口一番、なんて言ったと思う？」

「なんて言ったの？」

「おたくの娘さんは弁が立つから、うちの子は言い返せなくて、そうなっちゃうんでしょうって。話も聞かずにあなたが悪いような言い方をするのよ。頭にきたわ」

ほらきた！　そう思うなら、どうして言い返してくれなかったのだ！

「そんなことありません。言ったでしょう、うちの夫婦は、夫のほうが何倍もおしゃべりなんだって。喧嘩だってそう。ああいうのは喧嘩って言わない。あの人は私が黙ればいいと思っているんだから。言い返したら大変だから、私が悪くなくても、いつも私が謝ってその場を収めるのよ。いつも。私、結婚してこの方、あの人に謝ってもらったことないわよ、一度も」

そんなことより、母が少しも私を弁護してくれなかったことのほうが、私にはショックだった。私は心の中で抗議した。あなたはいつもそう。こんな時まで、善人の仮面を外せないの？　どうしてあちらのご機嫌取りのようなことをするのよ。今回くらい、言ってやって欲しかった。あんたの息子のせいで、娘と孫は辛い思いをしてきたんだと。たとえ私に非があったとしても。

結局、義母からは最後まで「ごめんね」の一言もなかった。夫婦の間で何があったにせよ、だからと言って、脅したり暴力で押さえ付けようとすることが許されるわけではなかろう。そのことによって、私と子供たちが怖い思いをしてきたことは、紛れもない事実なのだ。それなのに、そんなことはどうでもよくて、あの人は自分自身のために泣いている。わかりきっていたことだったが、やはり虚しさは拭えなかった。本当に、人の心の痛みがわからない人だ……。

しかし、憂鬱だった義母への報告も済んだ。母は、昼寝から目覚めた孫たちと一緒におやつを食べて、帰っていった。私はホッと息をついてダイニングの椅子に座ると、さっき子供たちに借りてきてもらった本をもう一度ぱらぱらとめくった。

ふむふむ。

ざっとなめ読みしたところ、私の持っていた知識と、さほど変わらない内容が書いてある。目新しい情報は、あまりないようだ。

だが、自分の夫と照らし合わせて読んでみると、面白いほどよく当てはまった。今まで気付かなかったのが不思議なほどだ。

私は風呂を沸かす準備をし、夕食は野菜炒めと決めて材料を刻むと、肉と野菜を炒めながら、重要と思われる部分をもう一度拾い読みした。

別れることができればそれが一番いいが、いろいろな事情があり別れることができなくても、モラハラ夫にうまく対処する方法はある。イライラを鎮めるためには、食事内容も重要。効果の高いお勧めサプリメントもある。


うーむ。やっぱり、別れるのが一番だって、書いてある。

食事の管理は無理。最近ほとんど家で食事をとらないもの。やっぱりイライラして当然なんだわ。とんかつや唐揚げばかり食べているんだから。

サプリメントも無理だな。私が勧めたものを素直に飲むわけがない。

そして、夫への具体的な対処法は、もうすでに実践していることばかりだった。うんうん、こういう時、こうやって乗りきっているよ。そうそう、こうやって怒りを回避しているよ。うんうん、そうそう。

うーん。これは、無理だな……。

本を読んだら、少しは気持ちも変わるかもしれないと思ったけれど、ますます離婚への迷いがなくなっただけだ。

気が付くとそろそろ十七時だった。いけない、もう子供たちをお風呂に入れなくては。

あとで隅から隅までもう一度読んでみようとは思ったが、この本の中に、離婚の決意を揺るがす要素は見出せないように感じていた。

*

二十一時。携帯が鳴った。義妹からだ。

義妹には昼間メールで、だいたいのことは報告してあった。夫からも連絡がいっているだろう。

「もしもし」

私は子供たちと一緒にベッドに入り、授乳した姿勢のままで電話に出た。

「ミミちゃん！」

息を切らしたような義妹の声が飛び込んできた。


義妹は、私よりも年上である。夫が私の四つ上、義妹は夫の三つ下で、私よりも一つ上。名前に「み」の付く私のあだ名がミミなので、「な」の付く義妹のことを「ナナさん」と呼ぶようになった。最初はふざけてそう呼んでいたが、私たちの間ではそれが妙にしっくりときて、そのまま定着してしまった。結婚式の写真を友達に見せると、あれ、兄弟の組み合わせが違う？　とよく言われる。夫と義妹は似ておらず、私と義妹のほうがよく似て見えるらしい。だからなんとなく、私の中では本当に姉妹であるかのように錯覚することすらあった。「義兄弟」ならぬ、「義姉妹」だ。


「どうしたの。何があったの？」

義妹は息を切らして言った。この時間に電話をくれたということは、仕事を終えてすぐにかけてきてくれたのだろう。駅までの道を歩きながら話をする義妹の姿を想像した。

「うん、ごめんね。わざわざ電話ありがとう」

「ううん。いいの、いいの。でもなんでまた」

私はもう一度、相談員に電話で話したことと、相談員から言われたことを義妹に話して聞かせた。同じ話を、今日一日で何度繰り返したことだろう。

「うーん」

私の話を聞き、義妹はしばらく黙り込んだ。それから、一言一言、考えながら言った。

「私は兄からそういう扱いを受けたことはないけど、話を聞いて、理解できるし、納得できる」

「本当?」

「うん」

私は、夫側の肉親が、そのように言ってくれたことが嬉しかった。もっとわかってくれるのではないかと、私は説明を続けた。

「そういう時のあの人の目、すごいのよ。血走って、ギラギラして……。本当にゾッとする。あの人、口では『女には絶対手を上げない』とか言ってるけど、もし何かのはずみで一度でも手を上げたら、歯止めがきかなくなるんじゃないかと思う。そういう、何か抑えのきかないものを感じる」

「ああ。あのさ、うちの実家に泊まった時、一度兄がミミちゃんに対してキレたことがあったじゃない。ああいうことでしょ？」

「そう！　そうなの!!」


私たちは年に一度、お正月休みに、夫の実家に家族で泊まりにいくことになっている。そういう時は、義妹も実家に泊まり、姪っ子・甥っ子たちと交流するのを楽しみにしてくれている。

あの時もそうだった。子供たちが寝てしまった深夜、私と義妹と夫の三人は、一緒にお酒を飲んでいた。なんの話だったたか、夫が調子よく言った一言に、私が乗らなかった。そのことに対して、夫がキレたのだ。

「なんなんだよてめえはよ。いつもいつもそうやって、こっちの気分を壊すようなことしてよ。ふざけんな。なんでてめえは、いつもそうなんだよ」

義妹もあの時は少し顔色を変え、夫をあまり刺激しないように、見ないようにしているのがわかった。そして、はいはいと軽く受け流すように答え、最後にぽつりと言った。

「お兄ちゃんてさ、本当にミミちゃんのことが好きなんだね」

そういうことなのだ。夫がキレたのは、どんな内容だか忘れるくらい、くだらないことだった。要するに、私が夫の期待するような反応をしなかったから、なのだ。そしてそれを、義妹にすら瞬時に見破られてしまうほど、彼のメッセージはわかりやすい。

なんでお前は、俺の思うとおりにならないんだ。俺はこんなにお前のことが好きなのに。

「あれ、恥ずかしかったよね。だって、あれは私に対するラブレターにしか聞こえない。

お前のことがこんなに好きなのに、なんでお前はわかってくれないんだ、なんで俺のことをもっと好きになってくれないんだって、言っているようにしか、聞こえない」

私が冗談ぽく言うと、義妹も、

「……だね」

と答える。電話の向こうで苦笑いしているのが見えるようだ。

「いつも、いつも、ああなんだ。キレる内容は、本当にくだらないこと。だからこそ、難しい。その時の気分によってだから。夫の気分をいつもいつも完璧に把握して、あの人がいつでも気分よくいられるようにするなんて、それこそ無理。夫婦二人なら、今よりももう少しできるかもしれないけど、子供が五人もいる今はそこまでの余裕はない。あの人の気持ちなんて、そんなに完璧に汲み取れるわけがない。だって、自分の気持ちでさえ、よくわからないことがあるんだから……」

「本当だよね」

義妹は夫の肉親だけれど、義母とは違って、公正に物事を見てくれるような気がした。

私はこのところ思っていたことを、言ってみた。

「末っ子が産まれてから、どんどん子供返りしているんだよね、あの人。昔は、いい夫になろうと努力していたと思う。誰からも、優しい旦那さんだねって言われた。本当にそうだったと思う。でもね……。末っ子が産まれてから、私、彼に気持ちを向ける努力ができなくなったんだ。もう、そんな余裕がなくなった。だって、ナナさん、そうでしょう？末っ子、産まれてからの一か月間で、体重が二〇〇グラムしか増えなかったんだよ」

「うん」

「私ね、五人目は私が欲しいって言ったから、とにかく頑張らなきゃって、退院してきてすぐ、ほとんどいつもどおりに家事をしていたんだ。泣いている末っ子をそのままにして、洗い物をしたり、料理をしたり。あんまり夫に家事と育児の負担をかけないようにって思ってた。だって、最初から、俺の負担がこれ以上増えるのは嫌だ、五人目はいらないって言われてたんだから。でも、それでも産んでいいよって言ってくれたから、負担は増やしちゃいけないと思ってた。

でもその結果、末っ子に目が向かなくなってた。一か月検診の時に初めてそのことに気付いて、愕然とした。だって、たったの二〇〇グラムだよ？　痩せている子だなぁとは思ってたけど、この子はそういう子なんだと思ってた。本当は、母乳の出も悪くなってきたって、気付いていたんだ。でも、そんなことない、今までだって母乳で育ててきたんだからって、とにかく自分がパクパク食べて、母乳を出そうと思って。

でも、それじゃ駄目だったんだ。身体も心もゆっくり休めて、本当に心から末っ子と向き合ってあげなくちゃ。だから、この子はよく泣いていたんだって、やっと気付いた。お腹も空いていたんだろうし、淋しかったんだろうって」

「うん……」

義妹は、相槌だけ打って、黙って聞いてくれている。

「だから、検診のあと、子供たちと話し合って、ママはしばらく赤ちゃんのことだけを考えるから、協力してねって言ったら、子供たちはみんな、いいよって言ってくれた。みんなママのおっぱいで育ってきたんだから、赤ちゃんにもたくさん飲ませてあげなきゃ可哀そう、自分たちは少し我慢するから、赤ちゃんのことを考えてあげてって。だから、それから一か月くらいは、母に家事を全面的にやってもらって、私はひたすら休んで食べて、授乳して。末っ子、飲むのが下手なのもあったみたいだから、暇さえあれば母乳を絞って、哺乳瓶で飲ませたりしてね。そうしたら、一週間で体重が三五〇グラムも増えたんだ。こんなこともあるんだねって、お医者様もびっくりしてね。

だからね、そんなだから、悪いけど、夫は一番あと回し。それでいいって、最初は夫も言ってたのよ。でも、心はついてこれてなかったのよね。完全にすねちゃった感じ。今は、夫はほとんど何もしなくて、子供たちが一生懸命手伝ってくれてる感じなの」

「なるほどね。あー、そうかぁー。まさに、そのとおりかもね。すねちゃったって感じ。本当だ。まさにそのとおりだ。すねちゃった！」

「そうなの、多分。それで、イライラが溜まってて、ボンッて」

「はぁー、そうかぁー」

「だからね、もし彼が、俺も悪かったって、少しでも思ってくれたら、またここからやり直せるかもしれないとは思うのよ。でもね、今回も、彼は自分からは一言も謝ってない。私、結婚してから、彼に一度も謝ってもらったことない。あ、ぶつかってごめんとか、そういう時は謝るのよ。でも、大事な局面では、一度も」

「う～ん」

「私ね、ＤＶ加害者の更生プログラムっていうのを、テレビで見たことがあるの。ああいう人たちは変われないって言われているけど、そんなことないって。私もそれを見て、本当にそうだなぁと思った。でもね……。もしそうだとしても、絶対的に必要なのは、本人が変わりたいっていう気持ちだと思う。自分が変わろうと努力する気持ちが、大前提なんだと思う。夫の場合、自分が悪いなんて、これっぽっちも思ってない。私に求めるばかり。そういう人は、周りがいくら言ってもダメなんだと思う。だから、多分、無理じゃないかなって、思ってる」

「夫婦の間のことは私もわからないから、二人の決めたことには、私は口を出さない。でもさ……」

そこまで言って、義妹は口をつぐんだ。

「ねぇ、ミミちゃん。ミミちゃんだから言うけどさぁ、今から言うこと、絶対絶対、誰にも言わないでくれる？」

サバサバとした義妹には珍しく、意味深な言い方だった。私は黙って頷いてから、ああこれは電話だったと思いだした。

「もちろん言わないよ」

私は顔を寄せてひそひそ話をしているかのように、小さな声で答えた。

「あのね、実はね……」


義妹の秘密は、凡人の想像をはるかに超えるものだった。いや、テレビドラマや映画の世界ではごく普通に描かれている類の出来事であろう。でもそれが自分の身の上に起こるなんて、一度でも想像したことのある人が、世の中にどれだけいることだろう。私は淡々と語る彼女の圧倒的な忍耐力と精神力、そして行動力に感服しながら話を聞いた。


それは、義妹の同棲する彼氏が犯罪を犯し、執行猶予中の身であるという告白だった。

ナナさんの彼氏は、小柄でイケメンでもないが、穏やかで面白い人である。私たちがお正月を夫の実家で過ごす時にナナさんと一緒にやってきて、一緒に何泊かしたこともある。

子供たちの相手も上手で、我が家の子供たちは彼を「はっちゃん、はっちゃん」と呼んで慕っていたのだった。なぜ「はっちゃん」かといえば、「ナナさん」の彼氏だから「八」で「はっちゃん」。そんな単純な理由から付いたあだ名である。そんな人だから、犯罪を犯すケがあるなどとは、想像したこともなかった。

彼の犯した罪は「置き引き」。最初に聞いた時には、不謹慎ながら「なんだ、そんな程度か」と思った。人に怪我をさせてしまったとか命を奪ってしまったとか、そういう罪に比べたら軽いように感じたのである。だが彼がそのことで拘置所に入り、裁判を受けたと聞いた時には正直驚いた。しかも、実は彼は初犯ではなかった。持ち去った金額がかなり高額だったことと再犯であったことから、実刑は免れないだろうというくらい追い詰められた状況だったそうだ。

最初に警察から連絡がきたのは、恋人であるナナさんのところへだった。はっちゃんの両親は、世間体からか、すべての対応をナナさんに任せきりにした。拘置所のはっちゃんに面会に行ったのもナナさん、保釈金を出して欲しいとはっちゃんの両親に頭を下げにいったのもナナさん、裁判で証人として法廷に立ったのもナナさん……。要するにはっちゃんの両親は、息子であるはっちゃんのことを見捨て、切り捨てたのだった。

ではなぜナナさんは、そんなはっちゃんのことを見捨てなかったのか。

「彼がどん底から這い上がっていくところを、見たかったのかな」

ナナさんは言った。

「彼は私に言ったんだ。助けてくれって。俺は更生したい、真っ当に生き直したいって。本当ならそんな人、別れても当然かなって思う。でも、私は彼の生き直す姿を見たいと思った。彼の根っこはね、家族関係にあるんだ。彼の家は、お父さんがネック。お父さんが王様で横暴で、お母さんが自分を殺してそれをなだめてなんとかバランスを保っている。でも本当はバランスなんかとっくに崩れてて、お姉さんは常識を超えた性生活の果てに堕胎五回、妹さんへの暴言・暴力は日常茶飯事だったんだって。外ではいっさいそんな面は見せずに穏やかなお嬢様ふうを装ってるから、さらに気味が悪いよね。長男である彼は窃盗常習でしょ。唯一妹さんだけが、常識的な感覚を持っていたように見えたな。彼女だけが私に協力してくれた。彼女がいたから、私も彼もここまでやってこられたの。だから今度は私が、ミミちゃんにとって、子供たちにとっての、そういう存在になる」

ナナさんは、力強く言った。私はナナさんが「離婚」という事実を、最初からまっすぐに受け止めてくれたことの背景は、この事件にあったのだと理解した。ナナさんはこの数か月間、悩み、もがき苦しみ、勉強し、行動し、そしてそのことの上に、今の彼女があるのだ。


「いやー、私は今回ね、こう言っちゃーなんだけど、結構勉強したんだ。自分でもいい動きをしたと思う。執行猶予が付いたのだって、私のおかげだよ、本当に」

ナナさんはカラカラと笑って言った。

「それで思うことは、兄みたいな人の問題は、根深いと思うんだ。今だけやり過ごせばいいというのでもない。私が今回、彼氏のことでこんなに頑張ったのは、『これ以上加害者になる人を増やしたくない』っていう思いもあったんだ。ヘンな言い方だよね。普通『被害者を増やしたくない』って言うよね。でも、加害者になる人間が本当の意味で更生しなければ、被害者もなくならない。同じことが繰り返されていく。兄も一緒で、このままいくと、兄も加害者になるおそれが十分にある。今後ミミちゃんや子供たちに何か危険なことがないように、心配事の芽は、今のうちに摘んどいたほうがいいと思うんだ」

「本当にね。私も、今はまだ彼、何が起こっているのか、よく状況が把握できていないと思うんだ。でも、離婚したあとで、私のせいで人生狂わされたって、逆恨みされても困るしね。ああいう人は反省できないんだから、今後うまくいかないことがあったら、きっと全部私のせいにするよ。あの時離婚したことが、転落人生の始まりだった、なんてね」

「本当にそうだね」

「お兄さんはね、多分、母親との関係が問題なんだと思うよ。未だに母親への恨みを語るもの。それも、過去のことではなく、ただ中にあるかのようにね。あの歳で、まだ母親に対してあんなこと言ってるってことは、固執してることの裏返しでしょ。相当なマザコンだよね。思春期の少年じゃあるまいし」

「そうなんだよね〜。ミミちゃん、そのとおり。そうなのよ。あの親子は、昔からダメなのよ。母親がああでしょ？　私はとっくの昔に諦めているけど、お兄ちゃんはね、それができないんだよね。そして、自分ではそのことを絶対に認めない」

「でもね、いつまでも、母親のせいにしているわけにはいかない。母親は、変わってはくれない。だったら、自分が成長して乗り越えるしかない。悲しいけど、そうするしかないんだよね」

「そうそう。だからさ、兄には、私からカウンセリングを勧めてみようかと思う。私と彼氏が通っているカウンセリングルームがあるんだけど、そこの先生が、すごくいい。カウンセリングの過程って、本当に血を吐くくらい苦しいでしょ。でもね、彼はカウンセリングに通い始めてから、明らかに変わってきてる。本当に、目を見張るくらい。それは彼の努力もあると思うけど、先生との出会いに恵まれたのもあると思う」

「そう。カウンセリングって、当たった先生によって左右されちゃうこと、あるもんね。最初にいい先生に巡り会えるかどうかって、未来を決定付けるすごく重要な要素だと思う。ねえ、お願い。私の言うことは、夫は絶対に受け入れるわけないから、その話はナナさんからお兄さんにしてもらってもいいかな。それも、私から頼んだってことはいっさい匂わせずに」

「オッケー。ミミちゃん、これからは、私のことを、駒として使ってくれていいよ。兄もああだし、母もああだから、こじれると大変。どんな結果になるにせよ、私はミミちゃんと子供たちが、不幸になってはいけないと思うから」

「ありがとう」

「いやいや、私にとって、かわいい姪っ子、甥っ子たちの将来もかかっていることだからさ」

ナナさんは明るくそう言ってから、気付いたように口調を変えて言った。

「電話、長くなっちゃったね。子供たち、大丈夫？　お母さんは、もう休まなくちゃね」

私は純粋に彼女の気遣いが嬉しかった。こういうところが、夫や義母と違う。

「ありがとう。みんな寝ちゃってるから、こっちは大丈夫。ナナさんこそ、これから家に帰るんでしょ？　ごめんね、こんなに遅くまで」

「大丈夫。じゃあ、また連絡するね。おやすみ〜」

電話を切ってから思った。この人が義妹であったことは、神様から私へのプレゼントだ。

授乳していた末っ子は、長電話の間に熟睡してしまっている。私は末っ子からそっと身体を離すと、ベッドサイドの明かりを消した。夜泣きに備え、今のうちに眠っておかなくては。

*

次の日は日曜日。

朝八時半にインターホンが鳴った。モニターを確認すると、男の人が二人。ああ、そうだ、すっかり忘れていた。今日は庭の改修工事の職人さんが入る日だっけ！

なんて運がいいんだろう。他人の目があれば、絶対に変なことにはならないはず。

十時に、職人さんたちにお茶出しをしたついでに、探りを入れた。

「今日の工事、どれくらいで終わりますか？」

「そうですねー。まあ、そんなに大変な作業でもないから、夕方四時くらいかな……」

長ければ長いほどいい。

「そうですか。長引くこともありますか？」

「大丈夫じゃないかなー。そんなにはかからないと思うんで」

そうか、では十六時までにはなるべく夫を追い出そう。

約束の十五時が近付くにつれて、私の鼓動は速く、激しくなる。だいぶ緊張しているようだ。

十三時半に、夫からメールが入った。

「早めの二時頃に着きそうだけど、大丈夫ですか？」

母にメールをすると、十四時に来られるという。私は「大丈夫です。」と返信した。

庭を見ると、職人さんたちの作業は当分終わりそうにない。

職人さんたちが、なるべく遅くまでいてくれますように。私は祈りながら夫の到着を待った。

母が来てから数分後、十四時ちょうどに夫がインターホンを鳴らした。カギを開けて入ってこないでと言ってあったので、忠実にそれを守ったようだ。どうやら、「本当は節度をわきまえている夫」を演じる作戦のようだ。

「どうぞ」

私が無表情に言い、ドアを開けると、夫は、

「お邪魔します」

と言って入ってくる。

ダイニングまで入ってくると、夫はズボンのポケットからキーケースを取り出し、ガチャガチャと音を立ててカギを二本外した。

「これが、家のカギ。これがお義母さんちの。一応、近付かないよっていう意思表示のために」

「あ、そう。どうも」

別れを告げる恋人同士か？　夫がこのシチュエーションに酔っているように見えるのは、気のせいか？　私の心がすっと冷めた。

「パンツ、一応この中に用意しておきましたけど。五枚」

　私は、パンツのほかに、髭剃りや歯ブラシ、育毛剤、缶ビール、飲みかけの焼酎、花粉症の薬等の入った紙袋を差し出した。

「思い付いたものを入れておきましたので、他に気付いたものがあれば、自分で持っていってください」

　夫は紙袋を受け取り中を覗くと、一瞬不機嫌な表情をした。数日ではなく、本当に追い出されるのだということを察知したらしい。

「まあ〜、今日はとりあえずの物だけ持っていってさ、また取りにくるから」

「え、来るの？　でも、誰かに立ち会ってもらわないと、私、怖くて嫌だけど。私も用事があるし、そんなに都合よくあなたに合わせられるとも限らないし。なるべく不便しないように、必要なものはできるだけ持っていったほうがいいんじゃないですか？」

　私が言うと、夫は不機嫌さを必死で隠して言う。

「いや、でも、会社に泊まるから、そんなに荷物置いておけないし」

　どうしても、家に帰ってくる口実を確保しておきたいらしい。仕方ないか、今日のところは。私は、「あ、そう」とだけ答えて、今日は引き下がることにした。

だいたいの荷物をまとめ終わると、夫は言った。

「子供たちは?」

「二階にいるけど」

「少し話できる?」

「どうぞ。小さい子たち、起こしてきます」

私は少し不安だったものの、職人さんたちが来ていることと、いい天気で家の前を通る人がたまにいることを考え合わせ、安全は確保されるだろうと判断した。念のため家中の窓をわざと開け放しておいたから、万が一の時にも対処できるだろう。

夫は私のあとから階段を上がってくる。昼寝をしていた下の子たちを起こし、二階の子供部屋に子供たちを集めた。

「私は席を外したほうがいいわよね」

「いや、どっちでもいいけど」

なんで？　私に洗脳されている子供たちから、本心を聞きだしたいんじゃなかったの？

「でも、子供たちが本音を言えないと困るので、私は下に行ってます」

私は自ら宣言して、階下へと下りていった。


子供たちとの話は数分で済み、夫は子供たちを従えて階下に下りてきた。


「ちょっと、話いいかな？」

え、嫌だけど。

私は母の顔をうかがった。母は末っ子を抱っこして、そっぽを向いている。

「俺だってさー、一方的に言われてばかりだけど、言いたいことあるしさ」

私はどう答えようかと迷って、黙っていた。すると母が、私が言って欲しいことと真逆のことを言った。

「そうでしょう。一方的に出ていけだなんて、そりゃあ納得できないわよね。いいわよ、私があなたの話を聞くわよ」

私は口をぱくぱくさせて、無言で抗議をした。でも母は、私のそんな様子にはまるで気付かない。

何を言っているの！　こういう人は、まともに相手をしてはダメなんだってば！　昨日だって、義母の話に延々と付き合わされたじゃないの！　この人も同じくらい、いやそれ以上に手ごわいんだから！

しかしそんな私の心の声は、母には届かない……。

そこから二時間、夫は延々と、私に対する恨み辛みを、べらべらとしゃべり続けた。

こいつは新婚当時、テレビを見ている俺に向かって、背中がムカつくって言ったんですよ。背中がムカつくですよ。それはないだろうって思いますよね。それに、俺がされてきたことは、家事ハラだってわかったんですよ。インターネットで調べたら、俺とそっくり同じ人がいて、そういうの、家事ハラっていうんだそうですよ。それに、俺のご飯も全然作ってくれないんですよ。今日ご飯家で食べる？　って聞かれて、うんって言うと、そうなんだーって嫌そうに言う。そういうの、正直辛いんすよね。それに、俺が九時に帰ってきても子供たちと寝ちゃってたりするし、それに……。

ちょっと待ってよ。それは全部こちらにも言い分があるわよ。

「背中がムカつく事件」は、何十回となく言われ続けているけど、私はそんな言い方をしていない。「私は父親とうまくいっていなくて、そうやって私に背を向けてテレビを見ていられると、父親のことを思いだすからやめて」と言ったのだ。それにそんなもの、新妻がテレビに対してやきもちを焼いているだけではないか。「私と仕事とどっちが大事なの⁉」と似たようなものだ。器の大きい人なら、可愛い奴めで終わる話だ。しかもたった一回だ。私がこんなことを言ったのは、結婚してから今まで、たったの一回なのだ。

インターネットで調べた？　あなたは、この前言ったじゃないか。ああいうインターネットの書き込みって、俺全然信用してないんだよねって。

家事ハラ？　私があなたに注意することって、子供に注意するのと同じレベルのことでしょう？　「お皿は拭いてから戸棚にしまいましょう」、そのレベルでしょ？　それさえも言っちゃいけないの？

ご飯作ってくれない？　あなたがいらないって言うんでしょう。しかも、「今日のご飯何？」って聞いて、好きなメニューの時だけ食べたいって言うじゃない。そんなの、面倒臭いに決まってるじゃない。

子供たちと一緒に寝ていいって言ったの、あなたでしょう。疲れた顔して家事するくらいなら、俺がやるから早く寝ろって言ったの、あなたでしょう。私はそのかわり、早起きしてやってるわよ！

夫が母に私の悪口をさんざん吐き出している間、私は職人さんにお茶を出し、子供たちにおやつを食べさせ、末っ子の授乳とおむつ替えをし、晩ご飯の下ごしらえをし、お風呂の準備をし……。

それでも夫は出ていこうとしない。

職人さんたちはとっくに帰ってしまった。私の中からすでに夫への恐怖心は消えていたが、いつまでも出ていこうとしない夫に対して、しびれを切らしていた。

そろそろ空気読んでよ。

「あのー、もうそろそろ子供たちをお風呂に入れないといけないんだけど。きりがないので、今日はこの辺でいいでしょうか」

私が暗に、出ていって欲しいということを告げると、夫は妙に清々しく、好青年のように言った。

「ああ、そうだよね。ごめんごめん」

夫のそういった表面的な演技が、私をさらに苛立たせる。

「じゃあ、また何か忘れ物があったら、連絡するから、悪いけど会社に送って」

「わかりました」

「じゃあ、みんな、元気でね。ばあばの言うことをよく聞くんだよ」

こういうふうにチクチクと悪意をちりばめた言い方をする。ママの言うことを聞くんだよ、ではなく、ばあばの言うことを聞くんだよ、である。わざとらしい。まるで女子のイジメみたいだ。

夫が玄関を出ていくと、どっと疲れが出た。ああ、もう……。だから相手にしちゃいけないのに。

私は夫の車のエンジン音が聞こえなくなるとすぐに、母に噛みついた。

「なんで話を聞くなんて言うのよ！　どうして私の母親が、向こうの愚痴を聞いてやらなきゃならないの？　私のほうが間違っていると思っているならともかく」

「そういうわけじゃないけど、あのねぇ、こういう時は、とことん話を聞かないとダメなのよ。あとから、親子で結託して陥れられたなんて言われたら、困るじゃないの。自分の言い分もきちんと聞いてもらえたって、思わせなきゃダメなのよ」

あのねぇ。

母の言い分は、それはそれはもっともなように聞こえた。でも、違う。私の心の声が言った。マトモな人ならそうかもしれない。でもあの人にそれは通用しない。こちらの厚意は当たり前、こちらのミスは徹底的にたたくのが彼だ。たとえこちらに非がなくたって、非があるかのように攻撃するのが彼だ。この二時間は、彼の中に何の痕跡も残さない。全くの無駄な時間だったと言っていい。

なんにもわかってない。母親なのに、私の味方にはなってくれない。私は泣きたかった。

でも、仕方ない。母は、夫のような、自己愛性人格障害という人の扱い方を知らないのだ。私は昨日A子に借りた本を、母に手渡した。

「これ、友達から借りたの。DVを受けた経験のある友達から。これを読んだら、少しはわかるかもしれない。読んでみて」

この二日間、夫と離れていたことで、本当の自分の気持ちに少し近付けたような気がしていた。身体も軽かったし、本当に自分は離婚をしたいのか、何度も何度も問い直して、その気持ちが間違いないという確信を深めていた。だが、これで元の木阿弥だ。私はまた、自分が間違っているような気持ちになってしまった。夫からの攻撃に対して、いくら心の中で反論したって、あなたの感覚は間違っていないと言ってくれる人がいなければ、不安になってしまうのだ。私のほうがおかしいのかもしれない。私のほうが非常識なのかもしれない。だって、そうだろう。相手は絶対の自信を持って、私を攻撃してくるのだから。

*

夫　その3

なんだよ、この荷物。まるで本当に帰ってくるなって言ってるみたいじゃねえか。こっちがこんなに下手に出てるのに、調子に乗りやがって、あいつ。

しかし、子供たち、誰も「パパ行かないで」って言わなかった。どんな手使って言いくるめているんだ？　おかしいじゃないか。

だってあいつ、子供たちのこと、いつもいつも叱ってばかりじゃねえか。

ゲームするな、お菓子食うな、ジュース飲むなって禁止ばかり。

俺のほうがよっぽど優しいぞ。

俺がいつも、ゲームくらいやらせてやれ、好きなもの食わせてやれって、味方になってやってるんじゃねえか。マンガやおもちゃを買ってやるのも、いつも俺じゃねえか。

子供たちは、俺のほうが好きだろう？　絶対。


俺のことを引き止めるなって、あいつに言われているに違いない。

卑怯な奴だ。

畜生。このままじゃ、あいつの思うつぼだ。俺ばかりが悪者になってしまう。


だけど、お義母さんに、あれだけ訴えてやったしな。

お義母さんも、「わがままな娘だから」って、いつも言ってるもんな。

今頃、あいつのことを叱ってくれてるかもしれないよな。


しかし、これだけ俺が譲歩してるのに、あいつは全然譲らないんだな。

意地っ張りな奴だな。

そんなにあのＤＶＤが大事だったのかな。


待てよ。男でもいるんじゃねえのか？

いや、そんなわけないだろう。あいつはほとんど家にいるんだ。出会いだってないだろうし、あいつがそんなにモテるわけがない。

いや、でもな。あいつ、俺に浮気するなって一回も言ったことないしな。携帯のチェックだって、されたことないしな。俺の携帯なんて、全く興味なさそうだもんな。

やっぱり、男でもいるのかな。

畜生。あいつの携帯、チェックしておけばよかったな。

いや、でも違うか。さすがに浮気じゃないか。

そうなるとやっぱりＤＶＤか。

なんだよ。会社に着いたら、すぐにもう一度車の中を探してみよう。

だから題名言えって言ったのに。そうしたら買ってこれたかもしれないのに。


本当にわけがわからない女だな。

ふざけんな。ムカつくんだよ。

＊

夕食時、私は子供たちに聞いてみた。

「今日、パパと何をお話ししたの？」

すると、一番上の子が、考え考えしながら答えた。

「ええとね。淋しい思いをさせてごめんね。これから別々に暮らすことになるけど、パパは自分のできることをするからね」

「え？　それだけ？」

「うん、それだけ」

「で、あなたたちは何を話したの？　ちゃんと、言いたいことは言えたの？」

「言えた！　昨日ナナちゃんにメールしといたから。ナナちゃんに相談してよかった。ちゃんと、自分の考えを言えた」

「なんて言ったの？」

「ええとね。パパのことが嫌いなわけじゃないんだよ。でも、怖いから、今は別に暮らしたいって」

「すごいね。本当に、ちゃんと言えたんだね。怖くなかった？」

「ちょっとは怖かった。でも、ナナちゃんが、大丈夫、パパは子供たちにはなんにもしないよって言ってくれたから。本当の気持ちを言っていいんだよってメールで教えてくれたから、だから言えたの」

「よかったね。パパ、なんて言ってた？」

「別に」

子供は、すごい。ちゃんと言いたかったことが言えている。

今日夫が一時帰宅することを知り、そして子供たちと話したがっていることを知り、子供たちは不安がった。だから昨夜のうちに、私の携帯から義妹にメールで相談していたのだ。義妹はこういう時、真摯に子供たちと向き合ってくれる。子供にもわかるような言葉で、誠実なメールを深夜に返してくれていて、子供たちは今朝、それを読んだのだった。

でも……。それに比べ、夫のほうは、なんともお粗末である。一見、良識のある大人の言葉のように聞こえる。だが、心に訴えるものが何もない。要するに、可もなく不可もないのである。

夫は本当に、こんなことを伝えたくて戻ってきたのだろうか？

「あなたは？　パパになんて言ったの？」

私は二番目の子に向かって尋ねた。

「なんにも言わなかった」

えー？


私は、夫が子供たちと話したいと言っていた真意をはかりかねた。

夫は、私が子供たちを洗脳してずるいと言った。俺のいない間にそんなことを決めて、卑怯だと言った。

そう言った人が、子供たちと話したことが、たったのそれだけ？


そして突如、理解できてしまった。夫の考えていたことが。

これは私の勝手な想像だ。でも多分、当たっている。

夫は、自分が家に顔を出せば、誰かしら「パパ行かないで」と言ってくれると思っていたのだろう。疑いもせず。そうなれば、「ほら、子供たちもこう言っていることだし、つまらない喧嘩はやめて」という話の流れになると、勝手なシナリオを思い描いていたのだろう。

だが、現実はそうはならなかった。言っておくが、私は子供たちに対して、事前に入れ知恵などしていない。自然な流れでそうなった。想定外の事態に、夫は、発するべきセリフを思いつかなかったのであろう。そして、そのなりゆきのまま、出ていった。

　アドリブの利かない男優さん。主演失格だ。

「自分はどうしたいって、全然言わないんだね」

　私がぼそりと言うと、一番上の子供も答えた。

「それ、思った。パパはどうしたいのって。本当に離婚したいの、それともしたくないのって。あとね、本当に子供のこと、どうでもいいんだって思った。それがちょっと悲しかった」

　ああ、そうか。どんなにいい父親を装っても、伝わってしまうものなんだ。あの人にとって一番大事なのは、自分のプライドで、子供はその次でしかないってことが。

「でも、パパがもし、少しでも自分が悪かったたって気付いてくれて、悪いところを直そうって思ってくれたら、これからも仲よくできるかもしれないよね。たとえ離婚することになったって。だから、そういう治療っていうのか、カウンセリングっていうんだけど、そういうの、やってみたらどうかって、ナナちゃんがパパに言ってくれることになってるんだ」

「ふぅ～ん」

「それなら淋しくないよね。別々に住んでても、たまに会えて、いいお父さんになってくれればさ。それに、もしかしたら離婚しなくても済むようになるかもしれないよ」

「そうだよね。今のままのパパじゃ、嫌だもん……」

＊

その夜、私は今日の一時帰宅の様子を、義妹にメールで報告した。

「ナナさん、いろいろありがとう。ちょうど庭の改修工事の職人さんが入っていたこともあり、今日の一時帰宅は何事もなく無事終了しました。子供たちも、ナナちゃんのおかげで言いたいことが言えたと、感謝していました。でも、お兄さんはひどいんです。私の母をつかまえて、二時間も私への非難をしゃべり続けていきました。お兄さんが出ていったあと、どっと疲れました。お兄さんは、実家ではなく会社に泊まるそうです。相方さんも、さぞ迷惑なことでしょう（苦笑）。

今日、一つ、決めたことがあります。お兄さんが出ていく前、私は最後の質問をしました。その質問の答えによって、どちらの道を選ぶか決めようと思っていました。

あなたは、あのＤＶＤのことで、私を怒鳴りつけたこと、どう思っているの？

少し時間が経って冷静になった今なら、以前とは少し違った答えが返ってくるかもしれないと思ったのです。お兄さん、なんて答えたと思いますか？

あれはお前がひどい態度をとったからだろう、と言いました。私の母の前で。

私はさらに聞きました。本当に、あなたは少しも、悪かったと思っていないの？

お兄さんはこう答えました。うん、と。

私の心は決まりました。もし、ほんの少しでも、悪かったと言ったら、急いで離婚をしなくてもいいかなと思っていました。彼が少しずつでも変わっていけるように、一緒に努力もできるかと。でも、もうダメだなと思いました。彼のプライドがそうさせるのなら、今日、あの瞬間に、そのプライドを捨てられなかった彼は、きっと一生捨てることはできないでしょう。たとえいつかその日がくるとしても、そこまでは待てません。私と子供たちの人生を、無駄にすることはできません。

だから、この先もし彼が反省する可能性があるとしても、別れることに決めました。もし明日、俺が悪かったと言ったとしても。

でも、ナナさんとは、お兄さんのこととは関係なく、これからもお付き合いをしていけたら嬉しいです。だって、ナナさんは、子供たちの叔母なんだから。離婚することで、私たち家族には大人が一人足りなくなります。でも、たとえ父親が欠けていても、ほかの大人たちがそれ以上に愛情をいっぱい注いであげれば、きっと少しは埋めることができる。ナナさんには、それをこれから協力して欲しいのです。

子供たちも、ナナさんのことをとても信頼しています。だから、これからも、よろしくお願いしますね。」

第三章　相談

火曜日、私は末っ子と三番目の子を連れて、予約を入れていた市の女性相談へ行った。上の二人は学校給食が始まったが、新一年生はしばらく午前中だけで帰宅する。それでも四番目の子が保育園に行っている平日は、なにかと動きが取りやすいのだった。

帰ってきた子供と末っ子を、それっとばかりに車に乗せ、まずは回転寿司のお店へ行った。そこで昼食を済ませてから、さらに市役所へと車を走らせる。

三番目の子は、外食とドライブに、うきうき、にこにこしている。しょぼしょぼと雨が降りしきる中、渋滞で一向に進まない車の列にイライラしながら、しかしここで事故など起こしてはさらに面倒なことになると自分に言い聞かせ、いつもよりも慎重に運転した。

約束の十三時半ちょうど、私たちの車は目的地の駐車場に着いた。

十台ほどしか停められないその小さな駐車場には、大きな水たまりが、あちらこちらにできている。傘をさしながら末っ子を抱っこするという苦しい姿勢で、水たまりをよけながらぴょんぴょんと駐車場を横切り、やっとのことで建物の玄関までたどり着いた。三番目の子は傘をさして、「うわぁ、きゃあ」と嬉しそうに言いながら、私のあとを歩いてくる。

　ここは以前にも来たことがあった。市役所のすぐ隣に建つ小さなコンクリートの建物は、女性相談だけでなく、児童の虐待に関する相談も受けている。以前に来た時は、仕事の用事でだった。市役所近くの診療所でソーシャルワーカーをしていた私は、児童虐待に気付いた時に、診療所としてどのように対処したらいいか、そのノウハウを相談しに来たのであった。

　あの時は二階に上がって奥の部屋を訪ねた。今日は手前側の部屋。まさか数年後に、自分がクライエントとしてこの場所を訪れることになろうとは、あの時は思いもしなかった。ソーシャルワークの世界では、来談者のことを「クライエント」と呼ぶ。いつもは相談を受ける側の私が、今日は相談する側の「クライエント」としてここに来ている。私は妙な気分で、見覚えのあるその廊下を歩いた。

「女性相談」と書いてある古びたドアをノックすると、「どうぞ」と中から声がして、ドアが開いた。

「あの、今日一時半に相談の約束をしていた者です。少し遅れてしまって、申しわけありません」

　私が言うと、

「ああ、ちょっと待ってくださいね。あちらの相談室のほうへ、どうぞ」

と、さらに奥まったところにある小部屋に案内された。小部屋の中のテーブルも椅子も、古びてうす汚れている。なるほど、この見るからにお金をかけていない感じが、いかにもお役所がらみの機関らしい。親子三人で少しの間待っていると、担当者らしい中年の女性相談員が入ってきた。

「あらー、かわいい。男の子？　女の子？　どっちかわからないー」

相談員は、私に抱かれている末っ子の顔を覗き込んで、にこにこと話しかけた。

「さて、どうしようかなー。お子さんは飽きちゃうもんね。赤ちゃんはママの近くがいいし。ちょっと待ってよ。ねえ、ちょっと手伝ってー」

相談員は、さっき私が声をかけた部屋に向かって叫ぶ。もう一人の女性職員がやってきて、相談員と一緒に机と椅子を動かし、面談しやすいように配置し直してくれた。白い机を挟んで、相談員と私が向かい合って座れるように椅子を配置し、私の座る椅子の横に、二つの椅子を向かい合わせにつなげ、簡易ベビーベッドを作った。肘かけの付いた椅子を、向かい合わせてつなぐと、ちょうど末っ子がすっぽり収まって寝られる広さになる。肘かけと背もたれがちょうどいい塩梅にベッド柵のようになった。

「よし、これで安心。じゃあー、小学生は向こうのお部屋でぬりえしてようか？」

「うん！」

三番目の子は、もう一人の女性職員と一緒に、嬉しそうに隣の部屋へ行ってしまった。

「さて、では、お話を聞かせていただこうかしらね」

いつもは私が相談を受ける側にいるのに、今日は私がクライエントとして話をしている。不思議な気分だった。名前、生年月日、住所、家族構成などから順に聞き取りがされていく。お決まりのパターンだ。

それらの項目の聞き取りがひととおり済むと、今日ここに相談に来るに至った経緯に移った。最初に電話相談で話したのと同じことを、私は話した。昨日ここの予約を取る際にも、電話でだいたいの経緯は説明したから、記録は残っているはずである。どこまで詳しく話すべきか、私は相談員の反応を見ながら考えた。こういう時、相談を受ける側の視点をどうしても捨てきれない私がいる。私が相談員だったらどのような情報が欲しいか、ついつい考えながら話してしまう。これはもう、職業病だ。

だいたいの経緯を話し終わったところで、相談員は、もうすべてわかったというふうに言った。

「まあ、要するに、DVっていうか、モラハラよね、モラル・ハラスメント。どうしようもない子供なのよ。こういう人はね、放っておくしかないわね。離婚する、しないも、離婚のタイミングも、あなた次第。すべてあなたが決めていいのよ」

え、本当に……？

私は、キツネにつままれたような気分で相談員の顔を見た。当たり前のことだが、どうやら冗談を言っているのでも、からかっているのでもなさそうである。

これは何なんだろう。私はむしろ困惑していた。結婚してから、離婚を決意するまでの十二年間、こんな話をして、全面的に肯定してくれる人なんて一人もいなかった。それはあなたのわがままだと、面と向かっては言わないまでも、誰もがそんなメッセージを発していた。夫だけではない。義母も、実の母でさえも。耐えきれず職場で愚痴をこぼした時は、「それはあなたのハードルが高すぎるんじゃない？」なんて言われたこともあった。だから、友達には、最初から愚痴なんてこぼしたこともなかった。つまらない人間だと思われたくなかったから。

でも、土曜日の電話相談でも、そして今日も、私に問題があるとは一言も言われなかった。本当に、一言も。

こういった機関の相談員は、必ず専門のトレーニングを受けているはずである。なぜなら、彼らの発した一言で、クライエントの人生が左右される可能性が十分にあるからだ。ましてや離婚を考えている女性がそれを肯定された時、実際に離婚に踏み切る可能性は、かなり高いであろう。

にもかかわらず、公の相談機関の相談員が、口を揃えて言ってくれた。離婚という選択肢は、間違っていないと。

私は、相談員の様子を観察した。どうも、ここで否定したら私が絶望して死んでしまうかも、という同情心から、肯定してくれているのではなさそうである。おそらく彼女は、私の話す内容、態度、連れてきた子供の様子から、公正に判断して、その発言をしている。彼女はプロだ。事細かに説明を聞かなくても、だいたいの話す内容、雰囲気から、状況がわかるのだろう。そして、電話相談と違い、ここでは顔が見える。土曜日よりももっと確実な情報、ニュアンスを、相談員は得ることができる。この人の意見は、多分信用できる。私は、日常的に私が感じていることについて、この相談員の意見をもっと聞いてみたくなった。

「あの、夫は言うんです。お前の態度がひどいから、俺がこうなるんだって。入学式の前日も、私が顔をゆがめたのがひどい態度だって」

「あー、そういう夫のいちゃもんはね、相手にする必要ない。人には表情ってものがあるからね。もし旦那さんがあなたのしかめ顔を見たくないって言うのなら、後ろ向いてしゃべればいいのよ」

後ろを向いてしゃべる。そんなことをしていいのか。

「それに、私が嫌がることを、わざとしているように見えるんです。それに対して私が意見すると、もっともらしい屁理屈で返してきて」

「そりゃーそうよ、あなた。だって、相手は子供だもの。子供って、悪いことをして大人の気を引こうとするでしょ？　いいことをして気を引こうとしないでしょ？　それとおんなじ」

そうか、そんな程度なのか。彼の意見を尊重しなければいけないわけではないんだ。

「それにご飯も」

「ああ、そういうのはね、あなたはあなたで勝手にやってって、それでいいのよ。だって、相手は大人でしょ。自分で作るなり買ってくるなり、できるでしょ」

相談員は、だんだんと私の話を最後まで聞かなくても返答するようになった。話のさわりだけを聞いて、私の言いたいことの見当がつくようなのだ。

大丈夫、これは本物だ。私はだんだんと自信を取り戻しつつあった。

私も相談を受ける立場であるから、この相談員の感覚がなんとなくわかる。相談に来た人の話を聞くうち、だんだんと相手の言いたいことの予測がつくようになるのだ。そういった経験からくる勘は、あながち馬鹿にできないのであった。たいていの場合、そういった勘は当たっている。今回の場合も多分そうであろう。この相談員は、すでに私の主張をほとんど丸ごと把握してしまっている。そしてその感覚は、多分間違っていない。

帰宅後。今日の相談の内容をメモ用紙にまとめてみた。

①夫のいちゃもんは相手にしない。
②離婚は私次第。決定権は私にある。
③離婚の前に公正証書を作るとよい。

④話し合い（公正証書作成）のポイントは、養育費、慰謝料、財産分与、子供たちと夫の面会。話し合いの場には、第三者（できれば男性）に同席してもらうとよい。
⑤こじれたら家裁調停へ。
⑥カウンセリングは夫の問題として、私は関わらない（義妹主導）。

うん！　私は声に出してつぶやいた。

なんともすっきりした。これからどうやって夫との交渉を進めていけばよいのか、ポイントがまとまった。


それにしても……。

私はこんなにくだらない人と生活を共にしてきたのか。

今まで、夫は成熟した一人の男性だと思ってきた。だからこそ、夫の言うことを真に受け、少しでも歩み寄ろうと努力してきたのだ。それが、すべて無駄だったとは。

あまりにも虚しい結論だった。でも、それがまさしく正解なのだ。

では、私はなぜあんな人を選んでしまったのだろうか。

わからなかった。

しかも、結婚して何年も経たなければ、気付くことさえできなかった。どうして今まで気付かなかったのだろう。どうして……。

たった一つだけ、明確な答えがあった。

私は、この五人の子供たちに、どうしても会いたかったということだ。一人でも欠けては嫌だ。五人ともすべて、かけがえのない、大切な私の魂だ。

だから、今まで気付かないようにしてきたのだ。全員の子供が揃うまで。心のどこかでおかしいと思いながら、気付いてしまったらすべてが終わるとわかっていたから。

そして、きっと私だけではないのだと思った。夫婦の関係が、自立した男女の対等な関係ではないと気付かずに、自分のわがままなのだと言い聞かせながら、日々をやり過ごしている人が、一体どれほどいることだろう。皆、辛い辛いと訴えないだけだ。何があったって、外では笑って幸せそうに過ごしているだけだ。本当は、心が悲鳴を上げているとしても。

＊

夫　その4

あ……もしもし。あの、ＤＶの加害者の電話相談ですか？　あ、そうですか、はい、はい。

いや、実は、奥さんに家を追い出されちゃったんですよねー。ははは、はい。

いやー、ＤＶだって言うんすよね。別に、暴力も振るっていないのに。

実は、あの、奥さんの大事にしていたＤＶＤを、なくしちゃったみたいなんですよね。いや、僕がじゃなくて、僕の母親に貸してたらしいんですよ。それで、それを母親から預かってきたんですけど、それが途中でどっかになくなっちゃったみたいで。いや、わかんないんですよね。僕も悪気があったわけじゃないし。でも、奥さんがひどい態度でそれを責めるんですよ。え？　ああ、なんか、ものすごい嫌そうな顔をするんですよ、いつも。なんか、そういうの、辛いんすよね。なんでこんなことされてまで一緒にいるのかなって。それで、思わず怒鳴っちゃったんすよ。俺が悪いのかよって。そしたら、なんかどっかの電話相談とかに電話したらしくて、ＤＶとか言われて。それもひどいんですよ。出張中にメールで、もう帰ってくるなって。こっちは家族のために仕事してるんじゃないすか。

僕も結構辛い思いをしているんですよね。ええとね……、たとえば、僕が九時くらいに帰るじゃないですか。そうすると、奥さんは子供たちと一緒に寝ちゃってるんですよ。それで、晩ご飯のあと片付けは僕がやるんですよ。そうそう。それで、そのあとに洗濯をして、干して、寝るんですよ。

でも僕のやる家事には、結構口出しますすね。お皿の拭き方がどうとか。そうそう。ネットで調べたら、そういうの家事ハラって言うんですってね。そう言っても、奥さん、聞く耳持たないんすよね。

そうですね～、夫婦の会話なんて、ここんとこ、ないですね。


え？　モラハラ？　奥さんの？

あー、そうですか。

はい、はい。ふーん、なるほどね。


あー、そうっすか。ふんふん、お互いにね。あー。

わっかりましたー。うん。ちょっとね、もう少し話し合ってみます。

なんか、ちょっとすっきりしました。

そうっすねー。

うん、うん。


どうもありがとうございましたー。

はい、はーい。

＊

その週の土曜日、朝九時前に夫から電話がかかってきた。

「あ、もしもし、おはよーさん。今、ちょっと電話いい？」

嫌だったが、拒否するわけにもいかない。朝の家事は、母が手伝いにきてくれていた。

「ちょっとだけなら……」

私は最近お決まりの文句を言った。

「実はさ、ＤＶ加害者の電話相談ってのに、電話してみたんだよね」

夫は例の、必要以上に愛想のいい声を出して言った。

ＤＶ加害者の相談？　少しは夫も反省したのか……？　私は少し警戒を解いて言った。

「へー。それで？」

「そうしたらさ、奥さんのやっていることがモラハラですねって言われたの」

夫は幾分得意げに聞こえる声で言う。かきむしるような不快感が、私の胸を走った。

「何、それ。私のモラハラ？」

「そう」

「それは、どういうこと？」

私はあまりにも聞き捨てならないその言葉に、思わず乗せられてそう言った。

「いやね、夜九時には寝てしまって、夫婦の会話もないっていうようなことを言ったらね
……」

「それは、あなたがそうしろって言ったんじゃない！　私の疲れた顔を見るくらいなら、

やり残した家事は俺がやるって。そんなの、何年も前から、お互いに納得してそうしてきたでしょう？　あなたは夜の家事、私は朝の家事って。それに、今は子供の夜泣きがひどいのよ？　私は夜中に何度も起きてる。そういうこと、ちゃんと説明したの？」

私は怒りで我を忘れ、強い口調で迫った。夫はそんな私の様子に、満足そうな声で答えた。

「いやね、相談員がそれは奥さんのモラハラですって、あまりに悪く言うもんだからさ、俺がお前の弁護をしたくなったくらいだもん。いくら大変だといっても、奥さんは、少しくらいはあなたと話す時間を取ることもできるでしょう、それを全くの拒否なんて、それはモラハラですって」

なんなの？　その相談員……。私はそいつの首根っこをひっつかまえて、引きずり回してやりたいくらいだった。あんたのような質の低い相談員の軽はずみなアドバイスで、この人は反省するどころか、図に乗ってしまったのよ！

「あとはね、こういうことも言われた。あなたたち夫婦は、お互いに相手のいることが当たり前になってしまっているのでしょう。だから、お互いを思いやる気持ちを、忘れているんでしょうって」

あまりの屈辱的な言葉に、私は泣きたくなった。なんてひどい相談員。私たち夫婦のことは、そんな一般論で片付けられるようなことではない。あなたはそうでしょう。私のいることが当たり前になり、何をしても許されると思うようになってしまった。そのとおりでしょう。でも、私は違う。今まで何かおかしいと感じながら、あなたが私にしてくれたことを思いだして、必死であなたへの愛情を取り戻そうと努力してきた。毎晩毎晩、布団の中で、あなたはあの時こうしてくれた、こんなに私を大事にしてくれているじゃないかって、過去のあなたのことを一生懸命に思いだしていた。あなたのいることが当たり前だなんて、そんなふうに思ったことは、ただの一度もない。逆だ。夫婦なんて、ほんの少しのことで壊れてしまうって、いつだってそう思ってきた‼

「あなたが思っている以上に、奥さんは怖かったのだと思いますよ、とも言われたな」

夫はここまできてやっと、自分にも非があることを匂わせる発言をした。

なんだ、それは。相手を先に非難しておいてから、自分の非を認めるってわけか。

自分の非を認めてもいいが、お前だって悪いだろうと言いたいのであろう。少しでも相手に与えるダメージを大きくしようとする、夫のお得意の手口だ。

「あとさ、妹から電話がきたんだよね。それで、カウンセリングを受けたほうがいいんじゃないかって言われてさ。要するに、あれだろ？　母親との関係うんぬんってやつだろ？」

「そうね、前からあなただって認めているじゃない。母親との関係に問題があるだろうって」

「そうだな。受けてみてもいいと思うんだよ。だってさ、少しの時間だったけど、電話相談受けて、その前後で、自分の考え方が大きく変わったなって思ったもん。これが定期的にカウンセリングを受けたら、多分、本当に効果的なんだろうなって思う」

人が変わるのはそんなに簡単なことじゃない、と私は思ったが、夫にしては少し重みのある発言である。少しは真面目に考えたのだろうか。私はそれを見極めるために、先を促した。

「うん、それで？」

「でもさー、あの母親だろう？　あいつは変わらねーと思うぜ？　もし一緒にカウンセリングを受けたとしてもさ。だって、六十過ぎてもまだああだぜ？　あっはっはっは。はぁー。笑いごとじゃねーか」

彼は、豪快に笑ったあと、急にしんみりとした口調で言った。それが演技なのか本当のため息なのか、電話ではわからなかったが、自分がこうなってしまった責任は、母親にあると言いたいのだということはわかった。もし仮に全面的に母親が悪いのだとしても、母親のせいにしているうちはあなたは変われない。

「お義母さんがカウンセリングを受けるのは難しいと思うけど、あなたがそんな母親との関係を乗り越えるために、あなた一人で受けることだって有効だと思う。必要なら、私が一緒に行ってもいいわよ」

夫が少しでも自分の問題として引き受けることができるようにと、私はそのように言ってみた。

「そうか。そうだなー。まあ、考えてみるよ」

彼は、本気かもしれないと思わせるような、すっきりした明るい声で言った。少しは前向きに考えてくれるだろうか？

夫とヨリを戻す気は全くなかったが、子供たちの父親として、少しは成長して欲しかった。かすかな期待をかけて、私は彼に歩み寄る姿勢を示した。

少しは明るい展望が開けて電話を終えたように思っていた。だが、時間が経つにつれ、徐々に私の心を不快感が占めていった。

この数日、夫から解放され、私の心は自由になりかけていた。自分の感覚を信じることができるようになっていた。なのに、今、私の心はまた罪悪感で満たされようとしている。夫が巧みに、私の罪悪感を呼び起こしたのだと思った。私は夫の策略にまんまとはまり、夫に同調させられてしまった。

夫が本当に変わってくれる気があるのなら、私はできる限り協力しようと、さっきは本気で思っていた。だがそれが、私をつなぎとめるためのただの策略だとしたら、絶対に乗せられてはいけない。

私はまだ、夫と二人きりで話すと、夫のペースに巻き込まれてしまうようであった。それでも、すぐにそんな自分に気付けたのは、少しずつ夫の束縛から自由になりかけている証拠かもしれない。私は、夫とのコミュニケーションは事務的なことにとどめ、今後絶対に二人きりで深い話はしないと、心に決めた。

＊

ピンポーン。インターホンが鳴る。
思考が中断され、私はイラッとした。
「お届け物で～す」
なんだろう？　通販では何も頼んでいないし。
郵便屋さんから小さな包みを受け取り、差出人をよく見た。
うえー。夫だ……。
また動悸がしてきた。やっと電話を切ったと思ったら、今度は小包か。

包みを開けると、ＤＶＤが三枚、それと小さなメッセージカードが一枚入っている。

「車の中にありました。すいませんでした。」


うーん。


私は複雑な気分だった。これは、謝ってもらったことになるのだろうか？

形としては、まあ、謝罪と言えるのだろう。

でも、すいませんでしたって。

うーん。

すいませんでした？


この人は何を謝っているつもりなのか、よくわからなかった。

車の中に落ちていて、返すのが遅れたことか？　それとも、母親から預かったのに、それを伝え忘れたことか？　なくしてしまったかもしれないと、やきもきさせたことか？

それとも、俺が悪いのかと私を怒鳴りつけたことか？

全く謝ってもらった気がしなかった。むしろ、ふてくされて「すいませんでした」と吐き捨てられたような気分だった。不良の高校生が、先生に向かって「すいませんでした」とふくれっ面で形だけ謝っている姿が目に浮かぶ。

しかも日本語が間違っている。正しくは「すみ**ま**せんでした」であろう。謝意を表すのなら、美しい日本語を使うべきだ。

しかしこれにより、夫の側には「謝った」という既成事実ができる。

ふん……。

私はそのカードを、ポイッとごみ箱に捨てた。

「ねえねえ、旦那さんの電話、なんの用事だったの？」

ひととおりの家事を終えた母が、私に寄ってきて、意味ありげな顔をして聞いた。

「ああ、ＤＶの加害者相談に電話したんだって」

私は無愛想に答える。別に母が悪いわけではないが、母のその、若干野次馬的な興味津々の態度が気に入らなかった。

「おたくの旦那さん、本当にわかっていないわよね。小さな子供が五人もいるのに、今の時間、忙しいって気付かないのかしら。長くならないうちに切るとかねえ。一緒に住んでいたんだから、わかりそうなものだけどねぇ」

「だから、そういうの、わからない人だって言ってるじゃない。そういう常識が、通用しない人なんだってば！」

私はイライラして、思わず強い口調で言った。

「そうよねぇ。今だから言うけど、五人目が産まれてから、旦那さん、全然協力しなくなったわよね。普通、逆よね。子供が増えればそれだけ、だんだん協力的になっていくものじゃない？　私が手伝いにくればいいって思ってたけど、ねぇ」

ほら、本当はそう思っていたんじゃないか！　私が夫と別れるって言った時、彼は頑張っていると言ったのはどこの誰だ！

「今日は友達が来る予定になってるから、早く準備しないと」

母に手伝ってもらっているにもかかわらず、私は無愛想に言った。

「そう、じゃあ、私はこれで帰るわね」

「はい。どうもありがとうございました」

母は道路を一本挟んだ向かいの家へと帰っていった。


母に悪気はないとわかってはいても、あの偽善者ぶりには、いつもイライラさせられるのだった。ああやって私の気分を逆なでするようなことを言っておいて、私がつい乗せられて悪口を言うと、そんなことを言うもんじゃないと、今度は相手を弁護する。母はどこまでも自分が善人でいたいのだ。だから私は、母が善人でいられるように、なんとなく母の前では、悪役を演じてしまうのだった。

ああ、もう……。イライラする！

＊

十三時半。ツダちゃんが我が家を訪れた。

ツダちゃんは、学生時代からの友人だ。精神保健福祉士で、精神科の病院でＰＳＷ（精神科ソーシャルワーカー）をしている。就職してからも、年に一、二回、ランチなどをして愚痴をこぼし合う間柄だ。今日は、どうしても話したいことがあると無理やり呼びだして、家まで来てもらったのだった。

「ごめんね。私の用事なのに、わざわざ家まで来てもらっちゃって」

「いいよー。案外近いもん。どうしたー？　なんかあった？」

ツダちゃんは、私の話をほとんど聞いてくれなかった。いや、そう言っては語弊がある。先日の女性相談員と同じで、一、二個のエピソードを聞いただけで、すぐに状況をほぼ正確に把握してしまった。

「あんまり詳しく聞かないんだね」

あまりにすんなり私の話を信じてくれたので、私はむしろ不安になって聞いた。

「まあ、言わずもがなって感じですかね。そういうケース、いっぱい聞いてきてるんで」

ツダちゃんは、私の言うことを一言も否定せず、夫の肩を持つようなこともいっさい言わなかった。

「いやー、だけどさ、まさかDVだったなんてね……。そんなこと、今まで一言も言わなかったじゃない」

ツダちゃんは、私の十二年間の結婚生活を、ずっと見てきている。私が夫の話をするたびに、いつも、いい旦那さんだね、と言ってくれていたのだった。

「言えなかった……のかな。私にとって、ただの愚痴では済まないくらい、深刻だったんだと思う。でもね、ツダちゃん、いつも言ってくれたでしょ？　いい旦那さんだねって。そう言われるたび、心の中で思ってた。本当にそうかな？　って。夫のことを誉められて、素直に喜べたことって、一度もない。だから、自分でも感じてたんだと思う。何か違うって。こうなってみて、やっとすべてのことがつながったの。今まで感じてきた違和感とか、腑に落ちないこととか。そういうのが、全部すっきりした。すべてのことの、答えが出てしまった。だから、もう終わりなの」

「そうかー。旦那さんのこと、よくわかっているようで、わかっていなかったのかもね」

ツダちゃんにそう言われて、それだけはちょっと違うかなと思った。本当はちゃんとわかっていた。気付いてしまったらすべてが終わってしまうから、気付かないように、目を背けてきただけだ。


「ツダちゃんこそ、勘がいいのに、気付かなかったんだね。私、もしかして気付かれているかなって思ってた。この話をしたら、やっぱりねって、言われるかもしれないって。本当に今まで気付かなかった？　私、何かおかしくなかった？」

「全然。全く。そんなこと、微塵も感じさせなかったよ。あ、でも」

ツダちゃんは言いかけて言葉を切り、ふふっと笑った。

「私も無言の圧力を感じていたのかも。近い近いと言いながら、私、この家に遊びにくるの、初めてだもんね。今まではなんだか、敷居が高かったのかもなー」

「やっぱりね。そうだと思った。で、今日は、すでに夫がいなくなっていることがなんとなく伝わって、来てくれたんだね。やっぱり、勘がいいじゃない」

「本当にね。なんだか伝わったのかもね。これからは敷居が低くなって、私ももっと来やすくなるかもー！」

　私たちは顔を見合わせてケラケラと笑い、そのあとツダちゃんは真面目な表情に戻って言った。

「今まではＤＶだなんて微塵も感じさせなかったけど、今日話を聞いて、詳しく聞かなくてもＤＶだってわかるよ。旦那さんは家事ハラとかモラハラとか言ってるようだけど、そんなの、家事ハラでもモラハラでも、なんでもない。要は、旦那さんが子供なだけよ。子供たちよりも、『子供』なのよ。どうしようもないよね。子供たちはどんどん成長していくけど、自分は成長しないから、どんどん追い越されちゃって。でもね、警察を呼ぼうと思っていたんでしょ？　ってことは、怖かったってことでしょ？　それはね、どう考えても普通の状態じゃない」

それから、私に抱かれている末っ子を見て言った。

「この子、わかっていたんじゃない？　ママの気持ちが。ママが不安だから、たくさん泣いて、体重も増えなかったんじゃない？　ママ、大丈夫だよ、ここにいるよって、言ってたんじゃないかな。本当はミミのほうが、この子にすがっていたのかも。この子を必要としていたのかもよ」

＊

ツダちゃんと会った二日後、ＤＶの本を貸してくれたママ友達のＡ子と会った。

Ａ子は、ママ友達といっても私よりもだいぶ若い。最初は保護者懇談会などで顔を合わせる程度だったが、子供を介してやがて親しくなり、実年齢を聞いてびっくりした。思っていたよりも、さらに若い。Ａ子はいつもきれいな格好をし、人への受け答えも理路整然としていて、美しい敬語を使う。そのせいで、同じ年代の未婚の女性より、落ち着いて見えるのだろう。子育てに関しても、妻としても、さぞかししっかりとしているんだろうなと勝手に想像していた。

だから、旦那さんから暴力を受けた経験があると聞いた時には、びっくりした。

「どうやって、修復したの？」

私はその話を聞いた時、思わず尋ねた。手を上げられてまで、夫婦を続けていこうという、その気持ちがわからなかったのだ。A子はさらりと言った。

「子供のため、かな？　私は小さい頃両親が離婚して、片親っていうのが、とても嫌だったんです。だから、子供にはそういう思いをさせたくなくて。だから、自分が変わろうって思ったのかな。人は、年齢を重ねたから成熟するってものでもないでしょう？　暴力をふるってしまうその背景には、その人の育ちとか、そういうことが深く関係してくる。うちの主人もそうなんですよね。自分が愛情に飢えて育ったから、私たちにも同じようにしてしまう。だからそんな主人のことも理解してあげなきゃって思いました」

今回は、なんて言うだろう？　私が離婚するって言ったら、なんて？

「あの、ＤＶの本、ありがとう。とても参考になりました。ＤＶについて、だいたいのことはわかっていたつもりだったけど、再確認ができたっていうか……」

私はどう説明しようか迷いながら、先を続けた。

「それで、多分、もう察しはついていると思うんだけど。実はうちも、ＤＶだったみたい。いや、Ａ子さんと違って、私は直接手を上げられたわけではないのよ。だから、わかりづらかったっていうか、気付かなかったんだけど……。でもね、前からちょっとおかしいなとは思っていたの。ヤクザみたいな口調で脅すし、物を壊すし。でも本人は、自分は女には絶対手を上げないとか偉そうに言うから、ＤＶとは言わないのかなぁって思っていたんだけど。

なんか、恥ずかしいよね。屈辱的。気付いた時には、自分の馬鹿さ加減に呆れたよ。相談を受ける仕事をしていて、ある程度の知識があったのに、今まで気付かなかったなんて」

Ａ子はなんと答えていいのかわからないといった表情を浮かべて、かろうじて言った。

「え……と。それは……」

私も、どう説明したらうまく伝えられるのかわからず、とりあえず結論までべらべらしゃべり続けることにした。

「それで、いろいろ考えて、専門機関に相談もして、離婚することに決めた。A子さんに借りた本には、離婚しなくてもやっていけるって書いてあったけど、でも、それは離婚できない人の話でしょう？　経済的なこととか、そのほかの事情とか、すぐに離婚できる人ばかりじゃないもんね。だから、そういう人のための本なのかなって思ったの。その本の中にも書いてあったでしょ？　離婚できるのなら、それが一番だって。だから、事情が許すのなら、そうするのがいいんだと思ったの。それに、どこに相談しても、離婚に反対する人は、一人もいなかったんだ。本当に、一人も。だから、その結論は間違っていないって、思ったの」

はぁー。そこまで一気にしゃべってから、私はA子の表情をうかがった。

A子だって同じような状況にある人だ。そんな人に、私は離婚すると決めた！　と宣言するなんて、酷なことだったのではないか？

私は性格がストレートすぎると指摘されることがよくあるが、今回もこの性格のせいで友達を一人失うのではないかと心配になり、A子の顔をじっと見た。

「でも、離婚しようと思い立ってから、どのくらい経ちますか？」

A子がやっと口を開いた。

「二週間弱」

「ですよね？　もうちょっと考えてみてもいいんじゃないですか？　そんなに結論を急がなくても……」

そうか、A子は離婚という決断に、諸手を挙げて賛成というわけではないのか。

私が離婚について方々へ相談を始めてから、初めての反応だった。

「ミミさん、言ってたじゃないですか。旦那さんは、こんなに協力してくれてる、大事にしてくれているって。私は、ミミさんたちはいい夫婦だって、思っています。だから、そんなにすぐ離婚と決めなくても、いいのではないですか？」

「それはね、今考えれば、一生懸命そう思い込もうとしていただけかもしれない。だってね、たとえば洗い物だって、洗うのはいいけど拭くのは嫌だって言うから、水切り籠の中は全部空っぽにしておかなきゃいけないのよ。もし濡れたお皿が残っていたら、拭かないで食器棚にしまっちゃう。それじゃあ不潔だからダメだって言うと、じゃあお前がやれってなっちゃう。洗濯物だって、たたんでくれた時期もあったけど、裏返しのものはそのままたたむし、タンスにしまうことはしないでしょ。自分のパンツだって自分でしまわない。それで家事やってるって威張り散らされたって、こっちは同じように働いて、同じだけ稼いでるのにって思うわよ。子供の世話だって、今は全部私。昔は物珍しくてやってたんでしょうけど、今はもう飽きたんでしょう。末っ子のおむつを替えたこともないし、お風呂に入れたこともない。一回も」

「ん～、でも、男の人なんてそんなものじゃないですか？　うちだって、なんにもしませんよ。まあ、私は専業主婦ですけど。それに、五人目が欲しいって言った時も、最終的には応じてくれたって言ってたじゃないですか。それって、やっぱりミミさんに愛情があるからじゃないですか?」

A子は、一生懸命夫の弁護をする。

「愛情はね、あると思う。愛情っていうより、執着かな。所有物に対する、執着みたいなものだと思う。だから、私が自分の思うようにならないのが、余計に腹立たしいんでしょうね。たとえばね、こんなことがあったの。私が夜、歯磨きをしながら本を読んでいたの。そこへ夫が帰ってきて、私はそのまま、お帰りって言って、読書と歯磨きを続けていたの。そうしたら、『なんだお前は! 俺がせっかく早く帰ってきたのに、本なんか読んで! これじゃあ俺が話せないじゃないか!』だって。話があるなら、そう言ってくればいいじゃない。そうすれば読書をやめてそちらを向くわよ。私だって、一日中仕事をして、帰ってきたら休む間もなく子供の世話して、やっとできた自由時間よ。それを、夫が帰ってきたからって、一〇〇%夫のほうを向けだなんて、あんまりじゃない」

「それ、同じこと、私も言われたことがあります」

A子は苦笑しながら言う。

「やだー。ＤＶする人って、みんな同じこと言うのかしらね。それに、こんなこともあったな。二人で何かの書類を書いていたの。それで、数字を書き込むところがあって、夫が、『俺が数字読むから、お前が書いて』と言うの。でも私、自分で見ながら書いたほうが書きやすいの。だからそう言ったら、『なんだお前は！　せっかく二人で楽しくやってるのに、なんでそうやって気分壊すようなこと言うんだ！』って。怒る気もしないくらい、くだらないことでしょ？　その時だったかな。私、本当にわかったんだ。諦めたというのかな。ああ、私はこうやって、一生この人のわがままをすべて受け入れていかなければならないんだって……。自分の素直な感情なんて、微塵も出してはいけない。すべてこの人の気に入る反応しか、してはいけないんだって」


私ばかりしゃべりすぎてしまった。私は話すのをやめ、Ａ子が言葉を発するのを待った。

「ミミさんは、じゃあ、ご主人への愛情は、もうないのですか？」

夫に離婚を切りだした時と同じことを聞かれ、私はびっくりした。

「それ、夫にも聞かれた。離婚ってことは、もう愛情はないのかって。私その時、答えられなかった。同情はあると思うんだ。私が捨てたら、この人どうなるんだろうって。だけど……」

私は、もう一度自分の気持ちを確認するように言った。

「愛情では、ないと思う」

するとA子は、意外なことを言った。

「同情も、愛情のうちだと思うけど。私は、主人と別れる時は、主人のことを本当に嫌いになった時だと思っています。私は、主人が暴れたり、こちらの言うことが届かないと思う時、私はあなたのことを愛しているというメッセージを、一生懸命送ることにしています。どうして口うるさいことを言うのか、それなのにどうして別れないのか、それは、あなたのことを愛しているからよって」

同情も、愛情のうち……。たしかに、情のうちではあると思った。でも、それを言うのなら、憎しみもまた愛情の裏返しだ。A子は「夫を嫌いになった時に別れる」と言うが、相手を憎む気持ちがあるうちは、別れられないはずだと思った。A子と私とはもしかして、根本的な考え方、生き方が違うのかもしれない。

「私はね、同情で一緒にいて欲しくはないんだ。同情って、要するに、憐れみでしょう？　憐れむってことはつまり、相手が自分よりも低い位置にいるってことでしょう？　もし憐れみなんかで一緒にいてくれたとしても、私は少しも嬉しくないなぁ……。私は、自分の夫に、男としての価値はそんなに求めていないかもしれない。でも、人として尊敬できる人でなければ、嫌だと思ってる。長年一緒にいることで恋愛感情が薄れたとしても、その分、別の情っていうか、愛着っていうか、そういう感情が芽生えるものだと思う。でも、同情だけは、それだけは、嫌かなあ」

「でも、旦那さんを救えるのは、ミミさんしかいないかもしれませんよ。私じゃなきゃダメだって思って、未熟な旦那さんの気持ちを受け止めて、一緒に生活していくことはできないんですか？　最終的にはご夫婦が決めることだから、私は口を出せないけれど。でも、せっかくいいご夫婦だから、もったいないって思います」

私じゃなきゃダメ……。

そんなふうに旦那さんのために自分を犠牲にできるのが、いい奥さんなのだろう。でも。

それじゃあ、共依存になっちゃうよ、A子さん。私は心の中でつぶやいた。自分が相手を支えていると実感することで、自分の存在価値を見出すこと。相手に依存されることで、自分もまた相手に依存している状態。それが、共依存。

恋愛なんて、少なからず共依存状態だから、それ自体が不健全なことだとは思わなかった。相手を支えることが喜びだと感じることができれば、それはそれで、バランスのとれた関係なのだと思う。でも、夫の支えとなることが喜びだなんて、今の私には思えない。夫を支えて、今のままの生活を続けていくこと、それは、私自身の感情を完全に殺すことだった。

それはダメだ。それだけはできない。それだけは。

せっかく相談に乗ってくれたのに、申しわけない気持ちでいっぱいになりながら、それでも私は、自分の率直な気持ちをA子に伝えた。

「ごめんね、A子さん。A子さんの言うことはわかる。でも、私はそうはなれない。せっかくいろいろと考えて、意見を言ってくれたけど、今回はA子さんの意見を受け入れることは、できないかもしれない。私はね、お互いに依存し合う夫婦にはなりたくないんだ。お互いが自立して、自分の足で立って、そんな二人がお互いに選び合うのが、理想のパートナーだと思ってる。そんなの、無理なのかもしれないけど。

でも、ありがとう。A子さんの意見を聞かせてくれて。きっと離婚しちゃうと思う。でも、これからのことを考えるのに、とても参考になったよ。どうもありがとう」

＊

A子と会った翌日、私は末っ子を母に預け、互いの家の中間地点のファミレスで、義妹と会った。離婚の話が浮上してから義妹と会うのは初めてである。今日の会合の目的は、今後の離婚話の進め方についての打ち合わせ、いわゆる作戦会議だった。

私はまず、役所の女性相談に行った際に書き留めておいたメモを、義妹に見せた。
①夫のいちゃもんは相手にしない。
②離婚は私次第。決定権は私にある。

③離婚の前に公正証書を作るとよい。
④話し合い（公正証書作成）のポイントは、養育費、慰謝料、財産分与、子供たちと夫の面会。話し合いの場には、第三者（できれば男性）に同席してもらうとよい。
⑤こじれたら家裁調停へ。
⑥カウンセリングは夫の問題として、私は関わらない（義妹主導）。

「ふんふん……」

義妹は興味深そうに、そのメモを見つめた。

「わかりやすい。これからやらなきゃならないことの、イメージが湧くね」

「そうだよね。私も、相談に行ってよかったと思ったんだ。ほら見て、①番。夫のいちゃもんは相手にしなくていいって言われたんだよ。私、びっくりしちゃった。夫が私のしかめ顔を見たくないなら、後ろ向いてしゃべればいいんだって！　そんな程度なんだよ！」

「マジ？　ほんと？」

義妹は声をたてて笑ってから、

「なんか、兄、情けないよね」

と眉を八の字にして言った。

「ごめんね。自分のお兄さんの悪口を聞かせるみたいで」

私は義妹に、どこまで腹を割って話していいのか、正直よくわからなかった。どうしようもない人だと思ってはいても、身内のことを悪く言われたら、いい気持ちはしないものである。私は悪口ではなく、事実を伝えているつもりではあったが、内容が内容なだけに、どうしても悪口を言っているような気分になるのだった。

「全然大丈夫。これでミミちゃんが感情的に、兄に絶対会いたくないとか、兄が一方的に悪いとか言ってたら、私は手を引いたと思うけど。当人同士で勝手にやってって。でも、今のところ、ミミちゃんは非常に冷静に対処してくれてる。だから、私も協力できることはしようって思えるよ」

そういう義妹も、感情を排した、実に冷静な対処をしてくれている。

「ありがとう」

私は少し気が楽になって言った。

「周りの人は、たいていびっくりするんだよ。私が義理の姉と離婚の話をしてますって言うと。普通、自分のお兄さんと話をするんじゃないの？　って。でも、肉親だからどうとかって、そういうの関係ないでしょ。血がつながっていようといまいと、いいものはいいし、悪いものは悪い。だって、仕方ない。ああいう母と兄なんだから。自分の中で線を引くしかないんだよね」

本当にそうなのだった。親子だからうまくいく、兄弟だからわかり合える、そんなことは決してないのだ。親子だからこそ、兄弟だからこそ、うまくいかないこともある。そのことを、義妹はちゃんと知っている。

なんか、こういうところが私たち、似ているんだよなぁ。

私のメモをもとに、私たちは今後の方針を話し合った。

「離婚の決定権は、私にあるって断言してた。あのね、すごいの。たとえば自分で秘密のリストを作って、夫がここまでできているうちはまだ離婚しない、これができなくなったら離婚するって、決めておいてもいいんだって。たとえば、保育園の送り迎えができているうちはまだいいか、とか、ちゃんと稼いでくるうちは様子見ようとか」

「すっごいシビアだねー。でも、そうかもね。感情論じゃないもんね」

「あとね、離婚届を出す前に、公正証書を作っておいたほうがいいって言われた。離婚届を出してからじゃダメなのかって聞いたんだけど、先に作っておくほうがいいって。よくわからないんだけど。それで、こじれたら、調停に持ち込むんだって」

「ふう〜ん」

「公正証書を作る前に、こういう内容で作ろうって、メモを作っておく必要があるみたいなの。養育費はどうするのか、今ある共有財産をどういうふうに分けるのか、慰謝料はどうするのか。でも二人きりでの話し合いはうまくいかないだろうから、ファミレスとか人目のあるところで、できれば親戚の男の人なんかに立ち会ってもらうといいって言ってた」

「それは、冷静に判断できる第三者ということ？」

「多分。だから、ファミレスとかでお兄さんが興奮するような恐れがなければ、ナナさんでもいいのかも」

「なるほどー」

「でも、冷静に話せなきゃだめだから、お義母さんはやめたほうがいいって言ってた」

「そりゃ〜ね、絶対ダメよね。だってあの人、こないだ電話したら、もう号泣。話になんてなりゃーしない」

「そうでしょうね」

「それでひどいの。『私の身の上には、どうしてこんなに不幸なことばかり起こるのかしら。お父さんは六十七歳で死んじゃって、あなたもお兄ちゃんも離婚するなんて』って言うんだよ。なんて失礼なこと言うんだって、抗議したけどね。聞いてやしないわよ」

義妹は、私たち夫婦よりもあとに結婚したが、二年くらいで離婚しているのだった。

「そういうのは、不幸って言わないよね。いつでも悲劇のヒロインなんだね。すべて自分が中心。そうそう、離婚しますって電話した時、お義母さん、こう言ってたよ。『あの子、こんなことになって、変な気起こさないかしら。心配だわ』って。私や子供たちの心配は一つもせずに。怖い思いさせてごめんねって、謝ることもせずに」

「あー、もう。本当にごめんね、ミミちゃん」

義妹は、本当にすまなそうに、かわりに謝ってくれた。

「ううん、いいの。ナナさんが謝ることじゃないもの。でも、かわりに謝ってくれて嬉しい」

「あんな親だから、こうなっちゃうんだけどさ。それで、この⑥っていうのは、私が主導って書いてあるけど、私としてはミミちゃんにも協力して欲しいなって思ってる。たとえば、兄は、自分の都合のいいように話を捻じ曲げて話す可能性がある。あとは、都合の悪いことを隠すとか。カウンセラーもプロだから、そういったことは計算のうちだろうけど、でも、客観的な情報が入ったほうが、早く正しい判断ができると思うんだ。だからそういう意味で、情報提供をしてもらったり、兄の変化を観察してもらったりすることが、必要になると思う」

「うん、そうだね。女性相談ではこう言われたけど、置かれている状況ってその家族によって様々だから、うちにはうちのやり方があっていいと思う。だから、最初に話を持ち出すのはナナさんからしてもらったけど、これから先は私も関われたらなって思ってる。必要なら、カウンセリングに一緒に行ってもいいよ。あ、もちろん現地集合だけど」

「ありがとう。そう言ってもらえると心強い。たぶん、一緒に行ってもらう必要はないと思うんだ。ミミちゃんも本当は嫌だろうし。でも、別枠で行ってもらうことはあるかもしれない」

「オッケー。それは大丈夫」

「よかった。明日の夜、兄と会って話すことになってるから、その時に、もう一度カウンセリングを勧めてみようと思ってる。兄の反応は、また報告するよ。ミミちゃんは、公正証書とか、調停とかについて、調べておいて」

「わかった。ナナさん、本当に、ありがとうね。私と子供たちのために」

何度お礼を言っても、言い足りないくらいだと思っていた。義妹は、笑って首を横に振った。

*

ゴールデンウィーク中の土曜日。

学資保険に入っている保険会社の、ライフプランナーであるBさんが来訪した。

「奥さん、どうしちゃったの？　びっくりしたよー」

Bさんと会うのは、十年ぶりである。最初に保険に入った時は、足しげく何度も通ってきていたが、その後は夫が会社の近くでBさんと会い、すべての契約を交わしていたから、会う機会もなかった。私のほうはBさんの顔をうっすらと覚えているが、向こうはお客さんを何百人も抱えているのだから、きっと私の顔なんか覚えていないだろうと思う。それでも、「変わらないね〜」などと言われると、つい本当に覚えてもらっているような気になるから、憎たらしい。これが営業力ってやつか。


Bさんには電話で、「夫と離婚することになったから、名義の変更など、必要な手続きについて相談したい」と伝えていた。Bさんはその時すぐに「ボク、絶対にママの味方！」と宣言した。離婚の原因について聞きもしないで、よくもまあそんなにすぐに、私の味方だなんて公言できるものだと思ったが、そのあとBさんはこうも言っていた。

「ボクがママの味方だって言うのはね、ママが子供を育てていくからだよ。ボクのお客さんでも離婚した人いっぱいいるけど、その中でパパが子供を引き取ったのはたったの一組。それは、ママが心を病んじゃったからなんだ」

なるほど。無条件に、子供を育てるほうの味方ってわけか。

無条件にというのも違うかもしれないなと、あとから思い直した。何百組という夫婦を見てきたBさんからすれば、この夫婦の主導権はどちらにあって、財布のひもを握っているのはどちらなのか、そんなことはすぐに見当がつくのであろう。嫌な言い方だが、それくらいの計算はあって、こちらの相談に乗ってくれているのだろうと思った。

だが、別段それをなんとも思わなかった。お互いに利害が一致すれば手を組む。世の中、そういうものだ。

Bさんが訪ねてきた日、私は離婚の経緯について詳しく話した。私が原因だと思われたくない、というのが一番の理由だった。Bさんは、理由はどうあれ、その言葉どおり、本当に最初から私に付くつもりだったようだ。最初から最後まで、全面的に私の味方だった。

「あのね、子供たちにとって、母親が一番よ。それを思ったら、男なんて弱いよね。ボクもさ、恥ずかしい話だけど、一回だけね、家内を突き飛ばしちゃったことがあるの。殴ったわけじゃないのよ。でも、言い争って、はずみで強く押しちゃったのね。そしたら、家内が障子にぼんっと手をついて、障子が破れちゃって……。そのことをね、うちの子供たちは未だにボクに言うよ。あの時お父さん、お母さんのこと突き飛ばしたでしょ。一生忘れないよって。そういうものだよ、子供は」

ふーん。Bさん、自分のそんなダメなとこ、話してくれちゃうんだ。全面的に信用するわけではなかったが、私のBさんに対する警戒心は、半分くらいに減った。しかしこれも、相手の作戦なのかもしれない。

「実はね、うちの娘も、離婚してるのよ。その時ね、やっぱり大変だったの。でもね、勉強になったよ、ものすごく。だからママ、ボクになんでも相談してよ。力になれることもあるかもしれない。学資保険はね、離婚する前に言ってくれてよかったのよ。離婚しちゃったあとに、奥さんの名義にしたいって言われても、どうにもならないこともある。そういうケースも、あるのよ。だからね、離婚しちゃう前に連絡くれて、よかったの」

そう言ってBさんは、私に対していくつかの具体的なアドバイスをしてくれた。

①学資保険は、離婚前に、夫から妻へ名義変更をする意思確認をしておく。離婚が成立したら、すぐに妻へ名義変更の手続きをする。子供の姓が変わったら、子供の改姓の手続きも行う。

②夫が養育費を支払えなくなった時のために、保証人を付けるか、夫に生命保険に入ってもらう。

③一家の大黒柱となる私自身の生命保険に入る。

なるほど、保険屋さんらしいアドバイスだ。②と③に、しっかり新規の契約を盛り込んである。しかし、ただで人生相談に乗りにやってくる保険の営業マンはいないだろう。私は私で、Bさんの知識と知恵を、最大限に活用させてもらえればそれでいいのだ。私はBさんのアドバイスを、メモを取りながら聞いた。

「①については、原則的には離婚をしてからでないと手続きできないの。まぁ、それも本当はちょっと違うかな。厳密に言うと離婚する前でもできるんだけど、その辺の説明をしてるとこんがらがっちゃうだろうから、今は省略。でも、離婚成立してから手続き開始なんて、それじゃあママは心配でしょ。だから、今のうちにパパからママに権利を引き継ぐ書類を作っておいて、僕が預かっておく。そうしておけば、離婚が成立したら日付を記入してすぐに手続きが開始できるから、ママも安心できるんじゃないかなあと思うの。学資保険の話なんかは、パパとはしてるの？」

「夫は、変なところはプライドが高いけど、財産に対しての執着はないみたいなんです。離婚話が浮上してから、夫とは何度かメールで、財産について話し合っているんですけど、学資保険は私に引き継ぐと言ってくれているし、この家も、銀行のお金も、全部私がもらっていいって言ってます。そのかわり、次に入るお給料からは、全部自分がもらうって」

夫の給料は、毎月払いではなく、年に数回、何か月分かずつまとめて支払われている。このルールも、夫と相方さん二人だけの会社だから、自分たちで好き勝手に作ったものだった。本人が、もうそろそろ次の給料が入ると言っていたのだから、きっと間違いないのだろう。

「そうなの。よかったね。でも、それくらい当然でしょ。だってこれからは、ママが一人で五人の子供たちを育てていくんだから」

そう言われると、なんだか急に不安になった。そうだ、これからは完全に一人なんだ。私は一人で子供たちを守っていかなくちゃならないんだ。

「でも、夫は、私に意見されるのをとても嫌がるんです。だから、口では学資保険はお前の名義にしていいとか言っておきながら、いざとなったら渋るのではないかと、とても心配で」

「わかった。じゃあ、その件に関しては、ボクからパパに連絡してみるよ。ママから話聞いた、とかなんとか言って。ボクからの話だったら、パパも嫌とは言わないんじゃない?」

私が自分で連絡を入れるよりも、そのほうが確実なような気がしたので、その件は、Bさんにお願いすることにした。

「それでね、②に関してなんだけど。パパが万が一の時もそうだし、大きな病気して仕事ができなくなるとか、人生何があるかわからないでしょ。そうなったら養育費、入らなくなっちゃうじゃない。だから、これだけは相手に要求して欲しいな。パパが万が一の時、養育費をかわりに払ってくれる保証人を付けるか、養育費の支払い期間だけでいいから、養育費相当の金額の生命保険に入ってもらうか」

「これから公正証書作成の協議に入ろうと思っているので、それも内容に入れるように、話してみます」

「うん、そうだね。どうしても相手が嫌だって言ったら、仕方ないかもしれないけど、言うだけは言ってみて。こういうのがあるのとないのとでは、雲泥の差だからね」

たしかに。Bさんが言ってくれなかったら、自分ではそんなこと思いつかなかった。これは今日の収穫だと思った。

「あとね、これは宣伝みたいになっちゃうけど、ママ自身の生命保険も、大事よ。これからは、ママが大黒柱になるんだからね」

これは、言われる前から考えていた。最初から、何かいい商品があれば、提案して欲しいと思っていたのだ。この点でも、私とBさんの利益は一致している。

私はBさんに、夫への連絡と、私と夫の生命保険プランの提案を、お願いすることにした。

*

離婚騒動の発端となった、入学式前夜から一か月後。

私は職場の同僚C君と会っていた。場所は自宅近くの居酒屋。子供たちは、母に預けて出てきた。

というと、何やら怪しい雰囲気が漂ってくるが、なんのことはない。女子力の高いC君とは、以前から仕事の愚痴をこぼし合う仲だ。

しかし、いくら女子力が高いとはいえ、C君も一応男だ。今回の件で、私はまだ男性の意見を聞いたことがなかった。保険屋のBさんも男性ではあるが、あれは男性というより営業マンの立場だ。できれば、いろいろな立場の意見を聞き、いろいろな角度から考えてみたかった。迷っているというのではない。自分の決断が正しいという確証が欲しかったのだ。

「実はね、離婚しようと思ってる」

私が切りだすと、C君は、予想がついていたともついていなかったともいうような、半分笑って半分困ったような顔をして、私を見た。

「本当に？　マジで？　そうきたか。いやー、びっくりネタがあるって言うから、離婚か、育休中に六人目妊娠か、どっちかだなとは思っていたけど。でも、いやー離婚はないでしょう、多分六人目だろうと……。マジで？　本当に？　なんで？」

ここまで言うと、C君はビールのジョッキを持ち上げ、

「まあ、飲もうよ、飲もう！」

と乾杯の格好をした。私も笑って、サワーの入ったグラスを形ばかりぶつけたが、ほんの一口だけ飲むとすぐにテーブルに置いた。

「私はアルコール入らなくても酔えるから。それに授乳中だし。C君、話聞くのにアルコール足りなかったら、どんどん頼んで」

私は半分冗談でそう言ったが、C君にこの話はちょっと刺激が強すぎるかなと思った。

だって、私、C君には夫の悪口を聞かせたことがないもの。いつも、よくやってくれてる、いい夫だって話してきた。途中までは、本当にそう思ってきたんだけどね。でもそれが突然こうだもん。純粋なC君は、ショックを受けちゃうだろうな。


C君はビールをあおってから、ふーっと息を吐いて言った。

「いやー、まさか、ここはないと思ったよ。絶対的な安定感があったもんな、ミミさんは。誰も離婚するなんて思ってない。ノーマークでしょ、ここは」

やっぱり未婚のC君には、刺激が強すぎたかな。


ひととおりの経過を話して聞かせると、C君は言った。

「いや、でも、旦那さん、まだ本当に離婚するとは思っていないんじゃない？　多分、そのうち怒りも収まって元のさやに納まるだろうとか、それくらいにしか思っていないんじゃないかなぁ」

「やっぱり？　実は私もそう思っていたの。あまりにも簡単に出ていったからね。とりあえずこっちの言うことを聞いていれば、そのうち怒りも収まって、家に帰れるくらいにね」

「うん……。だって、俺だったらそうだもん。絶対、本当に離婚だなんて、思わないもん。多分」

うーん、非常に実感のこもった意見だ。多分そうだろうとは思っていたけれど、実際に男の人の口からそれを聞くと、説得力がある。

「ってことは、こっちが本気だとわかったら、これから抵抗を示す可能性もあるってことだよね？」

「うん、多分」

やっぱりね……。


どうも、あまりにあっさりしすぎていると思っていた。今までのあの人を見ていると、私に対する執着は相当なもののはずだった。だから、あまりにあっさり離婚に応じられると、拍子抜けする。いや、未練などこれっぽっちもないからいいんだけど……。でも、嵐の前の静けさのような気がして、なんだか不気味に思えていたのだった。

「どうしよう。これからゴネ始めるのかな？」

私が不安になって尋ねると、C君は実感のこもった声で言った。

「おそらく。話聞いてると、ミミさんじゃなきゃ、もっと早くに別れていたんじゃない？あと、子供がいなかったらさ」

「そうかな？」

私は、男性であるC君が私を擁護するようなことを言ってくれたので、嬉しくなった。男性の立場から、夫に同情的な意見を言うだろうと予想していたからだ。

「だってさ、旦那さん、子供じゃん。よくやってきたよね、今まで。ミミさんがいなくなったら、旦那さん、ダメになるんじゃない？」

C君は、案外シビアなことを言った。でも、実は私もそう思っていた。

「本当にね。私も真面目にそう思っているんだ。これからあの人、どんどん転落していくかもしれない。離婚したかったのは、それもあるんだ。この数年、ずっと不安で仕方なかった。あの人がいつか大事故を起こすんじゃないか、事件でも起こすんじゃないか、会社が潰れるんじゃないか、病気にでもなるんじゃないかって。車の事故は多いし、外で喧嘩はしそうになるし、煙草は多いし、食生活もひどいし。言っても不機嫌になるから、何も言えなかったけど。でも、昔はこうじゃなかった。出会った頃は、友達も多いし、いつのまにか人が集まってくるような不思議な魅力のある人だった。安定感もあった。この人の船は沈まないって思ってた。だから結婚したの。でもね、ある時はっきりと思ったんだ。何年くらい前だったかなぁ。それははっきりと覚えている。この人は、いつからこんなにつまらない人間になってしまったんだろうって。それはっきりと覚えている。だから、離婚したいの。少しでも早く。あの人が犯罪を犯したり、事故を起こしたり、大変なことになる前に」

気付けば、C君を相手に、べらべらとしゃべり続けていた。C君もようやく感覚が麻痺してきたのか、普通に聞いてくれている。

「それにね、性格とかだけじゃなくて……。ねぇ、変な話だけど、しちゃっていい？　あの人、お尻におできっていうかイボっていうか、よくできるのね。油っこいもの食べすぎなのか知らないけど。それをね、私に潰してくれって言うの。嫌でしょう？　痛そうだし、気持ち悪いし。でも、断っても断っても、潰してくれって言う。あんまり断ると怒るから、仕方なしに潰したふりして、これ以上潰れないよ、なんて言ったりしてたんだけど」

「えー。それは、なんて言うか、結構な性癖だね」

そう、そういうことも、嫌だった。すごく嫌なのに、拒むことができなかった。一つひとつは些細なことでも、すべて押し付けられていると、息苦しくなってくる。

「それにね、くだらないんだけど、夫が初めて遠近両用の眼鏡を作ってね、それができあがってきた時、ほらかけてみろって言うの。そんな度が合わない眼鏡、かけたくないじゃない、頭がくらくらしちゃうし。だから嫌だって言うのに、かけてみろって、しつこく言うの。それでも断っていたら、『なんだよ、かけてもくれないのか。こういうこと、昔しただろ？　俺の眼鏡、かけてみろよ。うわー、俺にはこの度は合わねーな、とかやっただろ』って怒るのよ。そんなの私、やったことないわよ。ある？　そんなことまで押し付けられるのが、本当に、嫌で嫌で……。すっごくくだらないことなのに、私あの時、泣きたかった。あの人は、自分の世界の中のことが絶対で、それと違うことはいっさい認められないのよね。私にも彼と同じであることを強要する。でも、そんなふうになれるわけないじゃない。だって、私はあの人とは違う人間なんだから」

Ｃ君は、夫の肩を持つようなことは、いっさい言わなかった。そして、離婚を思いとどまらせるようなことも、一つも言わなかった。

私はまた、確信した。

大丈夫。離婚という選択は、間違っていない。

＊

五月中旬のある日。私は、夫と義妹と、ファミレスにいた。離婚に関しての協議を進めるためである。

実はここに来る前、学校から連絡があった。三番目の子供が、運動会の練習中に顎をぶつけて切ってしまったというのだ。今のところ養護教諭が消毒をしてくれて出血は止まったが、傷口を縫い合わせたほうがいいかもしれない、その判断は親御さんにお任せしたい、というのだ。その話しぶりからして、さほど急を要する事態ではなさそうだ。私はこれから用事があるので、帰ってから受診するかどうか検討すると伝えて電話を切り、末っ子を母に預けて急いで出てきたのだった。

ひどい母親なのかもしれない。しかし、夫の性格を考えると、今日を逃したらまた、都合が悪いだの忙しいだのと、交渉を引き延ばされるような気がした。

夫は依然、事の重大さに気付いていない。まだ心のどこかで、どうせまた元のさやに納まるだろうなどと考えているかもしれない。もしくは、引っ越し先を探したり、養育費について調べたりすることで、問題に直面するのを避けているように私には思えた。このまま
いくと、本当に離婚になる。そう気付いてしまったら、あの手この手でこちらの行動を阻止してくるかもしれない。そんな不安が私にはあった。

だから、なるべく早く決着をつけてしまいたかったし、それが子供たちのためでもあると思っていた。

今日の交渉の制限時間は二時間と決め、三番目の子供に心の中で詫びながら、私は交渉場所のファミレスへと向かったのだった。

「ナナさん、今日は私たちのために、せっかくのお休みなのに出てきてくれて、どうもありがとう」

私はまず義妹にお礼を言ってから、すぐに事務的な話題へと移った。

「それで、今日はそちらの要望もまとめてきてくれるように言ってあったと思うけど、それを教えてください。そちらから、どうぞ」

夫は、A四判のファイルに、何やら資料をたくさん詰め込んで持ってきていた。「俺だってこんなに調べているんだぞ」アピールか。私はその資料がどれほどの意味を持つものか、観察しながら夫側の要望を聞くことにした。

「えっと〜、まず〜、子供たちと月に一回ぐらいは、会わせて欲しいかな。年度末になると俺も忙しくなるし、子供たちの用事もあるだろうから、絶対月に一回ってわけじゃなくて、だいたいたいね。逆に暇な時は、毎週会ってもいいかもしれないしね。まあ、これは極端な例だよ。それと、お泊まりも認めて欲しいかな〜」

「はい、それで？」

「それから～、養育費はちゃんと払おうと思ってるんだ～。それで、俺、調べたんだ～。そしたらさ、お前が言ってるのより、だいぶ額が低いんだよね」

「ふーん。どれくらい？」

「えっとね～、子供一人に対して一万何千円、とか書いてある」

なんだ、その額は？　人間の子供一人が、本当にそんな金額で育つと思っているのか？

「でも、役所の女性相談で、共働きでお互いの収入が四百万ずつの場合の例で、子供三人で十五万円って言ってたよ」

「うん。でも、算定表ってやつには、そう書いてあるんだよね。だからさ、俺はそれよりも少し多くは出そうと思ってるの。それで、一人二万円くらいでどうかなって。五人分で十二万円くらいまでなら出せるかな～。でもさ、俺も生活があるしさ、すってんてんになっちゃってもね～」

夫は分厚いファイルのページを開き、その算定表とやらを見せながら、得意そうに語っている。要するに、相場よりも多く支払う気があるってことを印象付けたいのか。

「いや、でもさ、俺の友達で離婚した奴がいて、そいつなんか、養育費払っていないんだって。それなのに、子供には会わせろって言って、会ってるらしいんだよね～」

「じゃあ何、あなたもその人の真似をしたいってわけ？」

あまりにへらへらと話すので、私がだんだんイライラしてそっけなく言うと、夫も気分を害したように言う。

「そういうわけじゃないけど」

夫の考えていることなんてわかる。せっかくこんなに深刻になりがちな話題を、明るく話してやってるのに、なんだよ、その言い方はってところでしょう？　でも、ここは深刻に話すところよ。私は夫の不機嫌そうな反応は無視して続けた。

「要するに、あなたはそれ以上の額は支払うつもりがないってことね？　算定表がどうの、払わない奴がどうのと言ったって、結局これは当人同士が決めることです。相場どおりにしなきゃいけないことでもないでしょう？　いくら相場があったって、払えない人は払えないし、払う気がある人はもっと払うでしょうから」

「まあ、そうだけど……」

「つまり、あなたに支払う気があるのは、一人二万から二万四千円、そういうことよね」

「まあ、そうだね」

夫は不機嫌に言う。

「わかりました」

私はその金額を、手帳に書き留めた。正直、手を打とうと思っていた額よりも、かなり低い金額だった。私は、子供一人につき月額最低三万円はもらおうと考えていたのだった。

しかし、まあいい。養育費の額は、私の中で交渉の優先順位のお尻のほうで、最悪なくてもいいくらいに思っていた。それくらいの覚悟がなければ、簡単に離婚なんて切りだすわけがない。


「そちらの要望は、それくらいですか？」

私が言うと、夫は私のあまりのそっけなさに多少落ち着かないような顔で、「うん」と言った。

「では、こちらからの要望を出させてもらいます。まず、養育費は一人月額三万～五万円。でもそれはさっき、あなたから無理だと言われましたので、一応要望としてだけ、提示しておきます。養育費のほかに、習い事の発表会や受験、病気や怪我の時にも、ある程度負担して欲しいと思っています」

「もちろん、もちろん」

夫はいかにもものわかりのいい旦那さんふうを装って言う。私は夫の反応は無視して続けた。

「次に、財産なんだけど、私は、家を譲って欲しい。それと、子供たちの学資保険を私の名義にして引き継がせて欲しい。それだけです。一応、銀行口座にある額は全部計算してきたけど、半年前にローンを全額繰り上げ返済しちゃったから、口座にはさほど残っていません。だから、あなたが近々受け取る予定のお給料と、そんなに変わらない額だと思うんだけど」

私は記帳してきた銀行通帳二冊と、合計額を記したメモを同時に見せた。

「うん、家はいいよ。もともとお義母さん名義の土地の上に建ってるし、俺はいらない。離婚によって妻に譲渡する場合、何千万円まで無税になるかって、調べたんだ。だから、あの家も大丈夫だと思うよ。学資保険も、それでいいよ。もともと子供たちのためのお金だし」

財産の話をする時だけは、彼は穏やかな表情になるのだった。いつもそうだ。彼にとって、財産はあまり執着の対象ではないらしい。それは、助かる点だった。私は素直に感謝した。

「それなら私も子供たちも、助かります。ありがとうございます。それで、あなたは、このお金は私が持っていていいと言ったけど、お給料はいつ頃入るのですか？　この中からいくらか渡しておかないと、困るのではないですか？」

私が言うと、夫は困ったように言った。

「そうなんだよな〜。給料が、いつ入るか、まだわからないんだよね〜」

夫のその言葉を聞いて、私は不安を感じた。離婚協議のメールやり取りの中で、夫は「母親なんかと一緒に住みたくないからマンションを買う」などと散々大口をたたいていた。でもこれじゃあ、マンションどころか日々の生活費だって捻出できないじゃないか。てゆーか、そんなんで、仕事大丈夫なの？　しかしそこはプライドがあるのか、私からお金を受け取るとは、絶対に言わない。

「でも、給料が入るまでは、会社の経費をごまかして何とかやっから、大丈夫」

だから、それがダメだと言っているのだ。そんな見栄の張り方は間違っている。相方さんにも、金遣いが荒いと注意されたことがあるって、言っていたじゃないか。それでなくても、会社に泊まり込んで、迷惑をかけているのだ。それじゃあ信用ガタ落ちだ。

私は心の中でつぶやいたが、私の意見など夫が聞くわけもないので、黙っていた。まあ、いいでしょう。夫婦じゃなくなるんだから、あなたがそれで困ることになったって、私は知らない。

そしてここからが、今日の話し合いの山場であった。私は緊張で身体がカタカタ震えるのを必死で隠しながら、話し始めた。

「それから、これは私だけの意見ではなく、子供たちの要望でもあるんだけど……」

「うん、何？」

「子供たちと面会する条件として、カウンセリングを受けて欲しい。あと、面会の時に、車を使わないで欲しい」

夫の顔色が見る見る変わった。目が血走っている。

きた、と私は思った。

見て、ナナさん。この顔。この顔なんだよ、ヤバい時の顔。あなたのお兄さん、こんな顔をするんだよ。

夫は持っていたペンをポイッとテーブルの上に放り投げて、ふんぞり返った。

「話になんねぇ。これだからよー」

ここで負けてはいけない。身体は緊張でカチカチに凍り付いていたが、私は自分に言い聞かせた。大丈夫、ここはファミレスだ。変なことにはならない。大丈夫。

「どうして話にならないの？　あなたの運転が心配だから、子供たちを車で連れていかないでって言っているの。あなた一人が車で移動するぶんにはかまわないのよ」

「車がなきゃ、どこにも連れていけねーじゃねぇかよ。じゃあおめぇは車の運転しねぇのかよ」

「しますよ」

「だろ？　おめぇだって、人ひいてんじゃねえかよ。俺は、人ひいたことはないかんね」

ほらきた。人の過失は何十倍にも大きくして、自分の過失はさもなんでもないというふうに語る。しかも、威張るようなことではないことで、なぜか威張る。

私は数年前、車を運転していて、自転車とぶつかってしまったことがあった。脇道から渋滞している車の列に入れてもらおうと、止まりそうなほどのろのろと車を進めていた時のことだった。私の車の前を、杖を突いたおじいさんがゆっくりゆっくり横切っていったため、そのおじいさんに気を取られ、つい反対側を確認するのを忘れて発進してしまったのだった。そりゃ、自転車と接触してしまったことには変わりないけど、そういうの、人をひいたって言うの？　それに私はその後、二度とそんなことがないようにって、ものすごく慎重に運転しているつもりよ。あなたは何度事故を起こしても、全然反省しないじゃない。

義妹が、遠慮がちに口を挟んだ。

「あのー、なんでお兄ちゃんは、車じゃなきゃダメなわけ？　電車とか、歩きで行けるところじゃ、ダメなの？」

夫はそれには答えず、さも苦悩しているかのように言う。

「こんなんだからよー、話になんねぇんだよな」

それはこっちのセリフです。日本語の使い方、間違ってるから。

「こんなんじゃよー、もう裁判にするしかねぇな」

夫はふんぞり返って、さも自分がこの場の主導権を握っているかのような偉そうな口調で言いだした。そしてそのあと、いかにも自分はわかっているのだというふうに、こう付け加えた。

「あ、でも、調停してからじゃないと、裁判ってできないいんだけどね」

そんなもの、この話し合いの前に急いで詰め込んだにわか知識に決まっている。だいたい調停と裁判の順番なんて、今ここではどうでもいい話だ。そんなことより重要なのは、何故、どういった争点で、調停や裁判までしなければならないのかという、その点だ。

どうもこの人の主張は、ポイントが定まらない。私は問題点を整理すべく、質問をした。

「それは、あなたは離婚したくないということですか?」

「そうじゃない、離婚したいよ」

「お互い離婚したいということで合意しているのだから、争いようがないのではないですか?　あ、そうか。こんな急な離婚話で、自分は傷ついたから、慰謝料でも請求しようと、そういうことですか?」

「いや、だから、そういうことじゃないんだよなー」

夫はイライラした口調で言う。

じゃあ、どういうことなのだ。夫が公の場で話し合いたいという根拠が、全くわからない。

「あ、それと、カウンセリングだけど、俺やっぱり受けない。俺がカウンセリング必要だったら、お前も必要だと思う。俺に受けろって言うんなら、お前も受けて」

私と義妹は目をまん丸くして顔を見合わせた。は？　なぜ私を巻き込もうとする？

「え、なんで？　お兄ちゃん、こないだ私がカウンセリングの話をしたら、受けてみようかなって言ってたよね？」

義妹が必死で口を挟んだが、夫は義妹を無視して、私に向かって言った。

「だって、言われたもん。電話相談で。お前がモラハラだって」

「でも、あなたは、相談員はいくらなんでも私のことを悪く言いすぎだって、自分で言ってたじゃない。子供が産まれたばかりで夜泣きするとか、子供が五人いるとか、私は朝起きて家事しているとか、そういうこと、ちゃんと伝えていないんでしょう？」

私が思わず夫のペースに乗せられて言うと、夫は答える。

「でも、お前がモラハラだって、言ってたよ。俺がＤＶなら、お前はモラハラだ」

私も行くからあなたも行きなさいよ。思わずそう言いかけて、私はハッとした。もしかして、それが目的か？　私をつなぎとめるためか？　なるほど、それなら説明がつく。プライドの高い夫は、離婚したくないとは言わないが、かといって、私を手放したくはないのだな。相手にして欲しいのだな。

私は、作戦をがらりと変えることにした。

「そう、わかった。なら、もう言わない。いいわよ、カウンセリング受けなくて。だいたい、本人に変わる気がないのに受けたって、効果ないもんね。時間とお金の無駄。そうね、だったら無理やり通わせたって意味ないから、いいわよ、この話はなかったことにしましょう」

今度は夫がびっくりしたような顔でこちらを見ている。

「え、受けなくていいの？」

「いいわよ。今後いっさい、この話はしない」

「え、本当に？」

「本当に」

夫は戸惑っているようだった。ほらね、やっぱり。ああ言ってゴネれば、私がカウンセリングに付き合うとか、もっと話がこじれるとでも思ったのだろう。その手には乗らないから。

「いや、でもさあ、ああいうふうに言われちゃってさ、心の傷が、消えないんだよね」

夫は今度は、ため息交じりに言った。

「え？　どういうこと？」

「いやー、カウンセリング受けろだなんて、それって、俺がおかしいってことでしょ？　一回そう言われちゃうと、もう忘れられないよね」

今度は泣き落としか。そうやって、病気に仕立て上げられた哀れな被害者を演じるのか。

「んー、でも仕方ないよね、それは、そう思われちゃったんだから」

そして私は時計を見ると、帰り支度を始めた。

「悪いけど、私、今日は早く帰らないといけないんだ。今日は話がつかなかったから、別の日にまた集まらなくてはいけないわね。ナナさん、今日はありがとう。ごめんね。せっかく来てもらったのに、話がまとまらなくて」

「全然いいよ。早く帰ってあげて」

義妹は快く見送ってくれる。ごめんね。お兄さんの相手、あとは任せた。

「じゃあ、またメールでやり取りをしましょう」

私はさっと席を立ち、義妹に向かって片手を振りながら、小走りでファミレスをあとにした。

＊

夫　その5

なんだ、あいつ。ふざけんじゃねーぞ。

車で来るな？　俺が電車嫌いだって知ってんじゃねーかよ。今まで家族旅行で誰が運転してきたと思ってんだよ。俺だぞ。お前は俺の運転する車に乗ってきたじゃねーかよ。ふざけんなよ。絶対に嫌がらせだな。

子供たちだけじゃなく、妹まで取り込んでいやがる。

あいつ、どんな手使ってるんだ?


妹も世間知らずだからな。あいつに騙されやがって。

だから言っといてやった。

「あいつは友達いないから、お前にいろいろ言ってくるだろうけど、真に受けんなよ」って。


だって、おかしいだろ。

なんで妹が俺にカウンセリングなんか受けろって言うんだ?

小さい頃から一緒に育ってきたんだから、俺がおかしくないことぐらい、わかってるだろう。

絶対あいつに言わされてるんだな。そうとしか考えられない。

汚ねえやつだ。

しかし、なんだ？

突然、カウンセリング受けなくていいって、言いだしたよな？

なんだ、あれは？

さっきまで受けろってうるさかったじゃねえか。

何考えてんだかさっぱりわからねえ。

家もやる、たまってる金もやる、養育費も払う、そう言ってるのに、何が気に入らないんだ。

畜生。

どうしたらいいんだ？　どうしたら……。

＊

帰り道、私は不安に駆られていた。

どうも、今日の夫を見ていると、話を長引かせることが目的のように思えてならない。だって、おかしいじゃないか。夫は、俺だって離婚したいと言いながら、こんなんじゃ納得できないから裁判にするなどと言っていた。「離婚したい」ということで一致しているのだから、裁判になんてなりようがないじゃないか。それとも、自分が結婚生活で苦痛を受けてきたと、慰謝料でも請求するつもりだろうか。でも、それはあまりにリスクが高いだろう。私だって、苦痛を受けたと訴える要素はいくらでもある。向こうが勝つ可能性は、限りなくゼロに近い。

そう考えると、裁判だの調停だのといった言葉を持ち出してきたのは、私に対する「脅し」だったのかもしれないと思えてきた。多分彼は、本当は裁判や調停といったことを、あまり好まないのだろう。だから、私を黙らせるのにも、その言葉は効力を持つと考えたのだ。

そのように解釈すれば、彼の脅し文句にはさほど怯える必要もなさそうに思えたが、今度は別の不安が頭をもたげてきた。

だとすると、正当な主張はないくせに、話し合いを引き延ばそうとするのではないか？

これは大いにあり得るような気がした。

だって、彼は私にかまって欲しいのだ。話が早く決着してしまったら、もうかまってもらう理由がなくなってしまう。それは彼にとって、このうえなく不都合なことであろう。

裁判や調停になるなら、私はそれでもいいと思っていた。公の場で決定したことには、お互い文句の付けようがないからだ。もし私に非があるとしても、夫にも同じだけ、いや私以上に非があると思っている。だから、公の場で正々堂々と決着をつけるほうが、むしろすっきりしてよかった。

しかし、彼にとっては逆なのであろう。文句の付けようがなくなっては困るのだ。いちゃもんを付ける余地を残しておかねばならないのだ。今後も、私にかまってもらうために。

これは、心してかからないと、相当にてこずってしまうかもしれない。私の心は重くなった。

A子から借りた本を読んで、専門機関にも相談して、なんとなく夫のような人の扱い方は、再確認できたような気がしていた。だが、今一つ、自信に欠ける。どうも、お前のほうがモラハラだとか、お前のほうがおかしいなどと言われると、本当にそのような気がしてきてしまうのだ。

夫とこれからどうやって渡り合っていったらいいのだろう。

なんとなく、ではダメだった。私は夫に堂々と対抗できる、確固たる根拠が欲しかった。

私はふと、以前に職場の同僚から借りて読んだ、モラル・ハラスメントの本のことを思いだした。

あれをもう一度きちんと読み直してみたい。あの中には、参考になりそうなことが、たくさん書いてあったような気がする。

私は帰りの電車に揺られながら、その同僚に宛てて、メールを打ち始めた。

＊

夫・義妹との三者協議から数日後、同僚から本が送られてきた。

『モラル・ハラスメント　人を傷つけずにはいられない』（マリー＝フランス・イルゴイエンヌ著／高野優訳／紀伊國屋書店）

そう、これこれ。


着払いでいいと言ったのに、職場の封筒に入れ、きちんと郵便料金を払ってくれている。きっと仕事の訪問の合間に、他の郵便物と一緒に送ってくれたのであろう。

ありがとう、忙しいはずなのに。お礼に今度、おごるから。

私はすぐさま本を開いた。

そして、最初の数ページを読んだだけで、救われる思いがした。


私の一番気になっていたこと、知りたかったことが、一番最初に書いてあった。

モラル・ハラスメントをする人は、モラル・ハラスメントという概念・言葉を知ると、被害者のほうが自分にモラル・ハラスメントをしているのだと訴えるようになる。しかし、これこそがモラル・ハラスメントである、と。


私は、夫が加害者相談の際に、奥さんのほうがモラハラだと言われたことについて、実は結構気にしていた。もしそれが本当だとしたら、私の訴えなどなんの意味も持たなくなる。むしろ私のほうが加害者になってしまうかもしれない。

それに、私はそこまで自分に自信がなかった。自分では気付かずに人を傷付けてしまっているかもしれないと、いつも不安に感じている。だから、お前のほうがモラハラなのだと言われれば、本当にそのような気がしてしまうのだった。

だがそれも、典型的なモラハラ加害者と被害者の関係なのだと知れば、私に対する夫のそんな脅し文句も一気に効果を失う。

夫のとる行動に関するすべての説明が、ここに書いてあるはずだった。隅から隅まで、読み込んでやる。理論的な根拠を得るのだ。もう、なんにも怯えなくて済むように。

私は同僚にお礼のメールを打った。

「本、届きました。ありがとう！　申しわけないけれど、しばらく貸しておいてください。」

＊

それから一週間後。

夫が「子供たちと話したい」というので、義妹に立ち会ってもらい、上の子二人が、ファミレスで夫と会うことになっていた。

夫と会うのは十八時。その前に、子供たちを家まで迎えにきてくれた義妹と、再度作戦会議をした。

「カウンセリングは、やめましょう。この前ファミレスで、夫の顔色が変わったのを見た時、あれじゃーダメだなと思った。あの時言った言葉は本心なの。カウンセリングなんてやっても無駄。それに、これ以上しつこく言うと、今度はナナさんの立場が悪くなりそう。これからは、ああいった協議は第三者の前でするよ。調停でも、裁判でも。ナナさんには、事務的なやり取りの証人という形だけとってもらうようにしよう」

私が、この一週間考えてきたことを言うと、義妹も言った。

「ミミちゃん、私も今日それを言おうと思ってきたの。あれじゃダメ。私の手に負えない。

ごめんね。ミミちゃんの言うとおり、今後は事務的な話の立ち会いだけにさせてもらう。この前兄と会って、カウンセリングを勧めた時には、すごく素直に聞いていたんだ。そうか、カウンセリングか、考えてみてもいいかもなって。だから、少しは脈があるかなって思っていたんだけど。

あれじゃーダメ。あんな兄の姿見たら、ちょっと、私も……」

そして何を言うのかと思ったら、

「見捨てた！」

「え、そうなの？」

ときっぱりと言った。

「うん。少しでも自分を省みる姿勢があれば救いようがあるけど、ああいう人はダメだね。兄とはいえ、もう諦めた。母親とおんなじ」

まあ、私もそのケがあるけれど、義妹もなかなかにドライである。

「こういうこと言うと、たいていの人は、私を冷酷非情な人みたいな顔して見るのよね。え、肉親でしょ？　みたいな。肉親だろうがなんだろうが、ダメなものはダメでしょ」

義妹は、以前と同じことを言った。

「この間のお兄さんの顔、ナナさんの席から見えた？　全然目の色が変わっちゃって。私にはああなのよ、いつも」

「うん、あの日は、兄のああいう姿が見れてよかった。私もなんとなく理解できたもん。ああ、こういうふうになるんだって。あの日はファミレスだったし、私の目もあったから、あれくらいで済んだってのも、わかる」

「だからね、今日の面会も、私ちょっと怖いなって思ってるんだ。子供たちも、自分の思うようにならないとわかったら、あの人、キレるんじゃないかと思って」

「まあ、周りの目があるから、大丈夫だろうとは思うけどね」

「でも、そうは思うけど、万が一ってことがあるでしょ。変な事件が起こる時だって、まさかこんなことになるとは思わなかったって、誰しもが言うじゃない」

「まあ、そうだけど……」

「だからね、子供たちとも作戦会議をして、準備してあるんだ」

私は、昨夜子供たちと一緒に準備した、三枚のメモ用紙を取り出した。

一枚目　ナツミ

本当はこのあと、あまり会いたくない。なんでもかんでもお母さんのせいにしないでほしい。ちゃんとちりょうを受けてほしい。お母さんはちりょうは必要ない。「りこんすれば」と私が言った。お母さんの目の前でちゃんと謝ってほしい。

二枚目　ジュン

今までとった動画を、パソコンで見られるようにしてぼくたちにください。

三枚目　ママ

もしこわいことがあったら、大きな声で、助けてください、と言う。お店の人にけいさつをよんでもらう。帰りはママが車でむかえにいくので、お店の中で待っている。

メモを見せながら、私は説明した。

「一枚目が、ナツミのメモ。治療っていうのは、カウンセリングとか、DVの人の更生プログラムとか、そういうのがあるよって説明したから、そのことを言ってるの。お母さんは治療は必要ないっていうのは、この間夫と会った時に、私もカウンセリングを受けろって言われたでしょ？　そのこと。子供たちには夫と話した内容を、報告したから。

あの子はね、これだけのことを、今日伝えたいって言ってる。でも、伝えるのが怖いとも言ってる。パパに会ったら言えなくなりそうだって。だから、これをナナさんに持ってもらって、もし言えなくなりそうだったら、助けてあげて欲しいんだ。

二枚目がジュンのぶん。まあ、これはね。ビデオは俺のだって持っていっちゃったから、それで。運動会のとか、ドラム叩いてるやつとか、気に入ってる映像も結構あったから。半分は私の希望も入ってるけどね。

で、この三枚目は、もし怖い思いをしたらこういうふうに対処してって、子供たちには説明してある。夜だから、ナナさんに送ってもらうのも不安だし、夫が送るなんてもっと不安。連れ去られたら困るし。だから、私が迎えにいくって言ってある。それが一番安心かなって」

「オッケー。じゃあこれ、私が持ってればいいね。それで、話が終わったら、連絡すればいい？」

「うん、ありがとう。お願いね。子供たちとどういう話をしたか、また教えてね。私も子供たちに聞いてみるけど、私には、本心を言えないかもしれないから。もし、ナナさんから見て、私が知っておいたほうがいいと思うことは、あとからちゃんと教えてね」

「うん、もちろん。了解です」


子供たちは皆、義妹を信頼している。だから義妹にいっさいを託し、私は上の二人の子供を送り出した。

子供たちを迎えにいった帰りの車の中で、私は聞いた。

「どうだった？　話したいこと、言えたの？　あの人、なんて言ってた？」

二番目の子は、単純だった。

「うん。言えた。ビデオ、ちゃんと見れるようにして送ってくれるって」

「そう、よかったね」

でも、上の子は、一言だけ言った。

「帰ったら話す」


家に帰り、お風呂も歯磨きも済ませ、寝るばかりになってから、私はもう一度上の子に聞いた。

「あの人との話、どうだった？　ちゃんと言いたいこと言えた？」

子供は言った。

「うん。行く途中でね、ナナちゃんが教えてくれたの。ちゃんと思っていることを伝えていいんだよ。それは、とても大事なことだよって」

「そうか。よかったね。やっぱりナナちゃんは正義の味方だね。それで、あの人とはどん

郵便はがき

料金受取人払郵便

新宿局承認

1748

差出有効期間
平成30年6月
30日まで
(切手不要)

1608791

843

東京都新宿区新宿1－10－1

(株)文芸社

愛読者カード係 行

ふりがな お名前		明治 大正 昭和 平成　年生　歳
ふりがな ご住所	□□□-□□□□	性別 男・女
お電話 番　号	(書籍ご注文の際に必要です)	ご職業
E-mail		

ご購読雑誌(複数可)	ご購読新聞 新聞

最近読んでおもしろかった本や今後、とりあげてほしいテーマをお教えください。

ご自分の研究成果や経験、お考え等を出版してみたいというお気持ちはありますか。

ある　　ない　　内容・テーマ(　　　　　　　　　　)

現在完成した作品をお持ちですか。

ある　　ない　　ジャンル・原稿量(　　　　　　　　　　)

書　名			
お買上 書　店	都道　　　市区 府県　　　郡	書店名	書店
		ご購入日	年　月　日

本書をどこでお知りになりましたか?

1.書店店頭　2.知人にすすめられて　3.インターネット(サイト名　　　　)

4.DMハガキ　5.広告、記事を見て(新聞、雑誌名　　　　)

上の質問に関連して、ご購入の決め手となったのは?

1.タイトル　2.著者　3.内容　4.カバーデザイン　5.帯

その他ご自由にお書きください。

(　　　　)

本書についてのご意見、ご感想をお聞かせください。

①内容について

②カバー、タイトル、帯について

弊社Webサイトからもご意見、ご感想をお寄せいただけます。

ご協力ありがとうございました。

※お寄せいただいたご意見、ご感想は新聞広告等で匿名にて使わせていただくことがあります。

※お客様の個人情報は、小社からの連絡のみに使用します。社外に提供することは一切ありません。

■書籍のご注文は、お近くの書店または、ブックサービス(0120-29-9625)、セブンネットショッピング(http://7net.omni7.jp/)にお申し込み下さい。

な話したの？　頭の中、まとまったかな。うまく話せそう？」

もしかして話したくないこともあるかもしれないと、私は子供の様子をうかがいながら、なるべくさらりとした口調で言った。話さない、という選択肢も残しておけるように。

「えっとね……」

子供は、考え考えしながら、話し始めた。


「最初のほうはね、あの人、なんか、言いわけばっかり言ってた。ペラペラ、自分の話ばっかりしてたよ。あたしは嫌だから、ほとんど無視して、下向いてご飯食べてた。ジュンも、ご飯ばっか食べてたよ。ラーメンと、オムライスと、唐揚げ？　食べすぎだよ」

そう言って二番目の子の頭を小突いてから、上の子は続ける。

「そんでね、途中でナナちゃんが、言ってくれたの。今日は子供たちの話を聞く日でしょ。ちゃんと聞こうよって。それであの人が黙ったから、あたしが話せたんだけど」

子供にまで、聞いてよ聞いてよだったのか。こういう時は大人が子供の話を聞くもんでしょ。どっちが大人なんだか。

「それで?」

「うん、なんかね、言いわけっていうか、お母さんの悪口ばっかり言ってるからムカついて、離婚したらって言ったのあたしだよ、お母さんもそれで心がひらけたって言ってるしって、言ったの」

「心がひらけた? どういうこと?」

「なんか、お母さん、言ってるじゃん。あの人がいなくなって、心がひらけたって。ほら、あのさ、自由になった〜って」

自分なりに、一生懸命表現したのか。この子らしい表現だ。

「そうか、心が解放されたってことね? それを言ったら、あの人どうした?」

「そうしたらね、あの人、ふ〜ん、そうなんだ。パパも安心した。だって、ママ怖かったもんって」

私はムッとした。自分のやっていることは棚に上げてこうだ。私は不安になってきた。この調子で、ずいぶんと私のことをこき下ろしたのだろう。子供たちも、あの人のペースに巻き込まれ、取り込まれてしまったのではないだろうか。

「それで？」

「で、あたしたちにも、ママ怖いでしょ？　って言うから、全然って言ってやった。あたしは最近お母さんに反抗してるけど〜って」

「ふんふん、それで？」

　子供は夫の口真似をしながら、一人芝居を始めた。

「でも、お手伝いとか、大変でしょー？　全然、ばあばも手伝ってくれるし、もう慣れた〜。あー、そう。まーあたしはまず治療を受けて欲しいなー。でもママもモラハラなんだよ〜。えーそうは見えないけどなー。でも、相談員の人にそう言われたの、ママは危険なの」

　私は思わず遮って言った。

「何？　あの人、そんなことも言ったの？　それで、あなた、なんて言ったの？」

「お母さん、あたし、すごいんだよ。なんて言ったと思う？」

「わかんない」

　私は息をのんで子供の答えを待った。

「へ〜、そしたらあたし、すごいな〜。そんなひどいお母さんから、こんないい子が育ったんだ〜。あたしってある意味、すごいじゃ〜ん。って、嫌味っぽく言ってやった！」

「すごい！　あなた、すごい！」

私は思わず手をたたいてしまった。私なんかより、この子のほうがよっぽどしっかりしている。自分を持っている。

「あー、あとねー。こんなことも言ってたな。パパのうちに泊まりにきたいでしょ？　って」

「それにはなんて答えたの？」

「んー、それはお母さんからの信頼を得てからじゃないの？　って言った。あと、車とかもダメって言われたの〜って言うから、それも信頼を得ないとダメじゃないって言った」

これは、夫の完敗だ。

「でもね、本当はあたし、怖かった。こんなこと言ったら、怒られるんじゃないかって。ナナちゃんが言っていいって、応援してくれたから、言えたの。あと、お母さんも言ってたでしょ？　今日、パパに言いたいこと言ったら、今度から会わなくてもいいって。でも、ちゃんと自分で伝えないのに、会わなくなるのはダメだって。だから、もう会いたくないから、あたし、頑張って言ったんだよ。あたし、これからはもう二度とあの人に会わない。決めたの。

ねえ、お母さん。あたし、頑張ったんだよ。すごーく！」

子供は、胸に溜めていた思いを吐き出すように言った。それから、ちょっと恥ずかしそうに、少し小さな声になって言った。

「ねえ、お母さん。あたし、もう大きいから、いつもはお母さんにギューしないけど、今日だけはいいでしょ？」

そして、もう私とさほど変わらない両手を大きく広げて、私に抱きついてきた。

「お母さーん。大好き」

第四章　DVノート

決裂して終わった三者協議の時に、夫が裁判やら調停やらといった言葉を持ち出したことについて、いざそうなれば、そのほうがすっきりしていいと思う反面、なんとなく気持ちの悪いものがあった。あれ以来、離婚に際しての約束事、すなわち公正証書の内容については、メールでのやり取りで協議をしていたが、その中でもたびたび「弁護士に相談したら、こう言っていた」という言い方をするのが気になっていた。多分、自治体などでやっている無料法律相談にでも行ったのだろう。

こちらにやましいところは何もないが、万が一向こうが法的な手段に訴えて出るとして、こちらの考えている以上に相手が賢かった場合、何かしらこちらを陥れる作戦を考えてくるかもしれない。それが怖かった。

何せ相手はモラハラ人だ。こちらを陥れるためなら、常識では考えられないような策を講じてくるかもしれない。

なんとなく不安の拭えなかった私は、母の知り合いの税理士に相談することにした。

その税理士先生は、無報酬で我が家まで話を聞きにきてくれた。まあ、祖母も大お得意様だったし、母もそれを受け継いでいるのだから、それくらいお安いご用なのかもしれないけれど。

私は母に同席してもらって、その税理士先生と話をした。女性の税理士だから話しやすいだろうと思っていたが、私は彼女にだいぶ脅かされてしまった。「私の言うことは最悪の事態を想定して言ってますから」と前置きはしたものの、歯に衣着せぬ物言いで、こちらの痛いところをズバズバと突いてくる。

「ＤＶと言うけど、そういうことしたのたった一回でしょって言われちゃったら、どうします？　ちゃんと、証明できますか？」

「はあ。でも、あの物干し竿が曲がっているのは夫がやったものだし、扇風機も壊したし、ピアノも蹴ったし。それに、専門機関に相談して、ＤＶだって言われました。あと、精神科で働いてる友達にも相談したら、そうだって」

「でも、一番下のお子さん、まだ小さいでしょ？　変な話だけど、最近まで仲よかったんじゃないのって言われるかもしれないですよ」

「はぁ……」

「だからね、今までにあった出来事、いつ、どこで、誰に相談したのか、そういったことを、事細かに書きだしておく必要があります。本当にDVだったって証明するためにね。あとは、今まで相談してきた人たちが、たしかにDVに関して相談を受けていたって、証言してくれるかどうか。もし仮に裁判になった時にも、証言してくれるかどうかね」

「それは、大丈夫だと思いますけど。証言してくれそうな友人は何人かいますし、あと、義妹も証言してくれると思います」

「でも、その義妹さんも、あちらの肉親でしょ？　いつどこで寝返るかわからない。あまり信用しないほうがいいと思いますよ」

「もちろん、一〇〇%信用して、すべてを委ねているわけではありませんけど」

「あとはこの家、旦那さんの名義でしょ？」

「はい」

「だったら、追い出されるなんておかしい、逆にお前たちが出ていけって言われても、文句言えないですよね」

「え？　そんなことあるんですか？」

「だって、旦那さんはどんな嫌がらせをするかわからないっておっしゃいましたよね？　嫌がらせなら、この家、売り払っちゃうかもしれませんよ」

「え？　そんなことできるんですか？　だって、ここの土地は母の名義になってますけど」

「でも、嫌がらせなら、何するかわからないわよ」

ぞっとしてきた。私が考えもつかなかったような恐ろしい可能性が、まだまだたくさんあったのだ。

「あの～、でもね、子供たちが全然淋しがらないんですよね。普通、パパのことを慕っていたら、母親には遠慮があって言えなくても、私には、淋しいとか、言うと思うんですよ。それが全然言わないんですよ。それに、一番上の子なんか、もう二度と会いたくないとか言っちゃって」

母が横から遠慮がちに口を挟んできた。

「夫はそういうことも、私が子供たちに言わせているんだって言います」

私が付け加えて言うと、税理士先生はさらに勢い付いて言った。

「そりゃもちろん言うわよ！　私だって言うと思うわよ、もし旦那さんの弁護士だったらね。奥さんが子供に言わせているんでしょうって」

また背筋が寒くなった。恐ろしい。弁護士先生にそんなふうに言われたら、太刀打ちできるとは思えない。

「あのー、でも、調停で、子供の意見も聞いてもらえるって、聞いたことがあるんですけど」

母がまたおずおずと言う。

「たしかに聞いてはもらえますけど、子供の意見を聞いたからって、即そのまま子供の考えが通るわけではないですよ。お子さん、まだ小学生でしょ。しかもまだ離婚の話が出てから日が浅いでしょ。そういう精神的に不安定な時期に言ったことですしね。それに、お子さんが言ったから、そのまま決めてしまうというのは、お子さんに責任を押し付けることになるでしょ？　それは、絶対にないですよね」

それはたしかにそのとおりだ。いくら子供の意見を聞くと言っても、最終的な決定を下すのは、私たち親の判断でなければならない。

そうか……。なんだか、余計に不安が募ってきてしまった。

「でもね、私が言っているのは、最悪の事態です。こうは言っていても、全然スムーズに、円満離婚になるかもしれないんだから」

いや、もうすでに円満離婚はない、ない。

「世の中の人は皆、弁護士さんの敷居が高いと思いすぎです。そんなに不安があるのなら、一度弁護士さんに相談してみることをお勧めしますよ。事が起こってからではなく、今の問題を整理するために。そりゃ、お金のかかることだから、誰しもってわけにはいかないかもしれないけど、事情が許すのなら、相談してみる価値はあると思う。最悪の事態が起こった時に、どう対処したらいいか。慌てないために。こんなはずじゃなかったってことに、ならないように。

おっしゃっていたじゃない。入学式の次の日から旦那さんは出張だった。それがなかったら、離婚の話なんてできなかったかもしれないって。

流れはこちらに向いている。だったら、その流れを止めないように、焦らず、無理はせず、進めていけばいいと思いますよ」

そして最後に付け加えた。

「だけど……、今まで警察を呼ぼうって考えていたんでしょ。それはやっぱり、普通の事態ではないわよ」

*

税理士先生へのプチ法律相談のあと、私たち夫婦の間で起こってきたことが、DV、そしてモラハラであったことを証明するために、結婚してから今までのこと、離婚を思い立ってからこれまでの経緯を、すべてノートに書きだしてみることにした。

最初は、なんてことのないノートに書こうと思っていた。だってこんなこと、喜ばしいことでもなんでもない。可愛らしいノートに書くなんて癪だ。

でも……。

私の誕生日プレゼントに、子供たちが買ってくれたノートがあった。ピンク色の表紙で、水玉模様の大学ノート。私が日記をつけたり、レシピをまとめたりしているのを知っている子供たちが、お小遣いを出し合って買ってくれたものだ。私が学生だった頃は、大学ノートなんて無機質なデザインで、洒落たものでも表紙に色がついている程度だったが、最近では水玉模様の表紙まであるのだ。

私はそのノートを取り出して、じっと眺めた。

大切なこのノートに、書こうか。

子供たちがプレゼントしてくれた大切なノートだからこそ、これを開くたびに勇気をもらえるかもしれない。このノートに書き留めていくことが、今後私の身を助けるかもしれない。

そうだ。このノートに力を貸してもらおう。

私はこのノートを、「DVノート」と名付けることにした。

*

三日後に法律相談の予約を取ってある。それまでに、今までの記録をすべてまとめておこう。

私は真新しいノートのページを開き、さて何から書こうかと考えた。

まず、このノートをつける意義を考えてみた。

これから先、夫と対決するための、証拠となる記録。感情ではなく、客観的事実を証明するための記録。

しかしそのためには、結婚生活で溜まった心の中のドロドロした思いを、すべて吐き出してしまわなければならないように思えた。ヘドロの中から、真実を拾い上げるのは至難の業だ。だが、溜まったヘドロをすべてさらってしまえば、そこから事実だけを拾い上げていくのは、ずっと簡単な作業となるはずだ。

結婚生活十二年の記憶は膨大だった。どこから手を付けていいのやらわからない。だが、このままボーッと真っ白なページを見つめて過ごすわけにもいかない。

私は、なんでもいいから思いつくままに、書きたいことを書きだしてみることにした。

・夫がピアノをバンと蹴った。「そのピアノはおばあちゃんが私のために買ってくれた大切なピアノだからやめてちょうだい」と頼んで、その場を収めた。

↓

恐怖を感じた。本当は、「私の大切なピアノに何するの！」と怒りたかったが、そんなことをしたら自分の身が危険だと思い、努めて穏やかに「やめてちょうだい」と頼んだ。

この時、「この人がもし一度でも私に手を上げたら、その時はすぐに警察を呼ぼう」と心に決めた。

←

今回、この時のことを話題にすると、夫は「正確に言うと、俺はピアノの椅子を蹴ったんだけどね」と威張るように言った。

・ナツミ三歳、ジュン一歳の頃、旅行に行く日の朝、夫に対して不満に思うことがあり、それを伝えると、子供たちの前で突然怒鳴りだし、子供たちはびっくりして泣きだしてしまった。

「なんでてめえはいつもいつもそうなんだよ。せっかくこれから旅行に行くっていうのに、人の気分を悪くするようなことばかり言ってよ。今日の旅行はやめだ！」

←

子供たちも楽しみにしていた旅行なので、私が謝り、旅行に連れていってくれるようお願いした。心の中では、「私が不満を押し殺して我慢すればいいということなのだ」と理解した。たとえ私が不満を持っていても、夫の気分を害するようなことは伝えてはならないのだと思った。

ピアノの件は、私が初めて「何かあったら警察を呼ぼう」と思った出来事だから、よく覚えている。夫の立っていた位置、蹴った場所も、映像としてよみがえる。だから、夫が「椅子を蹴っただけ」と主張しているのは、覚えていないくせに適当なことを言っているだけだと思っている。でも、証拠はないから、証明はできない。

旅行の朝のことは、子供たちは二人とも覚えているという。たしかあの日は夫に対して何か不満を感じ、こんな気持ちでは旅行に行けないと思い、出発する前に夫に伝えようと思ったのだった。私はただ、私の気持ちを理解して欲しかっただけだ。しかし夫はそれに対してキレた。そして、旅行の日にそんなことを言いだすお前が悪いと言った。夫の側から言えばそうかもしれない。でも私の側から言えば、伝えないということは、夫への不満を一人胸に秘めたまま旅行の数日間を過ごすということだ。私が夫の立場だったら、そのほうがもっと嫌だけど。

要するに夫は、人がどんな気持ちでいようが、自分がいい気分でいられればそれでいいのだ。

うーん。

こうやって書いてみると、自分でもただの痴話喧嘩にしか思えないような出来事である。どうしよう。こんなことを書いて、意味があるのだろうか。

でも……、と私の中の心の声が言った。

でも、書かなければ。洗いざらい全部書いてみたら、きっと何か見えてくるものがある。大丈夫、このノートが助けてくれる。だから、書き進めてみよう。

・何かのきっかけで夫がキレて、室内用物干し竿を殴り、曲げてしまった（未だにそれは家にある)。

・何かのきっかけでキレて、扇風機を壊した。羽が折れた(これはさすがに処分した)。

・私は忘れていたが、子供たちが、「お皿をガチャンとしたことがある!」と言っている。

・「俺は絶対に女には手を上げない」と得意げに言うので、私もこれは暴力ではないと思っていた。

・「お前は感情を表に出しすぎなんだよ。お前がそんななら、俺ももっと出すよ。いい?」と言う。ただでさえ怖いのに、これ以上感情を出されては困るので、「わかった。気を付けるよ」と言ってしまう。「あなただって、自分の顔を鏡で見てみれば? すごい怖い顔しているわよ」と言うと、「いや、お前のほうがひどいだろう」と言う。

・疲れていたり、具合が悪かったり、落ち込んでいたりしても、私が暗い表情をすることは許されない。眉間にしわを寄せること、顔をゆがめることは、絶対に許されない。そういう顔をしていると「お前の顔はひどすぎる」とため息交じりに言ったり、「お前はいつも眉間にしわが寄っているからな〜」と意地悪く言う（これは、今までに何十回となく繰り返し言われている）。

・夫の実家で義妹と三人で話していた時、突然「なんなんだよ、てめえはよー、なんでそうやっていつも俺の気分が悪くなるようなことをするんだよ！」と怒鳴りだした（具体的な内容はあまりにくだらないことだったので忘れてしまった）。

義妹は、「お兄ちゃんて本当にミミちゃんのことが大好きなんだね」と言い、私も、「この人は私が好きで仕方ないから、私が自分の思うようにならないと怒ってしまうんだ」と自分に言い聞かせた。

・二人で書類の記入をしていて、夫に「この数字を読むから書いていって」と言われ、「私、そういうの苦手だから、見ながら書いていったほうがいいの」と言ったら、「なんでお前はいつもそうなんだよ！　せっかく二人でいい感じでやってたのに、どうして気分を壊すようなことを言うんだよ！」と怒鳴りだし、外に出てしまった。私が「ごめんごめん、私が悪かった」と謝りにいき、場を収めたが、この時にはっきり、「私はこの先、この人のこういう甘えをすべてのみ込んでいかなければならないのだ」と思った。諦めのような気持ちだった。


うーん……。くだらない。実にくだらない。

くだらなさすぎて、なぜ怒鳴られたか覚えていないことが多すぎる。

こんな、覚えてもいないようなことで、私は怒鳴られ続けてきたのか。

しかし、こうやって文字にしてみるまで、こんなにもくだらないことで怒鳴られていたことに、私は気付かなかった。これは成熟した夫婦の間の、意見の相違などではない。議論になっていないのだ。これは明らかに、ただのいちゃもんだ。

丸一日かけて、ようやくここまで書けた。家事や子供の世話の間に書くものだから、なかなかまとまらない。

しかし、とにかく書き続けてみようと思った。法律相談の日まで、あと二日ある。それまでに、書けるところまで書いてみよう。心の中のヘドロをさらっていったら、きっと何かが見えてくるはずだ。

＊

ＤＶノートをまとめ始めて二日目。

今日は、夫の自動車事故遍歴を書きだしてみることにした。

・一年ほど前、家族旅行中に車をバックさせていて、木の枝にぶつかり、リアウインドウが粉々に砕けた。小さな子供たちがびっくりして泣きだしたが、いっさい謝らなかった。

バックしている途中、「後ろに木があるよ」と注意したにもかかわらず、「見えてる見えてる」とブレーキもかけずそのまま突っ込んだ。あとで聞いたら、「隣の木のことだと思った」と。

せっかくの旅行が台なしだったが、文句を言うとキレると思ったので、私も子供たちも一言も文句を言えず、ガラスの破片の処理や、割れた窓にごみ袋を貼り付けるのを手伝った。

夫は、私と二人でごみ袋を貼り付けるのが楽しくて、うきうきしているように見えた。「あ、お前はこっち持って」などと嬉しそうに言っていた。私はそれを見て、余計に怒りと子供たちへの申しわけなさとが込み上げてきて、気持ちのやり場がなかった。本当に泣きたかった。

・数年前、オービスで写真を撮られ、数万円の罰金を支払わされたことがある。

・数年前、高速道路で速度違反で捕まり、罰金を取られた。

・三、四年前、会社の車で、前の車に追突する事故を起こし、エアバッグが出て本人も気を失いかけ、救急車で運ばれる。夜中に呼びだされ、向かいの家の母をたたき起こして子供たちを預け、車で何十分もかかる事故現場まで私が迎えにいった。

追突した車には子供が乗っており、次の日は学校を休んだとのことで、とても心配したが、大事には至らずホッとした。夜中に呼びだされたのもあり、私も次の日仕事を休んだ。

この時の事故の状況を聞くと、前の車は停まっていただの、走行中だっただの、前の車の前に自転車が倒れただの、そのたびに要領を得ない答えが返ってきて、未だにどういう状況でぶつかったのか、私は理解できていない。

・結婚前、結婚後と、二回免許停止処分を受けたことがある。

・細かい交通違反はちょくちょくあり、そのたびに、「でもあと点数が何点残っていて、もうすぐで点数が戻ってくるから大丈夫」などと言って、反省の色が見えない。

・今の車に乗り換えてから（四、五年ほど）、三回車両保険を使っている（ポールにこする、タイヤのホイールが取れる、玉突き事故）。

・前の車に乗っていた時も、バックしていて、背の低いポールに気付かず、激突したことがある（私も子供たちも乗っていたが、ものすごい衝撃だった）。

・高速道路や大きな道路では、車間を詰め、あおるような運転をするので、一度「車間詰めすぎじゃない？　そんなに急がなくていいよ」と言ったことがあるが、「そんなことないじゃん。ちゃんと車間とってるじゃん」と言われたので、それ以上言わず、事故を起こさないよう祈るしかなかった。

家族旅行の時にも、同じようなことを言ったことがあるが、「なんだよ、みんな早く帰りたいだろうと思って、一生懸命運転してるのに」と不機嫌になったので、それ以上言えなかった。

・最近取り締まりが厳しいのでしなくなったが、以前はお酒を二、三杯飲んでから、「酒を抜く」と言ってお風呂に入り、それから運転することがよくあった。あまり言うと怒るので、「大丈夫なの?」くらいしか言えなかった。

いや、すごい……。こんなにあったか。私の知らない事故や、結婚前の事故も合わせたら、どれだけあるのだろう。

何より、反省をしないのが恐ろしい。すべて逆ギレと言いわけで返してくる。

こんな人だから、いつ犯罪者になるか知れたものではない。

犯罪者と言えば、あの人はもうすでに犯罪者も同じなのだった。だって、若い頃に何度も警察のお世話になっている。

そうだそうだ、それも書いておかなくては。
私はページをめくり、今度は夫の喧嘩遍歴をまとめることにした。

・結婚して半年後くらいに、銭湯で酔っぱらいのおじさんとケンカをしそうになった。私は妊娠中で、巻き込まれたくなかったので、互いに手を出す前に、なんとか外に連れ出した。
・結婚して数年後、「車で帰ってくる途中でケンカをしそうになった」と言って帰ってきた。自分の車を追い越していった車の運転手が、自分に対して、親指を突き立てて下に向けて見せたので、追い抜き返して車を脇に止めさせ、お互いに車を降りてケンカに発展しそうになったとのこと。
・若い頃、会社の上司の胸ぐらをつかんでケンカし、それ以来、ずっと口をきかなかったと自慢げに話す。

・高校の頃は、ケンカ、カツアゲは日常茶飯事、タバコで停学処分になったこともある。

・若い頃警察に捕まり、父親が指紋を取られている。

そろそろ子供たちが帰ってくる時間になったので、この日はここまでにすることにした。

翌日、離婚を思い立ってから今までの経過を、スケジュール帳と携帯メールを何度も見返しながら書き込み、ようやく法律相談に行く準備が整った。

これだけ書いておけば、弁護士の先生から質問された時も、きっと簡潔に答えられるだろう。

明日の予約枠は一時間で、相談費用は一万円。その時間とコストを、最大限に生かしたかった。

私はできあがったＤＶメモを何度も読み返し、表紙に「ＤＶノート」と書こうかどうか迷い、それはさすがにまずいだろうと一人苦笑した。これから離婚に関する用事の時は、常にこのノートを持ち歩くのだ。私は別に恥ずかしくはないが、見た人が目のやり場に困るだろう。

私は、今までの相談や協議の際に書き留めてきたメモもすべてそのノートに挟み、明日持っていくバッグに大切にしまった。

＊

五月の下旬、私はある法律事務所を訪れた。以前に仕事で、自分の担当するクライエントと一緒に相談に来たことのある法律事務所だ。その時に相談にのってくれた弁護士の先生を、今日は指名していた。まさか自分が当事者として相談に来ることがあろうとは。一緒に連れてきた末っ子は、ベビーカーの中ですやすやと眠っている。本当は相談前にどこかで授乳しておきたかったのに、これでは無理そうだ。どうか、相談中に泣きだしませんように……。

その女性弁護士先生は、物事をスパッと単刀直入に言う人だった。法律相談なんて、この先生にしかしたことがないから、あるいは弁護士というのはそういう話し方をする職業なのかもしれないけれど。そういえばこの前相談した税理士先生も、歯に衣着せぬ物言いで、ズバッとこちらの痛いところを突いてくる人だった。なるほど、たしかにオブラートに包んだやんわりとした言い方で、大切なポイントが伝わらないのでは意味がない。多少きついと思われる言い方でも、ストレートに相手に伝え、むしろ危機感を持ってもらうのが、法律家としての誠意なのかもしれない。

とはいえ、少々気持ちが弱り気味のこちらとしては、ズバズバと弱点を突いてこられるのは、なかなかに苦しい。

「子供たちとの面会の時、夫はあまりに事故が多いので、車を使うのはやめて欲しいと思うんです」

「でも、そんなこと言ってたら、もし何かで旦那さんに車を運転してもらう必要が生じた時に、困るのはあなたですよ。それに、もし子供たちが車で出かけたいと言ったら、どうして禁止するんだって、恨まれるのはあなたになってしまいますよ」

まあ、そうかもしれないけど。

「それにもし、車を使わないと約束をしたとしても罰則はありませんから、勝手に乗せちゃったら、こちらはどうにもできないってことです」

はぁ、そうなの？

「だったらそんな約束はしないで、適当に、今回は子供たちが車じゃないほうがいいって言ってるから、とかなんとか言って、そのつど、うまくやっていったほうが、あなたのためにもいいと思いますよ。もし面会時の旦那さんの対応が困るというのであれば、面会時の約束事を細かく決めるために、あとから調停を申し立てることもできます。面会は月一回程度、くらいに曖昧なところで合意しておくのが、得策だと思いますよ」

なるほど。

「養育費は、月に十五万から二十五万円くらいを提示したんですが、夫は月に十二万円までって言ってます。でも、そんな金額で子供五人は育たないって、私は少々不満ですけど」

「でも、払えないって言われたら、それ以上どうにもできませんよね。旦那さんにも生活がありますし。一応会社の社長さんみたいだから、経費で好きなように使ってるんでしょって言ったって、基準は年収ですからね。それよりも、金額がまとまらなくて調停に持ち込まれたとすると、調停員が変な入れ知恵をする可能性がありますよ。だって、預貯金は全部あなたがもらったんでしょ？　家も預貯金もじゃ、奥さんのほうがもらいすぎだ、もっと旦那さんがもらえるなんて入れ知恵をされたら、あなたが困るんじゃないですか？」

「でも、次に入るお給料は全部夫がもらうことになってます。それで、ちょうど同じくらいになりますけど」

「でも、財産分与って、離婚した時点での財産で見ますからね」

そうか〜、なるほど。

「夫は、こんなんじゃ話にならないから、裁判にするって言ってます」

「ん～。でも旦那さんも離婚には同意しているんですよね？　裁判にするっていう意味がわからないですけどね」

「それに、ある人から、家は夫名義だから、嫌がらせで売り払われる危険性もあるって言われて」

「それはないですよ。だって、土地の名義はあなたのお母さんで、現に人が住んでいるんでしょ？　そんな家、誰も買いませんよね。それに、考えてみてください。一応、そんな旦那さんでも、子供のことは可愛がっているんでしょう？　だったら、そこまで子供に嫌われるようなことを、しますかね」

　たしかに。

「お聞きしていると、旦那さんは典型的なオレ様タイプですから、適当に持ち上げて、どうでもいいところは妥協して、話をつけてしまったほうがいいと思いますよ。そういう人たちは、プライドが何よりも大事ですからね。私たちから見たら、どうでもいいプライドなんですけどね、そんなもの」

　女性弁護士は、そう言って締めくくった。

どうでもいいプライドが何よりも大事。私が思っていることと全く同じことを、この人は言った。

私は、感覚的に安堵した。

大丈夫。この人の根っこは、私と同じだ。この人はちゃんとわかっている。この人の言うことは、信用できる。

せっかく一生懸命にまとめたDVノートは、なんの役にも立たなかった。この女性弁護士先生は、私の話など、ほんの少ししか聞いてくれなかった。

いや、違う。聞かずとも、わかってしまったのだ。たった一時間の話の中で、私の夫は、珍しくもなんともない、面倒臭い、オレ様タイプの典型例なのだということが。

弁護士先生のあまりにストレートすぎる言い方に、傷付くことは多々あったものの、救われることも多かった。今さら、傷付かないように優しく扱ってもらったところで、問題が先送りになるだけだ。今日、自分自身の弱点もはっきりと見えてきた。帰ったら今日の相談内容を整理して、これからの作戦を練ろう。

一時間を少しオーバーしたが、相談料は消費税込みで一万八百円也。

末っ子は、なぜかいい子ですやすやと眠っていた。なんだろう、この子は。家ではあんなにべったりなくせに、外面がいいというか、なんというか。

「離婚の協議が長くなると、旦那さんに余計な入れ知恵をする人が出てくる可能性があります。調停には持ち込まずに、妥協できるところは妥協して、早く公正証書を交わしてしまったほうが得策です。いつまでも長引くのは、子供のためによくないから、とかなんとか言って。来月中に目途が付くのが理想です。それ以上長引くようならまたご相談ください」

女性弁護士は、最後は愛想よく笑顔で見送ってくれた。

＊

法律相談から帰ると、私は早速メモ用紙に、今日の話の要点を書きだしてみた。それから、その中の優先順位と、それを実現するための具体的な行動をまとめ、DVノートにきれいに清書した。

○絶対に譲れないもの
①子供たちは五人とも私が育てる！（これは絶対！　何があっても！）
②家をもらう
③早い段階での離婚（私も子供たちも籍を抜く）

○できれば欲しいもの（場合によっては放棄してもかまわないもの）
①すでに手元にある預貯金（一部手放してもかまわない）
②養育費

←

子供一人につき月額二万円で譲歩する

↓

面会の条件が合意に至らない場合、最悪なしでもかまわない

③末っ子が二十歳に達するまで、生命保険に入ってもらう

↓

なくても仕方なし

○具体的な作戦

①離婚日を決める（ナナさんの立ち会える日にする）。離婚届は私がもらっておき、全て記入し、証人として母の署名・捺印ももらっておく。当日は夫とナナさんの署名・捺印のみで提出できるようにしておく

②その日までに、夫とメールで公正証書の内容について話し合い、念書を作っておく

↓

三人の署名・捺印で完成するようにしておく

③離婚日に、司法書士の先生と会い、家の譲渡の手続きをする

絶対に譲れないものの中で、③に関しては、私が特にこだわっている部分であった。アドバイスしてくれる人の中には、何年か別居していれば夫婦関係が破たんしているとみなされ離婚できるから、焦らなくていいと言う人が結構いた。だが私は、一日でも早く籍を抜きたかった。それはなぜか。

理由は二つあった。一つ目は、夫の船が沈没しかかっていると思っていたからだ。最近の夫はいつもイライラしていた。事故を起こす回数だって、結婚当初よりも、少しずつだが増えてきている。仕事だってうまくいっていると言いながら、実際のところはどうだか怪しいものだ。絶対に沈まないと思っていた夫の船が傾きかけていると、離婚の話が出る前から私は感じていた。

だから早く離れたいのだ。子供たちを連れて、少しでも早く。

もう一つの理由は、夫が典型的なモラハラ加害者であると、確信したからだった。同僚

から借りた『モラル・ハラスメント』という本を読むと、夫の行動は笑ってしまうほどよく当てはまる。だが、笑っている場合ではないのだった。モラル・ハラスメントの加害者は、獲物を逃がすようなことは絶対にしないと書いてある。本当にそうだとしたら、夫はこれから先、「お前なんか離婚してやる」と言いながら、あの手この手を使って、離婚を阻止する行動に出るのではないだろうか。今はプライドが邪魔して「離婚したくない」とは言わないけれど、時間が経つにつれて、離婚を阻止する理由を見つけてきて、それをネタに私を縛り付けようとするのではないだろうか。たとえば、そうだ、お前は怒りすぎだ、虐待するかもしれないからお前のような母親に子供を任せておけないとか、そんなことを言いだすんじゃないだろうか。育てることもできないくせに、俺が引き取るなどと言いだすのではないだろうか。それは、私のもっとも恐れていることだった。

そう考えると、長引けば長引くほど、彼に策略を練る時間を与えることになる。彼が本腰を入れて私の邪魔をしようとし始めたら、もともとモラハラ被害者の素質のある私は、逃げ出すことなどできないかもしれなかった。そうなのだ。その本によると、私も笑ってしまうほど、典型的なモラハラ被害者タイプなのだ。

子供たちが帰ってきた。

一番上の子が、心配そうに聞く。

「ねぇー、今日の相談、どうだった？　なんて言われた？」

「うん。まずね、この家を追い出される心配はないから、大丈夫だって」

「本当〜？　よかった！　じゃあ、学校も変わらなくて済むね」

「そうだね」

「あとは？」

「う〜ん……。いろいろと難しい話だから、うまく説明できないけど、これからどうやってあの人と話をしていったらいいか、作戦は立てられた。でも、高いの。一時間で、一万八百円も払ったよ！」

「えー、安いじゃん！　一万八百円で助けてもらえるんでしょ？　だったら、安いじゃん！」

たしかに。この子の言うことは、いつも正しい。

「ねえ、役に立った？　ＤＶノート」

一番上の子が、目をキラキラさせて聞く。自分たちの贈ったノートが活用されて、嬉しいようだ。ウキウキすることでもなかろうにとは思ったが、生意気なくせに、そういうところはまだ子供らしく、可愛らしい。

「それがねー、ここに書いたことなんて、ほとんど話さなかったよ。時間がなくて。でも、話さなくてもわかったみたい」

「えー、そうなの？」

「うん。でも、帰ってきてから作戦をここに書いたよ。ほら」

「えー、見せて見せて」

子供は興味津々で覗き込んで言った。

「すごーい。私も書きたいな。あの人について、思っていること」

「本当？　いいんじゃない、書いてよ。あなたの思っていること。それも立派な記録になるもの」

「うん！　書く！　でもさ、あの人のこと、なんて書いたらいいの？　パパって書くの？　嫌なんだけど、パパって呼ぶの。あの人、パパじゃない」

「え、本当……？」

　一応驚いたふりをしたけれど、それは私も同じだった。私は今まで夫のことを、家の中では名前で呼び、よそでは夫とか主人とか呼んできた。でも、こうなった今、名前はおろか、夫、主人と表現するのでさえも嫌だった。口にすると、拒絶反応で全身がぞわっとする。だから離婚話が浮上してからは、よそよそしく、「あの人」なんて表現してきた。

「そうか……。私もなの。なんか、名前でも呼べないし、パパって言うのも嫌」

「ねえー、どうする？　なんて言う？」

「うーん……」


　しばらく考えたあと、いい考えを思い付いた。

「じゃあさ、Ｄさんていうのはどうかな？　あの人、名前をローマ字で書くと、Ｄから始まるでしょ。それに、ＤＶをしてた人ってことで、Ｄさん」

子供たちはその呼び名に、全員一致で賛成した。

その日から夫は、私たち家族の中で、密かに「Dさん」と呼ばれることになった。

＊

夫にメールをした。

「調停はなしで、公正証書を作成して離婚したいと思っています。長引くことは子供たちのためによくないとアドバイスを受けました。ナナさんの都合のつく日に、立ち会ってもらって離婚届を提出したいと思いますが、それでいいですか？

公証役場が混んでいて、すぐの予約が取れそうにないので、公正証書の作成は離婚届を出したあとということでいかがでしょう。不動産の譲渡は、離婚届を提出したあとなら、公正証書を作る前でもできるそうです。司法書士事務所も紹介してもらいました。そちらの負担にならないように、離婚届を出すのと同じ日に、司法書士の先生の予約も入れてしまおうと思っていますが、それでいいですか？
公正証書の内容を、簡単に念書にしてまとめておくとよいと言われましたので、今までの話し合いの内容を私がまとめてみようと思います。文書の案ができたらメールで送りますので、確認をよろしくお願いします。」

夫からのメールは「それでいいです。」との簡単なものだった。やはり、調停だの裁判だのというのは、その時だけの脅しだったようで、効果がないとわかると、微塵もその話は出してこない。あまりにあっさりとしすぎて不気味ではあったが、とりあえず私は、今までの協議の内容を念書の形にまとめてみることにした。

念書

一、養育費は、子供が二十歳に達するまで、一人につき月額二万円ずつ支払います。

進学、病気、発表会など、多額の費用が必要になった時には、相談のうえ、別途支払います。

夫が万が一の時など、支払えなくなった時のために、子供たちを受け取り人とする生命保険に入ります。
一、子供との面会は月一回程度、子供たちの気持ちを尊重し、無理のない方法、場所を選んで行います。
一、財産分与について
不動産（建物）は、夫より妻へ譲渡します。その他の財産についてはすでに分与済みであり、その内容について、今後いっさい文句は言いません。


どうかしら。いいんじゃないかしら。

養育費については、弁護士先生のアドバイスに従い、譲歩する姿勢を見せる意味で、相手の提示額の一番低い金額を記入した。もともとなくてもいいくらいに思っているものだ。

形だけでかまわない。ないよりはましだ。

面会に関する文言については、役所からもらってきた面会交流に関する資料を参考にした。「子供たちが会いたくない時は、無理に会わなくてもいい」ということを示すために、「子供たちの気持ちを尊重して」という表現を入れた。あの人のことだ。子供の気持ちなど無視して、俺には子供に会う権利があるなどと言いだしかねないからだ。財産についても、今後腹立ち紛れに、やっぱりあの時の金を返せなどと言いださないために、このように書いてみた。

どうせ法的にはなんの効力も持たない文書であろうが、あの人は法律に明るくない。私と夫、義妹の署名と捺印があれば、公正証書がきちんとできるまでの間、相手にとってのなんらかの縛りとはなるはずだった。

私はできあがった文面を、メールで夫に送った。

*

DVメモ（ナツミ）

私の始まり。

四年生のころのお正月におばあちゃんちに行っていて、おばあちゃんとオセロで遊んでいた時、おばあちゃんが「私オセロ弱いのよね～」とじまんげに言った。

その時ちょっとイラッとした。「なんで弱いことをじまんするの？」と思ったが、だれも何も言わないのでだまっていた。

ぶたいは動く。

五年生のお正月、今度はDさんのことに気づいた。

ナナちゃんとDさんとみんなで公園に行った時、Dさんはぜんぜん相手にしてくれなかった。

ナナちゃんは笑いながら遊んでくれるのに、Dさんはつまんなそうにしていた。

私も成長して、いろんなことがわかるようになってきた。


そして六年生になった。

下の弟の入学式の前の日、私とお母さんが大切にしていたＤＶＤの件だ。

「返してもらってないよ」

「え、入れたよ。おれが悪いっていうのかよ！」

この時のお母さんの顔はこわかった。

でも、私はお母さんのつらさがわかっていた。

小さいころから二人のケンカを見てきたけど、覚えているかぎり、ほとんどお母さんが
謝っていた。


この夜私は言ったのだ。

「りこんすれば？」

なんのこんきょがあって言ったのか覚えていない。

でも、私はお母さんの顔を見て、「ナミダ」を流したのだ。


入学式から帰ってきたら、おばあちゃんがいた。

本当は会いたくなかった。

おばあちゃんは言った。

「DVD、たぶん車の中に落ちているわよ～」

なにその言い方。謝らないの？　ひどい。


そして、ナナちゃんに相談したくなってきた。

Dさんもおばあちゃんも、私の気持ちなんてわかってくれない。


お休みの日に、ナナちゃんと二人でランチに行った。

ナナちゃんはやさしい。

おごってくれたし、プレゼントもくれた。

ナナちゃんは、最初に会った時に、「ごめんね」と言った。
Dさんもおばあちゃんも謝ってないのに、なんでナナちゃんが謝るの？　と思った。
ナナちゃんも私と同じことを考えていた。
でも、それは私とナナちゃんのひみつだから、お母さんにもないしょ。
だんだん字がきたなくなってきた。
おこっているからだ。

運動会の時、Dさんが来るのはいやだった。
私はDさんと話さなかった。
弟と妹をだっこしているのを見て、いやだった。

ファミレスでDさんと会った時、Dさんは言いわけばかりして、お母さんをモラハラと言った。
私はいやみっぽく、

「へぇ〜、じゃあ私すごいな〜。そんなお母さんから、こんないい子が生まれたんだ〜。
ある意味私ってすごいな〜」
と言った。Dさんはだまっていた。
最後に写真をとることになったが、私は笑わなかった。

私はDさんに勝ったのだ！

もう二度と会いたくない。

私はお母さんの味方で、お母さんが大好きだ！

平成〇年〇月〇日生まれ
ナツミ

＊

夫からメールがきた。先日私がメールで送った念書案に関してだった。

「念書は、ほぼあの内容で結構です。でも、一つ確認したいことがあります。離婚届提出の日に、話できますか?」

ほらきた。胃が痛くなってきた。

離婚届提出当日だなんて、ゴネたいだけに決まっている。それはダメだ。なんとしても予定どおりの日に離婚届を提出したいのだ。私は返信した。

「離婚届提出の当日では遅いと思います。異論があるなら、事前に、メールでお願いします。」

込み入った内容はメールでやり取りしにくいのはわかっていた。でも、直接話すなんて、もっとダメだ。それでは夫の思うつぼだ。夫は相手にして欲しいだけなのだから。

夫からメールが返ってきた。

「子供たちとの面会について、『子供たちの気持ちを尊重し、無理のない方法・場所を選んで』とはどういう意味ですか？」

予想どおりだ。その文言に、絶対反応すると思っていた。私は努めて感情を排した文章で返した。

「その言葉どおりの意味です。子供たちにも予定がありますし、体調が悪い時もあるでしょう。そういった状況に応じて、無理のない場所や方法を選ぶという意味です。」

「それはわかっています。『子供たちの気持ちを尊重して』とはどういう意味ですか？」

あんたは日本人だろう！　なぜ意味がわからぬか！　私は怒鳴りたくなった。

その言葉どおりの意味以外に、どんな意味があろう。要するに、あなたに会いたくない時は、会わないことを選ぶ権利が、子供たちにもあるということだ。

こういう夫のいちゃもんに対処するのに、一番有効な方法はなんだろう。

私の言葉にはいちいち抵抗を示すだろうから、世間体や権威に敏感な夫に有効と思われる「市役所」という言葉を使うことにした。


「市役所でもらってきた、面会交流に関する資料を参考にして文章を作りました。極めて一般的な表現です。納得できないようなら、ご自分で役所に相談に行くなり、調べるなりしてみてはいかがですか？」

なるべく取り付く島のないような表現を選んで、メールを返した。普通に考えたら、冷淡な表現だ。しかし、モラハラ人にはこれくらいでちょうどいいのだと自分に言い聞かせた。

しばらくしてメールが返ってきた。

「わかりました。」

よかった。ひとまず今日のところは諦めたようだ。しかし、これからあちこち調べて回り、少しでも自分に都合のいい情報を集めて、攻撃をしかけてくるだろう。それを思うと気が重かった。

どうしてこう、普通の議論ができないのだろう。いちいち波風を立てないと気が済まない。しかし、仕方がない。モラハラって、こういうものなんだから。『モラル・ハラスメント』によれば、モラハラ加害者にとって、この世は悪意に満ちていなければならないそうなのだから。穏やかな凪は許しがたく、自分でばちゃばちゃと波を立てたくなるのであろう。

しかし、本当に、いつもいつも、見苦しい。

*

六月の上旬、母は海外旅行へと旅立ってしまった。「こんな大変な時にごめんね〜」と言いながら。

母の不在は正直痛かったが、海外旅行を計画した時には、こんな離婚騒動が勃発するなどとは想像もしなかったのだから、仕方がない。それに、母にいてもらったところで、家事や育児の手伝いはしてもらえるが、離婚に関してはおろおろするだけでなんの役にも立たない。

むしろ気の毒なのは母のほうであった。楽しみにしていたせっかくの旅行だというのに、娘のことを案じながら旅をしなければならない。

「いいよー。大丈夫。絶対に予定どおりに離婚届を提出するから。気にしないで楽しんできて」

私は心からそう言って送り出した。

さて、これからの約二週間、家事、育児、離婚準備、すべて一人でこなさなければならない。心細くはあったが、なんとかやっていけるだろうという楽観的な考えもあった。それに、これからは一人親になるのだ。これはある意味、いい訓練といえそうであった。この難局を乗りきれれば、きっとこれから先もなんとかやっていける。

念書の件で夫からいちゃもんをつけられた私は、またなんとなく不安な気分になっていた。これからまた、何をネタに攻撃をしかけられるかわかったものではない。何を言われても動揺しないように、準備を整えておかなくては。

私はＤＶノートを開いた。

最初に、ＤＶ・モラハラの記録として思いつくままに書き綴ったページの一番上の余白に、

「今までにあったこと　パートⅠ」

と書き込むと、私はずっとノートのページを繰っていった。新しい白いページに辿り着くと、その上のほうに、

「今までにあったこと　パートⅡ」

と書き込み、私はＤＶノート第二弾の記録に取りかかった。

・平気でうそをつく。
仕事の休みをとる時に、「母親が倒れたので」「妻が切迫早産で体調が悪いので」

後日、お見舞いのメロンまでもらってきたこともある。

・あることないこと言う。
「ケンカの仕方を教えてやる。相手に何か言われたら、『あなただってあの時こうしたでしょう？』とテキトーなことを言ってやればいいんだ。そうすると、相手もよく覚えていないから、黙るんだよ。ケンカってのはそうやってやるもんだ」（夫の言葉）

・事実を自分の都合のいいように捻じ曲げて主張する。

・私が夫に対して意見を言うと、「お前だって〇〇だろう」と、今の話題と全く関係のないことを返してくる。

・「インターネットで調べて、俺のされていることが家事ハラだってわかったんだよね」（「俺はネットの書き込みって信用しないんだよね」って偉そうに言っていたのに？）

←

夜中に夫が洗濯干しや食器洗いをするのは、「疲れた顔してやるなら寝てくれたほうがいい。俺がやる」と夫が言いだしたこと。私はその分、子供の夜泣きの対応をしたり、朝早く起きて家事をしている。

最近は子供たちが一生懸命手伝ってくれるので、夫は家事をしなくなっている。早く帰ってきた日も、子供たちが手伝ってくれて家事が終わっているので、自分は何もしないでくつろいでいる。

私が夫の家事の仕方を指摘するのは、「食器は拭いてからしまうんだよ」「洗濯物は表に返してからたたむんだよ」、その程度。それ以上は要求してないけど。しかも夫の機嫌のいい時を見計らって、ものすごく気を遣って言ってるけど。そうすると夫は「俺は食器拭くの苦手なんだよね〜。だったらお前やって」「俺は手がでかいから洗濯物、表に返せないんだよね〜」と言いわけ。やりたくないことは〝苦手〟で済ます。

子供たちにお小遣いをあげて自分の分の家事までやらせようとしている。しかし子供たちも平日お手伝いを頑張っているので、休日くらい休みたいと言っている（夫のいないところで）。

これでも家事ハラ??

・DV加害者相談で、それは妻によるモラハラだと言われた。

私が夜九時に寝て、会話がないこと？

末っ子が産まれて最初の一か月、末っ子の体重がほとんど増えなかったから、しばらく末っ子中心の生活にしよう、私も身体を休めようと家族で話し合って決めたこと。それに、ある時用事があって夜九時過ぎに夫に電話をかけたら、延々二時間夫の話に付き合わされた。だからなるべく夫と顔を合わせないように、つかまらないように、避けていた。夫が常識的に、私の立場も理解して行動してくれるなら、あえて避ける必要もないが、これでも避けてはいけませんか？　私は、私の心と身体の健康を守るために避けている。

・「離婚という言葉は、よっぽどの覚悟がなきゃ口にしてはいけないと思っている」と結婚当初に夫から言われていたので、ケンカの時も、冗談でも口にしないようにしていたが、ある日私が「こういうふうにあなたとうまくいっていないのは嫌なのよ」と言ったら、突然、「テメエなんか、離婚してやるよ。別れりゃいいんだろ！　テメエなんか、別れてやるよ！」と大声でブチ切れた。人には言うなと言っておいて、自分は簡単に「離婚」に飛躍するんだなと思った。以降、私が離婚を口にできるのは、本当に離婚を心に決めた時だけだと思い、今回覚悟が決まったので、「離婚して欲しい」と伝えた。

あー疲れた。だんだん腹が立ってきた。人の悪口を書くのはとても疲れる。いや、これは悪口ではない。事実の明記だ。

私は少しテーマを変え、今度は夫の子供たちへの対応に関することを列挙していくことにした。

・リョウが「ケチャップちょうだい」と言うところを、間違えて「ジャムちょうだい」と言ったら、「何言ってんだ!!」と怒り、押し入れに入れた。

(私の不在時。子供たちから聞いた)

・アケミが「ご飯食べない～」と泣いたので、押し入れに入れた。

(私の不在時。子供たちから聞いた)

・アケミが夫と並んでソファに座っていた際、手足をばたつかせて夫にぶつかってしまった。夫は「痛い！」と大声を上げ、「こんなことしちゃダメでしょう！　痛いでしょう！」と大声で怒鳴り、暗い部屋に連れていって置き去りにしてきてしまった。アケミは恐怖で泣き叫び、私が連れ戻しにいった。

今でもアケミはその時のことを覚えていて、「ママが助けてくれたの……」と言う。夫は何が悪くて怒ったのかきちんと言い聞かせないため、アケミは未だになぜ自分が怒られたのかわかっていない。

（しかし私は、アケミが悪くて怒られたのではなく、夫が痛い思いをしたから怒られたのだと解釈している）

・休日に子供と遊ぶことは、今はない。テレビを見ていても、子供の番組は一緒に見ず、外に煙草を吸いにいってしまう。子供の番組が終わると、「今度はパパが見ていい？」とパチスロやマージャンの番組を見ている。子供と一緒にテレビに関する話をすることもない。

・庭仕事をしている時も、一見子供たちと一緒にしているようだが、実は一人で黙々とやっており、子供たちは自分たちで勝手に遊んでいる。一緒に話をしながら作業をしているわけではない（子供たちの証言より）。

・子供にジュースやおもちゃを与えたがる。子供が欲しいわけではない時でも、「いいじゃんいいじゃん、欲しいでしょ」と押し付ける。制限しようとすると不機嫌になる。

・子供を物でつる。

・子供をゲームセンターに連れていって遊ばせる。公園に連れていって遊ばせたことは、片手で数えられるほどしかない。野球が好きだと言いながら、子供とキャッチボールをしたのは、今までに二回程度。

なるほど。世の中の妻が夫に対してよくこぼす愚痴、それらをすべて、もれなく、オールマイティにこなしているのが我が夫のようだ。さすがだ。

私もだんだんのってきた。このまま一気に書いてしまおう。

・タバコをやめられない言いわけ「酔っ払いと違って他人に迷惑かけてないから」
副流煙で迷惑かけてます。吸い殻のポイ捨てで迷惑かけてます。子供に煙を吐きかけてます。お金が無駄にかかってます。

・「じゃあ、もし病気になっても、一人で闘ってね」
←
「嫌だ、俺はジタバタする。ちゃんと面倒をみてくれ」「老後は子供たちに見て欲しい」

・食べ物をむさぼるようにかき込み、二回くらいしか噛まずに飲み込む。そのように食べる姿をあまり子供たちに見せたくない。私も不快で、一緒に食べていてあまりおいしくないので、できれば見たくない。

「もう少し噛んで食べれば？」

「いや、食べ物を噛むと唾液と混じっておいしさがわからなくなるから、噛まないで飲み込むんだ」

大量に食べたあとは、決まって下痢をしてトイレにこもる（病的なものを感じるが、本人は認めない）。

・半年も専門学校に通ったのに、資格試験に合格せず、資格が取れなかった時

←

「いや、この資格は俺には必要ないってことがわかってよかった」

二年目以降、再挑戦すらしていない。

・テレビを見ていて「ねえ。このダイエット食品やってみれば？」

「いや、ダメだよ。この奥さんは旦那さんのためにって一生懸命協力してくれてるじゃん。うちはご飯も作ってくれないような奥さんだからダメだよ」

今まで何年もお弁当作って持たせてたけど？　それで私が忙しくなってお弁当を作れなくなると、自分で努力することは全くしなくなる。だから馬鹿らしくなってあなたのお弁当作りをやめたんですよ。

今だって、「これはおかずにならない」「俺の分は作らなくていい」って言うから、よそで食べたほうがいいのだと思って作らないだけで、一緒に食べる日は作っているでしょ？

……ていうか、ダイエットできないのは私のせい？　ダイエットって、自分のためにするものでしょ？　私はダイエットしてって頼んだことは一度もないわよ！

・ある休日、出勤すると言いながらダラダラと午前十一時頃まで家にいるので、「会社に行ったら？」と言うと、「亭主元気で留守がいいってこういうことか！」と怒りだした。
「なんだよ、一生懸命家事をしていて遅くなったのに、俺は帰ってこないほうがいいのか！」

いや、家事をして遅くなったんじゃなくて、私には会社に行きたくないからダラダラ時間をかけてやっているようにしか見えなかったけど。早く出かけてくれれば、残った家事は私が手早く済ませるんだけど。

「そんなことないよ。ごめんね。帰ってきて欲しいよ」と謝った（ウソだったけど）。

・この離婚話が出てから
「あなたは離婚について、一度も考えたことはないの？」

「俺、なんでこんなことされてまで一緒にいるんだろう、と思うことはある」

何？　その被害者意識。

・ナツミが〇歳の時

義母と一緒に電車で出かけた時、義母がナツミを抱っこし、人混みの中をずんずん歩いて、先に電車に乗っていってしまった。私は人混みの中をベビーカーを抱えて必死であとをついていったのに、振り返りもせず発車寸前の電車に乗って、行ってしまった。当時は義母はまだ携帯を持っておらず、私はナツミが心配で悲しくて情けなくて、泣きたかったし、帰りたかった。次の駅で合流できたからよかったが、快速電車は停まる駅が違うし、車両の数によっては同じ場所に停車するとも限らないため、本当に不安だった。それなのに会えた時、義母は「次の電車で来ると思ったのよー」となんでもないことのように言った。笑いながら、謝りもせず。

・プチ同居時代

義母は、「ミミちゃん育児で大変でしょー。何もしなくていいのよ」と言っておきながら、夫と義母がケンカした際、なぜか私のことを引き合いに出し、「ミミちゃんも何もしなくなっちゃって！」と文句を言われた。親子ゲンカにどうして私が巻き込まれるのだ！頭にきた私は、当時働いていた義母が帰る午後六時半には、義父母の分の夕食も何品か作り、子供と私のご飯もお風呂もあと片付けも済ませ、二階に引っ込むようにしていた（無言の抵抗を示す意味で）。

だが義母は、「職場でね、『うちのお嫁さんはすごいのよー。六時半にはすべて済ませて子供たちと一緒に二階に行っちゃうんだから』と話すと、みんな『すごいわねー』って誉めてくれるのよ」と家で自慢げに話していた。私が義母だったら、明らかに嫁に嫌われているということだから、恥ずかしくて他人様になんて話せないけど。それを自慢げに話す神経が、理解できなかった。

・ナツミが〇歳の時

一日子供を義父母に預けた時、離乳食を準備し、すべてメモに書いて渡していったのに、帰ってみるとなぜか離乳食があまっているので、おかしいと思って尋ねたら、「書いてなかったから量がわからなかったの！」と言われた。あとでもう一度メモを見返すと、きちんと量は書いてあった。義母が読んでいないだけだった。確かめもせずに簡単に人のせいにする義母に腹が立った。それより何より、一日ひもじい思いをしたと思うと、ナツミがかわいそうで悲しくなった。

はあー。勢い付いて、義母のことまで書き綴ってしまった。これらのことはほんの一部だが、これだけでも書きだしてみると、頭と心の整理がつくような気がする。
とりあえず今日はここまでで終わりにしよう。

最初にＤＶノートをまとめ始めた頃よりも、頭の中が整理されてきたのだろうか。書くペースが上がっている。最初の頃は三日かかって書き上げたのと同じくらいの量を、今日はたった一日で書くことができた。
朝よりもだいぶすっきりとした気分になって、私はペンを置いた。

＊

保育園のママ友E美と会った。一年ほど前に離婚したと子供から聞いていたから、一度話を聞いてみたいと思っていた。

「ねえ、ものっすごいプライベートなこと聞いちゃっていい？　あのね、子供が言ってたんだけど、離婚したってホント？　ごめん、こんなストレートに聞いちゃって。子供の言うことだから、間違ってるかもしれないし、ほら、苗字もそのままだったでしょ。だから、間違ってたらごめん」

私が恐る恐る言うと、E美は笑って言った。

「やだー。合ってるよ、それ。もうすぐ卒園だったから、保育園の間は、子供の苗字はそのままにしてただけ。なんだ。聞きたいことあるっていうから、何かと思ってたら、そのこと？」

からりとしたE美の笑顔を見て、私はホッとした。緊張が解けると、そのあとの言葉はするすると出てきた。

「よかった、間違ってなくて。なんか聞きづらくて、今まで聞けなかったけど……。それで、ごめんね、実は私も離婚を考えていて、いろいろ話を聞きたいと思って、呼びだしちゃった」

「うえー、マジで？　衝撃なんだけど。そっちこそ、離婚しそうに見えない、絶対」

私は、もう何十回となく方々でべらべらとしゃべって回っている、離婚を決意した経緯について、E美にも話して聞かせた。

「恥ずかしい話だよ。相談を受ける仕事をしていて、ある程度の知識はあったのに、自分がそうだったことに、今まで気付かなかったなんて」

私が言いわけがましく言うと、E美は少し間を空けてから言った。

「うちも一緒だよ、ミミさんちと。私は怪我させられちゃって、それで離婚になったけど」

今度はこちらが衝撃を受けた。私は人形のように可愛らしい、整った顔立ちをしているE美の顔をまじまじと見つめた。こんなに可愛らしいE美に暴力をふるう男がいるなんて。

それからふつふつと怒りが湧き上がってきた。E美だけじゃない。父親によって怪我をさせられた母親の姿を見て、子供たちだってどんなに傷付いたことだろう。そんなこと、絶対に許せない。

「うちはね、もう、熟年離婚しようって、ずっと前から決めてたの。別居したり、戻ったり、何度も繰り返してたんだよ。うちは脅されたり物を壊したりっていうのはなかったんだけど、束縛が強くて。門限が何時だ、そういう露出した服を着るなとか、男の人とメールするなとか、いろいろ。そんなこと言ったって、飲み会で遅くなることはあるし、仕事で男の人と連絡取り合うこともあるし、仕方ないじゃんね。それでずいぶん前に財産も分けて、私と子供たちが出ていってたんだ。でも、反省したって言うから、また戻ってたんだよね。そしたらある日、旦那がキレて、顔殴られて、ここ、骨折しちゃって……」

E美は鼻と頬の間の辺りを指さして言った。

「え、骨折って、もう大丈夫なの？　顔の治療なんて、どうやってするの？」

「治療できないから、そのまんま。運よく、変形したりはしなかったけど。でも、目の周りにあざができちゃって、しばらくサングラスしてたんだよ。しばらく顔面に麻痺も残っちゃってたし」

「知らなかった。私その頃妊娠中で、ほとんど保育園に出入りしていなかった時期だと思う」

何も知らなかったことを申しわけなく思いながら私が言うと、E美はさらりと言った。

「そうだよね。私も恥ずかしくて、閉園ぎりぎりくらいに迎えにいってたから、知ってる人、あまりいないんじゃないかな」

「手を上げられたのって、それが初めて？」

「うーん。直接手を上げられたのは、初めてかな。でもね、その前に一度、壁ドン事件があった」

E美はまるで他人事のように笑って言った。

「何、それ、壁ドン事件って。あの、少女マンガの壁ドン？」

私も曖昧に笑って言った。

「あー、うん、ああいう感じ？　私のは、全然嬉しくないやつだけど……」


そしてE美は、自分が受けたＤＶについて、詳しく話してくれた。


「うちはね、デキ婚で、あー、今はさずかり婚って言うのか。それで結婚したんだけど、最初は家事もやるとか、飲み会も行ってこいよみたいな、理解あるようなことを言ってたの。でも結婚してみたら、夜何時には帰ってこいとか、俺が帰るまで寝ないで待ってろとか、結構口うるさくて……。最初はそんなもんなのかと思ってたの。結婚したんだから、それくらい当然なのかなって。

でもね、結婚した友達の話を聞いているうちに、ある時気付いちゃったの。あれ？　こういうの、うちだけかもって。ほかの子たちは結構言ってるんだよね。旦那さんはこんなことを手伝ってくれるとか、休みの日は子供と遊ぶとか、家族でこんなことするよ、とか。

うちはさ、家事なんて全然やらなかった。休みの日は自分の部屋にこもってゲームばっかりやってたし、子供の相手するっていっても、公園に連れてくくらいがせいぜいだったかな。私が休日に出かけるって言うと、誰とどこに行くんだ、何時に帰るんだってうるさいし。だから、出かけてても家のことが気になって、気が気じゃなかったな。

それでね、ある日私の携帯チェックされて、男とメールしてるとか、俺の悪口書いてるとか言って、キレられたの。悪口っていったって、家事手伝ってくれないとか、帰りが遅いとか、そんなことだよ。男の人っていったって、別に彼氏とかそういうわけじゃないんだよ、全然。

それでね、壁ドンされて、首絞められそうになって。そんでそのまま、携帯と一緒に家の外に追い出されちゃったの。それが、壁ドン事件。その時は殴られたとか、死にそうなほど首絞められたわけじゃなかったんだけどね。それで、追い出されたから仕方なく実家に電話して迎えにきてもらおうとしたら、様子見に出てきて、『お前こんなことで実家に帰るのか。子供たちもあんなに心配してるのに』ってわけわからないこと言って。

おかしいよね、自分のせいで私は実家に帰ろうとしてるのに、その言い方。

それで、その次にキレた時に、顔殴られたの。その時私が『もう無理。別れる。警察呼ぶ』って言ったら、向こうが自分で警察に電話したんだよね。『警察呼びたいなら呼べば？』って。夫婦喧嘩なんて、警察も相手にしないだろうと思ったんだね、きっと。で、警察が来て、私が怪我してたから救急車も来て、夫は警察に捕まって、留置所入って。

向こうが留置所入ってる間に、離婚の準備を進めたんだ。向こうに知られないように新しい住まいを探して、荷物を運んで。

今はね、戸籍も私しか見られないし、向こうは私に近付いちゃいけないことになってる。それを条件に、留置所から出てきてるから。子供たちとの面会も、向こうのお義母さんを通して連絡取り合うことになってて、私はいっさい直接やり取りしないようにしてる。面会の時も、子供を向こうのお義母さんに引き渡して、帰りもお義母さんに約束の場所まで送ってきてもらって。

でもね、向こうのお義母さんもおかしいんだよ。警察沙汰になった時、呼びだされて病院に駆けつけてきて、なんて言ったと思う？

『可哀そうに、うちの子、こんなことになって。これから先、どうやって生きていったらいいのかしら？』って。こっちは大怪我して顔腫れてるのに、その私の前で、自分の息子が犯罪者になってどうしよう、可哀そうにって、そっちの心配してるの。

だからね、私は、少しでも早く他人になりたくて、すぐに離婚して、今調停中。それも、向こうが今収入ないから、養育費は月に二万円だって。子供二人分で二万だよ！　あり得ないよ。

本当はもっと欲しいけど、慰謝料とかも、面倒なことになるのが嫌で、請求してない。少しでも早く縁を切りたかったんだ。

面会はね、子供たちも『面倒だなぁ』とか言いながら、一緒に遊んでくれるから嫌じゃないみたいで、今は月に一回くらい会わせてる。最初は心配だったけど、向こうも子供たちに危害を加えることはないし、必ずお義母さんも一緒に会ってもらってるから、今はもうあまり心配してないかな。お義母さんはそういうちょっと変わった人だけど、息子と同じように孫たちのことも可愛がってくれてるから、その辺は一応信頼してる。

でも、私はもう向こうとは関わり合いたくない。あっちはあっちの人生を歩んでいってくれれば、それでいいと思うよ」

E美の話は、あまりにも重かった。E美のされたことに比べれば、私のされたことなんてなんでもない。でもE美は、笑ってそのことを私に話す。

E美の綺麗な笑顔を見ていて思った。ああ、離婚って、こういうことなんだ。

今まで離婚なんて、忍耐の足りない人のすることだと思っていた。大人になりきれない、わがままな人のすることだと思っていた。でも、たとえ他人がどう思おうと、世間がどう見ようと、そんなに簡単な理由で離婚する人なんて、きっとどこにもいない。たとえいたとしても、それはほんの一握りの、わずかな人たちだけなのだ、きっと。

たとえば、離婚原因として、「性格の不一致」などという言い方をする。一見、お互いのただのわがままのようにも取れる言葉だ。私も今までそう思ってきた。だが、ほかに表現する言葉がないからそのように表現するだけで、その中にどれほど多くの意味が込められてきたことだろう。皆、外では笑って、その笑顔からは想像もつかないような困難を黙って乗り越えているのだ。ほかの人と同じ日常を過ごしているようなふりをして。

そして、自分もこの立場になってみて初めて気付いた。ああ、離婚ってこういうことなのだと。

今までよほどのことでもない限り離婚なんてしないと思ってきた。でも、そのよほどのことって、こういうことなのだ。ガラガラと大きな音がするわけでもなく、目に見える大きな傷を負うわけでもない。人から見て大きな不幸に襲われているわけでもない。それでも、今までどおりの日常を続けていくことは、私と子供たちにとっては、自分の存在を抹殺されるのと同じことだった。平穏を保つためには、自分をすべて放棄して、夫の望む妻と子供を演じていかなければならなかった。しかし、それをすることで夫は満足などするはずがなく、さらに、もっともっと、要求はエスカレートしていくのだ。私たちは一生、人格を抹消され、跡形もなく消されてもなお、罵倒され続けるのだ。こんなはずじゃない。お前らのせいで俺の人生はめちゃくちゃだと。

「結婚したら、たいていのことは我慢しなくちゃいけないと思ってきた。でも、しちゃいけない我慢もあったんだよね。私たちは全然対等な夫婦なんかじゃなかった。妻は夫にすべて支配されてなきゃならない、そういう夫婦関係だった。それなのに、支配している側の夫は、よそでは被害者面をする。うちの奥さん怖えんだよ。俺は虐げられてんだよって。こんな我慢、続けちゃいけない。我慢すればするほど、悪いほうにいく。それを見ている子供たちにも、悪い影響が及ぶ。やっぱり離れないと。離れていいんだよね」

私は半分自分に言い聞かせるように言った。E美は答えた。

「そうだよ。うちは子供たちも離婚に賛成だったよ。苗字が変わることも、全然嫌がらなかった。自分はママの家族だもんって」

「でも、私怖いんだ、すごく。うちには男の子が三人もいる。みんな夫の血が流れている。ああいう男の人になってしまうかもしれないんだって……」

私は、恐ろしくて今まで誰にも言えなかった不安を、恐る恐る口にした。それはあまりに真実すぎて、今まで口にすることすらできなかったことだった。夫をどんなに嫌悪しても、私の愛する子供たちの中に、半分は夫の血が流れている。それを消し去ることは、どうしたって、できない。

「大丈夫だよ〜。みんな、優しい子だよ」

E美はのんびりとした口調で言った。

「ちゃんと育てればいいだけだよ。ちゃんと、きっと、優しい人になってくれる。大丈夫。だって、私たちの子だもん」

第五章　離婚

ついに、離婚届を提出する日がきた。一日、一日、ただ祈るように過ごしてきた。夫が何か犯罪を犯しませんように、事故を起こしませんように、病気で倒れませんように、約束どおりに現れますように、どうか、無事、離婚届を提出できますように……。

毎日毎日、常に、すべての瞬間に、そのことばかりを祈ってきた。

離婚届さえ提出できてしまえば、そのあとは何が起こったって、きっとうまく対処していける。だから、まずは、なんとか籍を抜きたい。神様、お願いします。どうか、無事離婚届を提出させてください。

約束の場所に向かい、私がベビーカーを押しながら必死で歩いていると、すでに到着している義妹の姿が遠くから見えた。義妹も私の姿を認め、こちらに向かって手を振りながら笑顔で歩いてくる。良かった。緊張のせいで止まってしまうのではないかと思うほど苦しかった私の呼吸も、義妹のおかげでだいぶ楽になった。

それでもまだ、夫の姿を見るまでは安心できない。私は緊張で痛む胸の前で両手を固く握り合わせ、文字通り祈りながら夫の到着を待った。

私の祈りが通じたのか、その日約束どおりの時間に、夫は約束の場所である市役所に現れた。よし、第一関門クリア。

私が離婚届と、保険やら何やら夫のサインの必要な書類をごそごそと取り出して、すぐに本題に入ろうとすると、それを夫が遮った。

「ちょっとその前に、話があるんだけど」

夫のその言葉を聞くと、さっきから緊張でドキドキとしていた心臓の鼓動は、さらに大きく速くなった。やっぱり。絶対にすんなり提出させるはずがないと思っていた。どういう手を打ってくるのか。

「なあに？　私あまり時間ないから、ここで済ませましょう」

私は、各種書類の記入台が並んでいる市役所のロビーで、立ったまま言った。

「いや、ここじゃなんだから、食堂でも」

私はどうしようかと迷った。このあと十三時から、司法書士先生の事務所で、家の譲渡に関する手続きをする約束をしている。その時間までに、なんとか手続きを済ませ、夫を連れていきたいのだ。

「ここじゃダメなの？」

今日立会人として来てくれていた義妹が、助け船を出すように口を挟んだ。

「いや、ちょっとゆっくり話したいから……」

私は時計を見た。十一時五分。正午までに話を終えれば、きっと間に合うだろう。

「わかりました。じゃあ、手短にお願いします」

私たちは最上階の展望レストランへと向かうことにした。

市役所最上階の展望レストランは、まだ昼時より少し前とあって、人はまばらだった。

私たちは端のほうのテーブルに陣取った。椅子を一つ隣のテーブルのほうに寄せ、空いたスペースにベビーカーを置いて、私がそのすぐ隣の椅子に腰を下ろすと、夫は、

「何か飲み物は？」

と聞いた。義妹が言った。

「私、コーヒー」

私は、「いらない」と言いかけて、そうか、ここはレストランだから何か注文しなくてはいけないのだと気付いた。やっぱり動揺しているらしい。まあ、いいか。ここは夫が会社の経費で落とすのだろう。私は、

「じゃあ、紅茶」

と言い、座ったまま書類をテーブルの上に出し始めた。末っ子はここに来るまでの間、電車に揺られるうちに眠ってしまい、今もそのまま首をがっくりと真横に倒し、気持ちよさそうに眠り続けている。昨夜はだいぶ夜泣きをしたから、そのぶん昼間に眠っているのかもしれない。

コーヒー二つと紅茶一つを義妹が運んできて、夫が会計を済ませ戻ってくると、私は離婚届を広げて言った。

「先にこれ、書いてもらえますか」

「いや、これはあとで」

夫はもったいぶるように言った。私はその言い方が癪に障った。これでは夫のほうが主

導権を握ってしまう。

焦るな。まずは譲歩しよう。私は、時間配分だけは誤ってはならないと、もう一度時計を確認した。十一時十五分。あと四十五分で話をつけよう。

「そうだった。念書、作ってきました。これ」

私はボールペンで清書した念書をテーブルの上に、よく見えるように広げて置いた。それから、わざとらしくDVノートをバッグから取り出すと、新しいページを開いて、ボールペンと一緒に義妹に手渡した。

「これは、離婚に関するすべての記録を取っているノートです。ナナさん、書記をお願いできますか。私たちのやり取りを、客観的に、公正に示す証拠として、記録を取って欲しいんです」

記録としての意味がもちろん第一だったが、このDVノートは夫を牽制するのに十分な小道具ともなるはずだった。準備の整った私は、気持ちを落ち着けて、夫の顔を見据えた。

「それで、お話とはなんですか?」

夫はさっきと同じようにもったいぶって言った。

「そう、この念書のこと。もう一回確認しておきたいと思ったんだよねー。この『子供たちの気持ちを尊重して』って、絶対に入れなくちゃいけないの?」

またその話か。私は心の中で夫を呪いながら、長い長いため息をついた。落ち着いて、対抗する方法を考えるのだ。


「この文言の、何が不都合ですか?」

私は事務的に質問した。

「いや、これって当たり前のことじゃん。なんでこういうふうに書かなきゃいけないの?」

「当たり前のことだからです。当たり前のことだけれど、絶対に忘れてはいけないことだからです。それの何が不都合なのですか?」

「当たり前のことだから、書かなくていいんじゃないの?」

「当たり前のことなら、書いてもなんら不都合はないのではないですか?」

これでは堂々巡りだ。私はどうしようかと、頭の中で作戦を練ろうとしたが、私の思考を邪魔するように、夫がまくしたてた。

「これを書くことによって、俺は不利になるんだよ。だってそうだろう。お前は子供たちを洗脳している。子供たちに会いたくないと言わせることができる。それじゃあ、俺が不利だろう」

私は、寝不足でぼーっとしている頭をフル回転させて、効果的と思われる言葉を探した。

「では、その時に調停を申し立ててはいかがですか。月に一回の面会の約束が守られていないって」

「ほらきたよ」

夫はふてくされてふんぞり返った。

「そう言うだろうと思ったよ。俺はお前のことなんて信用してないんだよ。今までだって、さんざん俺と母親の悪口を子供たちに聞かせて、丸め込んできたんだろう？　いくら、約束を守りますって言われたって、俺はもう、お前のこと、信用できなくなっちゃってるんだよね」

夫は今度は被害者キャラに豹変し、さも苦悩しているような言い方をした。

どうしよう。この人は、何が目的でこんなことを言っているんだろう。私は気を抜くとすぐにぼーっとしそうな意識を思考に集中させ、必死で夫の意図を読み取ろうとした。

夫は、多分、簡単に離婚届にサインをしたと思われたくないだけだ。それに、この先調停などすることは、面倒臭くて嫌に決まっている。ただこの場をかき乱したいだけなのだ。

最悪、もし調停になったとしても、子供の親権は間違いなく私が取れるだろう。家だって、最悪こじれた場合、相応のお金をこちらが支払えば、それでも譲渡しないとはさすがに言わないだろう。最悪、話がつくまでの間、私たちが母の家に住まわせてもらえばいいだけの話だ。

そう考えたら、今日離婚届を提出できなくても、なんとかなるような気がしてきた。

よし、ゴネたいならゴネればいい。私には怖いものなんて何もない。

私は腹をくくった。

さっきから夫は、私に対する非難の言葉を浴びせ続けていた。よくもまあこんな公の場で、これだけ無様な姿をさらけ出せるものだと感心するほどだ。本人は私がひどい妻だということを人前にさらして恥をかかせているつもりだろうが、どう考えても逆効果だ。他人から見たら、器の小さな男が見苦しくぎゃんぎゃんと騒ぎ立てているようにしか見えない。さっきから離婚だの公正証書だの養育費だのという言葉が飛び交っているから、私たちが離婚の話をしていることは誰の目にも明らかだろうが、もし私が第三者としてこんな場面に遭遇したら、こんな男じゃあ離婚されて当然だと絶対に思う。しかし、私が夫に向かって「あなたの今の姿は相当に見苦しいよ」と教えてあげたところで、聞く耳など持つはずもないから、余計なことは言わないけれど。

「お前さあ、車のことだってそうじゃん。面会に車使うなとか、お前は車運転しないのかよ」

「だから、車のことは念書には書いていないでしょう」

「でもさ、あんなこと俺に言っといて、謝罪もなしかよ」

「私は悪いことを言ったとは思っていないからね」

「カウンセリングのことだってよー、人のことを異常者みたいに言いやがってよ」

「だから、そのことはその後いっさい言っていないでしょ」

もうそろそろ正午になる。時間切れだ。

「ダメだ、こんなんじゃハンコ押せない」

夫はふんぞり返ったまま偉そうに言った。

この人は……。こんな的を射ていない主張のために、せっかく今日時間を作って集まったことを無駄にしようというのか……！

感情的になってはいけないと思いながら、私はつい語気がきつくなった。

「悪いけど、私、今日もそんなに時間ないのよ。それに、離婚届を出したあとに、私のほうはすべての名義を変えたり、手続きがいろいろとあるのよ。もうすぐ私は仕事復帰だし、その前にすっきりしておきたいの」

私はついうっかり本音を漏らしてしまった。夫がそれを聞き逃すはずはなかった。

「へえ～。でもそれは、そっちの都合だよね」

私はついに堪忍袋の緒が切れた。あなたがそういう気なら、とことん闘ってやろうじゃないの。私は調停だろうが裁判だろうが怖くない！

「私の都合？　あなた本気で言っているの？　この前、ファミレスでナナさんにも来てもらって三人で話し合った時、あの時も、リョウが学校で怪我して呼びだされていたのよ。それを、今日は用事があるからって学校で預かってもらって、話し合いが終わってから急いで迎えに行って、病院に連れていったのよ。自分のことだけ考えていられるあなたとは違うの。離婚手続きだって、長引くことで子供たちの負担だって大きくなるのよ。そういうこと、あなたは本当に考えたことがあるの？　今日だって、子供たちが学校から帰ってくるのよ。私の帰りが遅くなれば、子供たちが閉め出されるのがわからないの？　あなたはそうやっていつも自分のことばかり考えているけれど、私に対する感情がどうとか、そういうことの前に、子供たちのことを一番に考えてよ！」

私は本気で怒りをぶつけた。これには夫も、少しひるんだようだった。

「あなたは私にそれだけ文句があるんだから、もう夫婦でいたくないでしょう?」

「ああ……。お前となんか、夫婦でいたくない」

「でも、離婚届を出さなければ、いつまでたっても、夫婦なのよ? そんなの我慢できる? 私は耐えられない」

私は究極の奥の手を使った。プライドの高い夫は、お前と離婚したくないとは、絶対に言わない。それを逆手に取るのだ。私と離婚したいでしょう? だったら、ここにサインをするのよ。

「わかった。サインはするよ。でも、この『子供たちの気持ちを尊重して』はどうしても納得できない」

夫は最後の悪あがきをした。どうしよう。これは駆け引きだ。今日一番の使命は離婚届を提出すること、それと家の譲渡の手続きを済ませることだ。それ以外の少々の犠牲はやむを得ないかもしれない。

「わかりました。いいでしょう。『子供たちの気持ちを尊重して』、ここだけを外せば、離婚届に署名・捺印をしていただけますか？」

私は一気に譲歩した。夫は少々困惑したような顔をした。ここで私が譲歩するということは、夫のほうはゴネる要素を奪われてしまうということだ。夫は戸惑いながらも、キレの悪い口調で言った。

「ああ……。いいよ……」

目標としていた正午は少し回ってしまったが、離婚届と、念書、そして保険関係その他の書類はなんとか完成した。食堂は昼食をとりにきた市役所職員たちで、だんだんと混雑してきている。

「このあと一時から、司法書士の先生のところにも行かなきゃならないのだから、早くしましょう」

私はすべての書類とＤＶノートを受け取ると、急いでテーブルを片付けて立ち上がった。

「私がここ片付けておくから、先に行っててていいよ」

義妹が、飲み終わったカップを片付け用のカウンターに持っていってくれた。そういえば話し合いの間、末っ子はベビーカーの中で不思議なほどおとなしくしていた。私は夫を置き去りにする勢いで、ベビーカーを押しながら、さっさと食堂をあとにした。

＊

「はい、これで離婚届は受理されました」

窓口担当職員のその言葉を聞いた時、私は、「は〜」とか、「やったー」とか、とにかくその場で大声を上げたくなった。離婚を思い立ってから二か月半、周到に準備をしてきたことが、今やっと報われたのだ。私が晴れやかな気持ちで、少し間を空けて隣に座っている夫のほうをちらりと見ると、夫は渋い顔をしていた。

いや、もう夫などと呼ばなくていい。この人は、もう他人なのだ。私はやはり、その場で両手を広げて、大きな声で「はあ〜〜〜！」と叫びたかった。

「私はまだいくつか手続きがありますので、先に司法書士事務所に行っていてください」

事務所の電話番号と地図を描いたメモを渡し、夫であった人には先に行ってもらうことにした。義妹にも何度もお礼を言い、そこで別れた。

しかしそこからがまた長かった。お役所の手続きというのは、どうしてこうも無駄が多いのか。これが終わったら、これとこれを持ってあっちの窓口に行ってください、それが終わったらここに戻ってきてください。あちこちで同じような書類を何度も書かされる。コンピューター化されたこの時代、書くのは一枚にしてくれればいいものを。しかもうちは子供の数が多いものだから、書かなければならない書類の数もハンパない。司法書士先生との約束の時間が迫ってきている。私は泣きそうになりながら、書類に文字を殴り書きし、夫であった人を呪った。

あの人があんないちゃもんをつけずに早く離婚届を提出できていれば、今頃は余裕で終わっていたはずなのに……！

「すみません。これから約束があるので、それが済んだらまた戻ってきてもいいですか？」

私は手続きを中断させてもらい、司法書士事務所へと向かうことにした。

普段なら歩いて十五分かかる道のりを、ベビーカーを押しながら猛スピードで走る。あいつがゴネたせいで、私は今こんな街中を、人混みの中を、ベビーカーをガラガラと押しながら猛ダッシュをするハメになっているのだ！　でも、これで終わる。今日の使命をすべて果たし終えたら、私は自由の身になれる。だから、もう少し、もう少し頑張れ、私！

司法書士の先生との面会は、ものの十分で済んだ。先生の用意してくれていた書類に、お互いの署名・捺印をして、必要な書類を提出して、それで終わり。これでもう安心だ。今後いくら夫がゴネようとも、すべての手続きを、司法書士の先生に委任してしまったのだから。あとは、私の除籍されたあとの戸籍など、今日揃えることのできなかった書類を後日先生に提出すれば、家は私のものになる。

「じゃあ、どうもお疲れさまでした」

私があいさつもそこそこに市役所に引き返そうとすると、夫であった人が言った。

「あー。今日ぐらい、子供たちに電話させて欲しいな」

まあ、淋しいのであろう。あえて拒否はしない。

「いいですよ。夜八時過ぎだったら、だいたいのことは済んでる時間だと思いますから」

私はそれだけ言うと、残っている手続きを済ませるため、ベビーカーをくるりと市役所のほうに向けて、また猛ダッシュを始めた。


すべての手続きを済ませて、十五時までに家に帰りつかなくては!

＊

その夜、夫であった人から子供たちへ、電話はこなかった。

翌日昼間にメールがきた。

「昨日、子供たちに電話をさせて欲しいと言ったはずですが、忘れてしまいましたか？　それとも、子供たちが嫌がっていましたか？」

やはりそうであったか。

もしかして、とは思っていたが、まさか、本当にそうだったとは……。

昨日あのように言われた時、ほんの少し、もしやという思いが頭をかすめた。しかし、常識的に考えて、妥当だと思われるほうの解釈をした。だが、やはり、そういう意味だったのか。

「子供たちに電話をさせて欲しい」

これは、自分が子供たちに電話をすることを許して欲しい、ではなく、子供たちから自分へ電話をさせて欲しい、という意味だったのだ。

子供たちと話したいのなら、自分から電話をすればよいではないか。今までも、事前にメールをくれれば、子供たちと電話で話すことはかまわないと伝え、そのようにしていたではないか。なぜ自分からかけるのではいけないのか。

なぜこの人は、人から与えられることばかりを求めるのか。

私は全く気付かなかったというふうを装って、メールを返した。

「すみません。昨夜は子供たちと一緒に電話を待っていました。子供に電話をさせて欲しいというのは、あなたからかかってくるものだと思っていました。今夜も八時半頃なら出られると思いますので、そちらから電話をください。」

まったく。子供たちが淋しくてパパに会いたいと言っているのならいざ知らず、なぜこちらからかけさせなければならないのか。甘えるにもほどがある。もう私たちは夫婦でもなんでもないのだ。私はあなたとは極力関わりを持ちたくないのだ。なぜそれがわからない。それに父親として慕って欲しければ、まずは自分が父親らしくなったらどうだ。あなたは子供のことではなく、自分のことしか考えていないくせに……。


その夜、子供たちに宛てて、夫であった人から電話がかかってきた。

「あーちゃんね、やっぱりパパ好きー。保育園の話したの」

四番目の子は、恥ずかしそうにそう言った。

三番目の子は、小学校生活について話をしたようだった。あとは、顎の怪我について。

二番目の子は、板挟みといった感じだった。別に父親と話したいわけでもないが、かといって拒否するのも可哀そうだから、嫌と言えなくて話に付き合っている。そんな感じか。

一番上の子は……。


やはり九割五分、夫であった人がしゃべり倒していた。子供は、「うん、うん」しか言っていない。なんなの。どっちが大人なの。

やがてそろそろ二十一時になろうという頃、子供が夫であった人を遮って話し始めた。

「あのね、私今日、これだけは話そうと思っていたことがあったの。だから、聞いてね。私、これ話したら切るから、先にあいさつしちゃうね。おやすみー。じゃあ、言うよ。昨日、離婚届を出した時、どうして『子供たちの気持ちを尊重して』ってところを消したのかなって思った。一番大事なところなのに。

あとはね、いい？　大事なことを言うよ。パパもママも、私の前では嘘をつけないからね。私は赤ちゃんの時からパパとママのことを知ってる。十一年間一緒に暮らしてきた。兄弟の中で、一番パパとママの性格を知ってる。だから、私の前では、嘘をつけないんだよ。嘘をついても、何が本当か、私はちゃんと知ってるんだよ。それを、忘れないでね。それだけ。じゃあ、切るよ」

＊

離婚届を提出した数日後、保険屋さんのBさんがやってきた。

「どうだった？　離婚届提出の日」

Bさんは興味からか心配からか、そのように尋ねた。

「はい、なんとか提出できました。家の譲渡の手続きも無事済んで」

「あ、そう～。よかったね！　ひとまずは安心ね」

Bさんは、心からほっとしたように言ってくれた。営業マンは、相手に同調するのが上手である。

「あ、学資保険の契約者の切り替えね、あれは旦那さんから署名もらったから大丈夫よ。戸籍とか書類が揃ったら、すぐに手続きできるからね」

「よかった！　私が言ったらゴネてたかもしれないから、Bさんから言ってもらって助かりました。ありがとうございました」

私は心からお礼を言った。

「いいのいいの。ボクはこれが仕事だからね。ボクは頑張ってる人の味方だもん」

Bさんは調子よく言ってから、ちょっと声のトーンを落として、

「それでママ、養育費はどうなったかな？」

と言った。

「まだ公正証書は交わしていませんけど、結局一人当たり月二万ってことになりました」

私が言うと、Bさんは心底驚いたように言った。

「え？　二万？　そんなの聞いたことない！　お客さんで離婚した人結構いたけど、今までそんな額、聞いたことないよ。ええ〜、ひどいなぁ……。え〜？　本当？」

Bさんは納得がいかないというふうに、いつまでも首を傾げている。

「だってさ〜、子供五人だよ。それを、ママがこれから一人で育てていくんだよ。それなのにさ、それで面会させろって言うんでしょ？　ボクはね、ママが苦労して育ててる子供をね、養育費払ってるからって、パパが好きな時に会わせろなんて、そんな虫のいい話ないと思うんだよ。そんなの都合がよすぎるよね」

ただの調子のいい営業マンかと思っていたけれど、Bさんはちょくちょく、本当に親身になってくれていると思わせるようなことを言ってくれる。ただの営業トークかもしれないけれど、そんなふうに言ってくれると、嘘でも少しホッとするものだ。

「それでね、これがボクの提案してた、生命保険。ママの分と、旦那さんの分。いくつかプランを立てて持ってきたけど」

私はそれらを見比べ、自分の入る分は、最初からこれにしようと思っていたプランに決めた。それから夫であった人に入ってもらう分のプランを比較した。月額十万円のものと、十二万円と十五万円。

「あの……。養育費の額は十万円ですけど、Bさんからは、十二万円のプランを提案してみてもらえますか？　保険料にしたら、そんなに変わらないでしょう？　せめてもの誠意を示してもらう意味で」

私は言ってみた。

「うん。そうだね。そうしてみるね」

Bさんは快く承諾してくれ、そのあと、また首を傾げていた。

「でもね〜、子供五人で十万とはね……」

加入するプランが決まり、書類の記入もひととおり済むと、Bさんはまだ時間があるのか、おしゃべりモードになった。

「ボクね、この間旦那さんと会ったでしょ、サインもらうのに。あの時話していて思ったんだよね。彼はさ、すべてが自分の思うようにならないと、納得がいかないんだな。そういうことなんだね。でもさ、そういうのって、要するにさ、子供ってことなんだよね〜」

私も緊張を解いて、友人と話すように、素直な言葉で語った。

「そうなんですよね。子供よりもずっと子供。あの人は成長しないけど、子供たちはどんどん成長していく。だから、もう追い抜かれているんですよ、あの人は。上の二人の子のほうが、もう大人になってしまっている」

「彼ね、言っていたよ。年に何回か、僕が彼女を罵るんですよ。それが、嫌だったみたいでって。罵るって言葉を使っていたなぁ……」

「罵るどころの話じゃありませんよ。脅しですよ、脅し。まるでヤクザ」

「ん〜、でもさ、子供たちもこれからどんどん大きくなっていくでしょう？　そういうのは、本当に、子供たちには、よくないよなぁ。いい影響を与えるわけないもんなぁ。ママはさ、自分だけならいいけど、子供たちのことを考えたらって、離婚に踏み切ったわけなんでしょう？」

Bさんたら、またしても本当にわかっているようなことを言う。Bさんの言うとおりなのだった。自分一人だったら、急いで離婚しなくてもよかったのかもしれない。でも、子供たちのことを思ったら、待ったなしだと思ったのだった。

「そうなんですよ。もし何かのはずみであの人の抑制が取れて、暴れだしたとしたら。私は子供たちを守りきれないと思った。今まで手を上げられなかったから大丈夫じゃあないんです。手を上げられたらその時は……、もうおしまいなんです。どうなるかわからない。そういう危険を、私は感じたんです」

うんうん、とBさんは大きく頷きながら聞いている。

「まあ、ボクはママと親子くらいって言ったら言いすぎだけれども、だいぶ年が離れているから、まあ父親とでも思って、なんでも相談してよ」

さすがにそこまでは気を許さないけれども。

「ありがとうございます。何かあったら遠慮なく相談させていただきます」

私は半分は本心から、そう言った。


Bさんが帰ったあと、私と子供たちは、Bさんの持ってきてくれたお土産のチーズケーキを食べた。いつも行列ができているほどの人気店で、Bさんは朝一番で行列に並び、わざわざ買ってきてくれたのだという。たしかに、本当にとろけるほどおいしかった。

「Bさんてさ、本当にいい人だね。Dさんとは違うね」

チーズケーキをほおばりながら、一番上の子供が言う。しっかりしているようだが、この辺はまだ子供だ。

「そうだね〜。まあ、私たちはお客さんだから、サービスしてくれるのよね」

私はそう言いながらも、たしかに夫であった人よりは、数倍いいのかもしれないと思った。調子のいいところはあるが、あの言葉のすべてが営業トークだけだとは、私には思えなかった。Bさんは、本当にわかってくれている部分もある。本当に親身になってくれている部分もある。たとえそれが、最終的には営業のためだったとしても。

それに、あの歳まで離婚せずに、家族のために休みなく働いている。それだけでも、やはり夫であった人よりも、ずっといい人なのだ、きっと。

＊

母が海外旅行から帰ってきた。

「クロアチア、すごくよかったのよ〜。でもね、あなたのことが気になって気になって……。半分くらいしか楽しめなかったかしらね。私が心配してもなんにもならないからって、途中から開き直っちゃったけど」

そりゃーそうであろう。母にとっては、とんだ災難だった。別に私が悪いわけではないが、こんなタイミングで離婚になってしまったことを、申しわけなく思った。

「ゴネられて冷や冷やしたけど、なんとか無事離婚届を提出したよ。家の譲渡の手続きも、司法書士の先生にお願いできた」

私が報告すると、母はあからさまに嬉しそうな顔をして言った。

「そうなの〜。まあ、こんな言い方するのも変だけど、これでひとまずは安心ね。あなた、父親がいないからって、父親の役割までしようとしなくていいんだからね！」

母は幾分はしゃいでいるようにすら見えた。

「お母さん、嬉しそうじゃない」

私が思ったままを口にすると、母は真っ向から否定した。

「何言ってるのよ。娘が離婚して、諸手を挙げて喜ぶ親がいますか！」

母がどう言おうと勝手だが、私には諸手を挙げて喜んでいるようにしか見えなかった。母は私の前で、夫であった人の悪口を言うことは決してしない人だったが、それでもよく思っていない面があることは、折に触れて伝わってきた。それに、義母であった人のことが好きでなかったことも。そんな親子のもとから、嫁にやった娘が帰ってきたのだ。そりゃ、嬉しいだろう。

別に、隠さなくたっていいのに。本心がバレバレであるのに、それを素直に認めようとしない母の姿も、私の目には滑稽に映ったが、これが日本人というものなのだろう。

私は一応のけじめをつけるつもりで、家族ぐるみで付き合っていた友人二人に、メールで離婚報告をすることにした。

「本当に申しわけない報告をしなければなりません。先日夫と離婚しました。直接的に手を上げられたわけではありませんが、ごくたまに、物を壊したりヤクザのように脅しをかけられたりしていました。専門機関に相談し、ＤＶであると告げられました。夫には反省する様子が見られませんし、いろいろと考えた結果、離婚することを決意しました。せっかく夫を紹介してくださったのに、最後まで添い遂げられず、申しわけありません。」

まず、夫であった人と私を引き会わせてくれたＦさん夫婦にメールをした。Ｆさん夫婦は、高校時代からの、夫であった人の友人だった。Ｆさんの奥さんから、返信がきた。

「私たちが紹介した人と、こんなことになってしまって、ごめんなさい。ミミちゃんも、今まで辛い思いをしてきたのですね。ただ、あいつは少年のように繊細な一面があるから、疲れていたり花粉症の症状が辛くてイライラしていたりと、言い分はあるのかもしれないけどね。ミミちゃんと子供たちの幸せを祈っています。Ｆより」

少年のように繊細であることが、暴力を振るうことの言いわけにはならない、と思った。どんな理由があろうと、暴力で相手を支配するなんてことを、認めるわけにはいかない。それに、夫であった人が繊細であるのは、自分が傷付けられることに関してのみだ。人を傷付けることに関しては、どこまでも無神経でいられる。この夫婦は、高校時代から夫であった人を知っている。だからもちろん、夫であった人のいいところも知っている。でも、あなたたちに見せる顔と、私に見せる顔とでは、絶対的に違う。そのことを、あなたたち夫婦は一生理解することなんてできないだろう。

Ｆさんの奥さんが、夫であった人も、私も傷付かないように、こういう書き方をしたのだろうということは容易に想像できた。でも、だとしても……。

私はこのメールを見て、今後この人たちと友人を続けていくことはできないのだと悟った。私は、携帯の電話帳から、Ｆさんの情報を削除した。

Ｇちゃん夫婦も、家族ぐるみでお付き合いをしてきた夫婦だった。Ｇちゃんの旦那さんが、夫であった人の友人で、Ｇちゃんは結婚してから、私たち夫婦と交流するようになった。Ｇちゃんのほうが私よりも年上で、私はＧちゃんのどこまでも優しくて私を認めてくれるところが大好きだった。姉のように慕っていた。

私はＧちゃんに対しても、Ｆさんに送ったのと同じような内容のメールを送った。

Gちゃんから返信がきた。

「ミミちゃん。今までそんなに辛い思いをしてきたんだね。全然気付いてあげられなくてごめんね。どんな理由があろうと、暴力だけは絶対に許されることじゃない。ミミちゃんの選択を尊重します。

私の夫も、たまに感情的になることがあるけど、うちは子供がいないから、私がなんとかなだめてうまくやっています。それに、やっぱり夫は、私にとってかけがえのない大切な人です。

ミミちゃん、これから子供たちを一人で育てていくんだから、くれぐれも身体に気を付けてね。ミミちゃんはいつまでも私の憧れの女性です。Gより」

Gちゃん……。ありがとう。

私は本当は、Gちゃんのことも心配だった。Gちゃんの旦那さんも、頭に血が上りやすいタイプに見える。人一倍嫉妬深くて、Gちゃんを独り占めしたいタイプに見える。Gちゃんも、旦那さんに支配されているのではないだろうか。

私はもう一度、Gちゃんにメールを送った。

「Gちゃん、まだまだ離婚の手続きが残っているけど、全部済んで落ち着いたら、私の育休中に、一度ランチでもしましょう！　もう何年も会っていないもの。私もGちゃんが大好きです。末っ子のことも紹介したいです。」

しかし、そのメールに対しての返信はなかった。

＊

離婚してから二週間後、私は末っ子と二人で公証役場へと向かった。

電話での問い合わせで、離婚の公正証書作成には、最低二回出向く必要があると言われた。最初は公正証書の下書きを作成する日、もう一日は、署名・捺印の日。下書き作成の時は二人揃ってくる必要はないと言われたので、今日は私が代表で行くことになっていた。

事前に調べてきた住所と同じ場所につくと、思ったよりも小さなビルだった。このビルの五階が、公証役場だという。

エレベーターで五階に上がると、エレベーターホールのちょうど目の前のドアに、「公証役場」と書いてあった。そっとドアを開けると、中は二十畳ほどの部屋であった。部屋を入ってすぐのところに小さなカウンターが設置してあり、その向こう側で二人の事務員が何やら仕事をしている。そのもっと奥に衝立があり、その向こうから話し声が聞こえた。どうやら私の前の人たちの相談がまだ終わっていないらしい。

「こんにちは」

カウンターの向こう側から、女性事務員が声をかけてきた。

「ご予約の方ですか？」

私が名乗ると、その女性事務員はにこやかに言った。

「ごめんなさいね。前の方がちょっと長引いていますので、そこの椅子にかけてお待ちください。赤ちゃん、大丈夫でしょうかね？」

末っ子はおとなしくしている。本当にこの子は、外出すると家にいる時とは別人のようにおとなしくなる。

「大丈夫です」

私はそう言って、ベビーカーと向かい合う形で、カウンターの前の椅子の一つに座った。「公証役場」というくらいだから、市役所の一角にあるか、もしくはもう少し大きな機関だと思っていたが、予想よりもずっとこぢんまりとしている。

私は離婚の時に作った念書を取り出して眺めた。「子供たちの気持ちを尊重して」というところにぐちゃぐちゃと何重にも線が引かれ、文章の最後に、夫であった人、私、義妹の署名・捺印がある。せっかく丁寧に清書したのに、こんなに汚い書き込みがしてあるのもどうかと思い、書き直そうかと私が言うと、夫であった人は機嫌よく言ったのだった。

「いや、このほうがいいんじゃない？　みんなの意見が反映されてるって感じがしてさ」

私はこの言葉を聞いた時、心底呆れたのだった。これがどれほど恥ずかしいことであるか、どうしてあの人にはわからないのだろう。

「子供たちの気持ちを尊重して」という文言を入れたのは、私としてはとてもいいアイデアだと思っていた。夫の行動を抑制するため、という意味ではなく、面会は子供たちのためにするのだということを明文化したという意味で、我ながら純粋にいい文章ができたと思っていたのだ。

しかし、せっかく書いてあったこの部分を、あとからわざわざ削除した。最初から思い付かなかったのならともかく、もともと書いてあった文言を削除したということは、意図的に消したということだ。それは、子供たちの気持ちを踏みにじっていることに他ならない。

それなのに、夫であった人は「みんなの意見が反映されていていい」と満足そうに言った。あの時私は、悲しいとも情けないとも馬鹿らしいとも、なんとも表現しがたい気持ちになったのだった。

「お待たせいたしました。どうぞ」

声をかけられ、私ははっとした。さっきまで衝立の奥で話をしていたと思われる男性が、私の脇を通り抜けて、ドアから出ていった。

「はい」

私は広げていた念書をがさがさと慌ただしくたたむと、手に持ったまま、ベビーカーを押してカウンター脇の狭い通路を通り抜けようとした。

「赤ちゃん、見てましょうか?」

女性事務員は、さっと私のそばに寄ってきて、申し出てくれた。大丈夫だろうか、泣かないだろうか……。少し不安だったが、末っ子はベビーカーの中でおとなしくこちらを見上げている。

「じゃあ、お願いします」

私は末っ子をベビーカーごと女性事務員に預けると、衝立の奥へと進んでいった。

公証人の先生は、ロマンスグレーの温厚そうな、六十代前半くらいに見える男性だった。

「すみませんね。ちょっと時間が押しちゃって」

公証人の先生は何やら書類を一式持って、私の座っているソファと、テーブルを挟んで反対側のソファに腰を下ろした。

「えーと、離婚の公正証書でしたよね。今日が一回目の相談ということで……」

公証人はまず、お決まりの氏名、生年月日、住所等の聞き取りを済ませたあと、字がびっしりと印刷されている用紙を二枚、取り出した。

「では、さっそく作成していきましょうね」

私は先ほどから手に持っていた念書を公証人に渡して言った。

「あの、簡単ですけど、このようなものを作ってきたのですが」

公証人はざっとその念書に目を通すと、

「はい、わかりました。ではこの内容で、作っていきましょう」

と、その念書をよく見えるように脇に置いた。

どうやら離婚の公正証書というのは、だいたいおおまかな内容が決まっているようだった。当たり前と言えば当たり前だが。

さっき公証人が持ってきた、字のびっしり印刷された用紙は、離婚の公正証書の雛型であるようだった。そこに印刷されている文言を読みながら、「この文章は入れますか？」「この言葉は変えますか？」というように、その内容に沿って作成していく。法律に独特の言い回しがあるように、公正証書もだいたいのパターンが決まっているようだった。

面会交流の部分までできたところで、私は言いわけがましく言った。

「この念書のここの部分、子供たちの気持ちを尊重して、というところ。ここは、夫が削除したんです。どうっしてもこの一文を入れてくれるなと言うものですから」

私は、「どうしても」というところを特に強調して言った。公証人は私の顔を見ると、ニヤニヤとして言った。

「それは、子供たちに会いたくないって言われたら、困るということかな？」

「さあ。どうでしょうね」

私はすっとぼけるふりをして、眉をほんの少し上げてみせた。公証人は書類に目を戻して言った。

「でもね、この見本にはこうあるんですよ。えーと、『子らの福祉を尊重して……』と。どうしますか、この一文、削除しますか」

子らの福祉……。なんていい言葉だろう！　私は救いを得たような気がしていた。「気持ち」と「福祉」とでは意味が違う。だが、「子らの福祉」の中には、当然「子供たちの気持ち」も含まれている。子供の意思に反することは、子供の福祉とは言えないからだ。

「いえ、それは『気持ち』とは少し意味が違います。その言葉は残してください。だって本当は、それが一番大切なところじゃないですか。そうなんですね、やはり、その見本にはそういった文言が載っているんですね。ということは、一般的にはその内容で公正証書を作るということですね」

「まあ、でも、『子供たちの気持ち』という言葉を入れることもできますよ。どうしますか、付け加えますか？」

公証人は、わざわざもう一度、「付け加えますか？」と確認した。それは、この場にいない、夫であった人への当て付けのようにも思えた。

「いえ、その見本のとおり、『子らの福祉を尊重して』でお願いします」

今度は私がニヤニヤしそうだった。

やった！　あなたの言うとおり、「子供たちの気持ちを尊重して」という一文は入れなかった。でもその代わり、「子らの福祉を尊重して」という、もっといい言葉が入りましたよ。


「えーと、じゃあ、確認しますよ。『乙は、甲が前記子らと月一回程度を基本として面会交流することを認める。その具体的な日時、場所、方法等は、前記子らの福祉を尊重し、甲乙間で協議して定める』と、こんな感じでいいですかね?」

「はい、結構です」

私は公証人の読み上げる文章を聞きながら、この公正証書は、私と子供たちのお守りのようなものだと思った。面会交流は、私が夫であった人に対して、「認める」ものなのだ。「面会しなければならない」とも、「面会するものとする」とも書いていない。ということは、子供の福祉に反すると判断したら、拒否することもできるということだ。これは心強かった。

よかった……。公正証書を交わすことで、私たちにマイナスとなるようなことは、何一つない。ちゃんと、私たちが守られるようにできているのだ！

＊

公証役場へ行った帰り、市役所へ寄った。母子家庭が受けられる福祉制度の説明を聞くためだった。

担当窓口で申請書に記入すると、担当職員は個人情報の確認をしに奥へ引っ込んだ。こういった申請のために市役所に訪れると、たいていの場合、すぐにその場で個人情報の確認をされる。虚偽の申請ではないかどうかを確認するためだろうと理解している。最近はこんなふうにすべての情報がパソコンを開けばすぐに確認できるのだから、申請書も最低限の記入だけにしてくれればいいものを、その辺は省略が許されないらしく、氏名、生年月日、住所、電話番号等、すべての情報を書かされる。こういう手続きをするたびに、私は何か納得のいかないものを感じるのだった。しかし、すべては福祉制度の恩恵を被るためだ。あまり文句を言ってはいけない。

長い時間待たされるのも仕方ないとおとなしく待っていると、先ほどの担当職員が戻ってきて、言いにくそうに言った。

「あのー、お客様、前夫様とまだご住所が同じようですが……」

この、お客様という呼ばれ方も、市役所で聞くとかすかな不快感を覚える。今は病院でも市役所でも「様呼称」であるのは常識となっているが、この「お客様」はどうなのだ。

「そうなんですよ。世帯分離はしてあるんですが、向こうがまだ住まいが決まらないとかで、住所をうちに置いたまま会社に寝泊まりをしているんです。荷物もまだうちに置きっぱなしで。早くきれいさっぱり持っていって欲しいんですけど」

お客様と呼ばれた不快感と、未だに荷物を置きっぱなしにしている夫への不快感とが混ざり合い、私は少しむすっとした口調で答えた。

「あー、そうですか。あの、そうなると、籍は抜けていても、内縁関係とみなされてしまって、手続きが難しいんです」

はあ？　内縁関係？

さらなる不快感が私を襲った。

「えぇー。それは、困るんですけど。母子家庭の福祉制度、全然受けられなくなっちゃうんですか？」

「はあ。現状だと、そうなってしまうんですね。まだ住民票が同じ住所にありますから」

私はなんとなく理解した。そうか。生活保護と同じで、これは不正受給を未然に防ぐための方策なのだ。

「でも、実際には離婚して、母子家庭なんです。荷物も、早く持っていってくれって言うのを、向こうがいつまでも置いているだけで。内縁関係とみなされたら、こちらが迷惑ですよね。どうしたらいいんでしょう？」

担当職員は、わかりますといったふうに、大きく頷きながら言った。

「お母さんとしてはそうだと思いますよ。お子さんもたくさんいらっしゃいますしね。ただ、こういう制度を悪用する方もいらっしゃるわけなんですよね。ひどい方だと、夫婦関係であるのに、こういった制度を利用するために籍を抜いたりね。内縁関係というと、たとえば住所が違っても、金銭的な援助を受けていると、母子家庭とはみなされなくなるわけなんです。この制度においては、ですけどね」

担当職員は一生懸命説明してくれた。私も、それは理解できた。どこの世界にも、制度を悪用する人はいる。ハードルを高くするのは、本当に必要な人に支援が行き渡るために必要なことだと、私も思った。だが、あんな自分勝手な男の、あと先を考えない無責任な行動のために、私たちが不利益を被ることは我慢ができない。


「では、具体的にどうしたらいいのでしょうか?」

私は現実的な方法について質問をした。市役所も意地悪でこんなことをしているわけではない。真っ当な方法を取れば、制度を利用することは可能なはずだ。障害となっている要素を、いつまでにどのように取り除けば私たちが母子家庭として認められるのか、それを知る必要があると思った。

私が逆ギレしてモンスターにならなかったので、担当職員は安心したのか、具体的な方法を親切に教えてくれた。

「まずは前夫さんに、住所変更をしてもらうことです。目安としては、離婚届を提出してから一か月後までには、住民票を移動してもらう必要があるでしょう。あともう一つ大事なことは、新しい住所に転入したことを、きちんと確認することです。たまにいらっしゃるんですよ。転出したはいいけど、転入の手続きをしなかったために住所不定になってしまう人。そうなると、知らないうちに、以前の住所に舞い戻ってしまっていることがあるんですね。知らないうちに、離婚したはずの相手と同居していることになってしまう……。あとは、お荷物も、その時までには引き払ってもらうことが必要です。名実ともに、離婚したということが証明できないと、ダメです」

私はその説明を聞くうちに、背筋が寒くなってきた。あの人は、今まで私がすべて主導権を握り、かじ取りをしてきたから社会人としてなんとかまともにやってきた。しかし離婚した瞬間から、あの人は自分一人で人生のかじ取りをしなくてはならなくなった。住所変更や引っ越しさえも、実は自分一人ではまともにできないのではないだろうか？　そういえばマンションを買うなどと大口をたたいておきながら、ここしばらくそれに関して何も言ってこない。住まいが決まれば、大威張りで連絡してきそうなものを、連絡してこないところを見ると、多分なんらかの事情でうまくいっていないのであろう。もしいつまでも住まいが決まらず、住所も荷物もそのままということになったら……？

離婚届を提出すればひとまずは安心だと思っていたが、そんなに簡単なものではないらしい。怒らせず、こちらの思惑どおりの結果に導くためには、どうやってあの人を動かしたらいいだろう？

私はまた胃がしくしくと痛んでくるのを感じながら、末っ子と一緒に市役所をあとにした。

第六章　負の連鎖

公正証書の下書きの内容と、母子福祉相談で聞いてきたことを、夫であった人にメールで報告した。

「公正証書の下書きを作成してきました。だいたいは念書に書いてあったとおりですが、変更のあった点だけご報告しておきます。

①養育費について……振り込みは、お給料が入った時に不定期で、という話をしていましたが、毎月いつまでに振り込む、と決めるのが一般的だと言われたため、毎月月末までに支払う、という文言にしました。ですが、お給料が毎月払いでないことはわかっていますので、支払えない時は、いつ頃までに支払えるのかをご一報いただくようにお願いします。また、会社の決算期である八月には滞っている分の養育費も、まとめてお支払いいただきますようお願いいたします。

②面会について……『子供たちの気持ちを尊重して』という文章は入れませんでしたが、『子らの福祉を尊重して』という表現になりました。これは、離婚公正証書の見本どおりの表現で、普通はこのように作成するそうです。

また、市役所で相談したところ、現時点では住所が同じであるため内縁関係とみなされ、母子家庭の福祉制度は受けられないと言われました。それでは私も子供たちもとても困るので、なるべく早く転出の手続きと荷物の運び出しをお願いします。目安として、離婚届提出の日から一か月後までにはお願いできればと思います。」

案の定、このメールに、夫であった人は大きな反応を示した。

「へー、そうですか。公正証書の内容が、最初とだいぶ変わったのですね。

養育費の払い込みについては、仕方ないでしょう。毎月払いはできないということをわかっていてもらえれば、それでいいです。もちろん会社の決算期にはまとめて精算しますよ。言われなくてもそのつもりでした。

しかし、面会のことについては、話が違いますね。子供の福祉ってなんですか？　きちんとあの念書は見せたのでしょうね？　こうも内容を変えられると、公正証書を交わすこと自体が難しくなってくると思いますが、どのようにお考えでしょうか。

あー、そうですか。離婚届さえ提出してしまえば、あとはそっちの都合のいいように話を進めていくってわけですか。あなたらしいやり方ですね。これではどっかの悪徳商法か何かと同じじゃないですか。

まあ、あなたの言うことはわかっていますよ。納得できなければ調停にでもなんでもすればいいって言うんでしょ？　わかりましたよ。どこまでも卑怯な人ですね、あなたは。マンションは、売り主の人が入院してしまって、契約が延びているんです。契約さえ済めば、すぐにでも引っ越せることになっています。あと数日したら、契約日がいつになるか決まりますので、それまで待ってください。」

夫であった人からの返信を見て、私はいつもどおり気分が悪くなった。内容もそうだが、あの人から連絡がくると、それだけで胸が苦しくなって、具合が悪くなる。

この喧嘩腰の口調。私を不快にするためだけに選んだと思われる言葉の羅列。そして売り主が入院してマンションの契約が延びただなんて。そんな物件、本当に大丈夫なのだろうか。胃が痛くなる要素ばかりだ。

私は必死の思いで、返信をした。

「納得できなければ、調停の場で話し合うしかないと思います。公正証書は、無理して作成しなくてもいいと思っています。

公正証書の内容について、子らの福祉という言葉が入っただけで、そのほかは何も変更していません。納得できなければ、直接公証役場に問い合わせて、説明を聞いてください。私は念書を公証人の先生にお渡しし、先生はそれを脇に置いて、内容を確認しながら文章を作成されました。コピーもお取りになり、保管してくださっています。一度ご自分で内容を確認されたほうがいいと思います。

もし署名・捺印の予定の日に、納得できないから公正証書を交わせないということになれば、せっかく作成していただく労力もお金も無駄になりますから、キャンセルするのなら早めに連絡したほうがいいと思います。そちらがこの内容では納得できないとおっしゃるなら、私は公正証書なしということでもかまいませんから、あなたから公証人の先生にご連絡なさってください。

引っ越しの件は、期日までにしていただかないと、私だけでなく子供たちが困ることになります。受けられるはずの福祉制度が受けられないのは、子供たちにとっても不利益です。引っ越し日が決まったら、なるべく早く連絡をください。よろしくお願いします。」

*

その日の夜、夫であった人から長い長いメールがきた。

「公正証書の件、自分で公証役場に電話して、問い合わせました。説明を受け、納得できました。至極当然のことだと思いました。

私がなぜここまであの文章にこだわったかというと、恐れているからなのです。

私は今も、子供たちと会うことができません。子供たちの成長を楽しみに、愛情を注いできました。その希望を、一瞬にして奪われたのです。

あなたは、どこかの機関に相談し、そこで私がＤＶをしていると言われたと主張します。でも私は、逆にあなたのほうがモラハラであると言われました。そのことを、あなたはどうお考えなのですか？

夫婦だったのですから、お互いに言いたいことや不満は山ほどあると思います。ですが、そういったことは脇に置いて、私はこれからも子供やあなたと気持ちよく交流していけるように、心を砕き、精いっぱい努力しているつもりです。それをあなたはいっさい認めようとしない。なんだかんだと理由を付け、私と子供たちとを引き離そうとしているのです。

先日、ファミレスで子供たちと話をした時も、子供たちはあなたが言っているのとは違うことを言っていました。特にジュンは、パパと会いたくないのかと聞くと、そんなことはないと言っていました。

子供たちはあなたが怖いのでしょう。だから、本心を言えないのでしょう。

私は今だって不安です。子供たちがあなたに怒られているのではないか、辛い思いをしているのではないか、あなたに本心を言えず淋しい思いをしているのではないか……。

でも、子供にはやはり母親が必要だと思うからこそ、こうやって身を引いているのではないですか。

あなたは子供たちに、私の母親の悪口を聞かせましたね。子供が言っていましたよ。『向こうのおばあちゃんにはもう会いたくない。だって、ママのことをいじめるから』と。

あなたの気持ちもわかります。あんな非常識な母親ですから。私も幼い頃から、母親にはさんざん辛い思いをさせられてきましたから。

でも、子供の前でそんなことを聞かせるなんて、大人として最低のことです。子供は母親の影響を大きく受けるのですよ。そうやって、私のこともさんざん悪く言い、嫌いにさせているのでしょうね。

これから先も、そうやってあなたが子供たちを洗脳し、私がさも悪い父親であるかのようなイメージを植え付け、どんどん子供たちと引き離されていくのではないかと思うと、本当に怖くて仕方がないのです。

だから、あの文章にこだわったのです。」

なぜ突然、一人称が「私」なのだろう。そして、なんだろう、この被害者的な文章は。脅してみたり、被害者ぶってみたり、ヤクザになってみたり、分別のある大人を演じてみたり。あまりの一貫性のなさに、私はある種の恐怖を感じた。

普通の感覚だったら、自分の主張や態度をこんなにもコロコロと豹変させるなど、恥ずかしくてできない。しかしこの人は、平気でそれをやっている。しかも証拠として残ってしまうようなメールで、それを送り付けてきている。頭が悪いとしか思えなかったが、普通だったら躊躇してしまうようなことを平気でやってのける神経に、尋常でないものを感じ、私は恐怖を覚えたのだった。

もしかしたらこの人は、その時の感情で、たとえばストーカー的な行為に及んだり、怒りに駆られて家に放火したり、そういった異常なこともできてしまうのかもしれない。普通の神経でないとしたら、それは十分に考えられることだった。

どうしよう、どうしよう……。

こういう時はどうやって対処したらいいのか。私は今までに学んだモラハラに関する知識を総動員して考えた。

こういう時は相手にしてはいけないというのが基本のはずだ。しかしあまりにそっけない態度をとると、怒りに火がついてしまうかもしれない。

私は、考えに考えて、その中間となるような短い文章をメールで返信した。

「あなたの言いたいことはわかりました。私は、これ以上あなたに言いたいことはありません。」

＊

その夜はその後、夫であった人からのメールはなかった。

だが、私は気が気ではなかった。こうしている間にも、あの人は別の手段を考えだして、すでに手を打ち始めているかもしれない。気持ちが落ち着かず、私はＰＳＷをしている友人のツダちゃんにメールをした。

「ツダちゃん！　助けて！　夫だった人から、変なメールきた！　長ーい長ーいメールで、なんか知らないけど被害者キャラになってるの！　私がひどい扱いをしているから、自分は辛くて仕方ない、みたいな。ものすごく気持ち悪いんですけど……。こういう、モラハラをするような、自己愛性人格障害の人って、自分のプライドを汚されたら、エスカレートして放火とかストーカーとか、犯罪に及ぶものなの？　超怖いです。念のため、今までのメールを見せて、警察にでも相談しておこうかと思うけど……。」

翌朝になって、通勤途中と思われる時間帯に、ツダちゃんからメールがきた。

「おはよう～。ごめん、昨夜は携帯不携帯で、夜中になってからメールに気付いた。どぉしたの？　何かあった？　メールって、どんな内容なの？　そういうのは、いっさい相手にしちゃダメ！　無視、ひたすら無視よ！　でも、基本的にはそうだけど、もし本当に何かされたら、すぐにでもしかるべきところへ相談するのよ！」


そうだよね。まだ何もされていないもんね……。

今の段階では、むしろ私のほうの考えすぎ、被害妄想と取られる恐れも十分にあった。でも、私は不安だった。ストーカー被害だって、警察に相談していたのに殺されてしまったとか、よく聞くではないか。この辺りの管轄の警察がどれくらい動いてくれるものなのか、事前に知っておくために、相談してみるのも方法の一つであるような気がした。

そういえば、ついこの間運転免許証の氏名を変更しに最寄りの警察署へ行った時、「なんでも相談」という窓口があり、女性の警官の姿がちらほらと見えた。あの時、何か困ったことがあったら、ここに相談に来てみようという思いがちらりと頭をかすめていたのだった。

私はもう一度、ツダちゃんからのメールを読み返してみた。

基本的には無視、と書いてある。そして、何かされたらしかるべきところに相談、とも。

一晩寝て、私の頭も少しはクールダウンしたようだ。昨晩ほどの恐怖心は、今はもうなかった。

私はひとまず、様子を見ることに決めた。

もしこのあとも、気持ちの悪いメールやら電話やらが続くようなら、警察に相談に行こう。パトロールまではしてもらえないだろうが、相談記録を残してもらうことで、いざ何かあった時にも、対応してもらいやすくなるだろう。少しでも怖い思いをしたら、「なんでも相談」に行ってみることにして、今は私も子供たちも、身辺に注意を払って生活していくことにしよう。

子供たちには、交通事故や知らない人には気を付けて、もしDさんが連れにきてもついていってはダメだよ、と言い聞かせることにした。

考えすぎだとは思う。でも、あの時もう少し気を付けていればと後悔しないために、十分すぎるくらい気を付けようと、心に決めた。

＊

ある日の朝、目覚めて階下に下りてきた一番上の子供が、だるそうに言った。

「おはよう。ねえ、変な夢見た」

「おはよう。夢って、どんな夢？」

私は朝食の支度をしながら、リビングのソファに腰を下ろした子供に向かって尋ねた。

子供は眠そうに目をこすりながら、まだ半分眠っているようなこもった声で言った。

「あのね、お母さんが死んじゃう夢」

私はびっくりして料理の手を止め、リビングの子供のところへ行った。先に起きてトランプをいじっていた二番目の子供も、手を止めてこちらを見ている。

「あのね、お母さんがショウ君のおむつを替えていて、そのままぱたんと倒れて死んじゃうの。私はびっくりしてばあばを呼びに行って、そしたらばあばが、『あとはばあばに任せて、あなたたちは学校に行きなさい』って」

「それから？」

「それでね、私たちは学校に行くんだよね」

「それで、どうなったの？」

「うーん……。それでおしまい。それで、目が覚めちゃった」

私はこのことをどう捉えてよいかわからずに、ボーッとした表情でソファに座っている子供の顔を見つめていると、そばで聞いていた二番目の子が言った。

「ボクも、ママがボクたちのことを殺しちゃう夢、見たよ」

「え？」

私はさらに驚いて、二番目の子のほうを振り返った。

「それは……、どんな夢だったの？」

急にからからと乾いてきた喉から、絞り出すように声を出し、私は聞いた。

「あのね、ママがボクたちのことを殺しちゃって、お葬式にDさんも来るの。ママ、変なんだよ。自分で殺したのに泣いてるの。『なんでこんなことしちゃったんだろう〜』って。でもDさんは泣いてなかった」

私はショックでぼんやりとしてきた頭をフル回転させ、昔読んだ夢分析の本の内容を必死で思いだそうとしていた。夢分析では、こういった夢は何を意味するのだっただろうか。人が死ぬ夢。しかも身近な親が死んだり、自分が親に殺されてしまうような夢……。

「なんで、そんな夢見たんだろうね」

何度思い返しても思い出せず、諦めて私がぼそりと言うと、一番上の子はそろそろ目が覚めてきたのだろう。はっきりとした口調で言った。

「きっと、不安なんだよ。もうこれからは、お母さんが死んじゃったら、私たちには誰もいなくなっちゃうから。それに、ジュンはお母さんのことがそれだけ怖いんじゃない？」

二番目の子も続けて言った。

「ボクはね、変だなぁと思った。ママは泣いてるのに、Dさんは泣いてないから」

学生時代、心理学に興味があった私は、講義に出てきた夢分析にも興味を持ち、それに関する本を読んでみたことがあった。細かい内容はすべて忘れてしまったが、夢は、夢として見た内容をそのまま意味しているのではない、という解釈だけは覚えていた。日頃は自覚することのできない潜在的な意識が、眠っている間に象徴的な夢として現れるというのだ。つまり、夢とは暗号のようなもので、人が死ぬ夢＝無意識下で人が死ぬことを想像している、ということでは、必ずしもないはずだった。

今の私は、この解釈にすがりたかった。子供たちの見た夢をそのまま解釈すると、子供たちは私を憎んでいるか怖がっているか、あるいは私に見捨てられると不安でいるか、いずれにしても、子供たちと私との関係がよくないことを意味しているように思えてしまう。私は、そうではないと信じたかった。

でも……。

一方で私は、二人の夢をそのまま受け取ってみよう、とも思った。事実、子供たちの運命は、今私一人の手に握られているといってもいい状況にある。私を頼る反面、恐れているとしても、なんの不思議もない。

私はわかっているつもりで、本当はわかっていなかったのかもしれない。子供たちも、不安で仕方がないのだということを。この先どうなっていくのか。私たちがどこへ向かっていくのか……。

私は、この夢に関して、夢分析の解釈を調べるのをやめた。

*

私がそっけない返事をしたのが功を奏したのか、夫であった人からの連絡はその後途絶えた。やはりそうか。あの人は本当に何も考えていないのだ。腹が立ったから、深く考えもせずにその時に思い付いた方法をとる。それがうまくいかなければ、深く考えもせずに別の方法にコロリと変える。あのメールに効果がなかったから、あの方法はやめた。それだけのことなのだ。あの人のとる行動に、普通の人が考えるような深い意味など、何もない。

ホッとする一方で、今度は住民票移動と引っ越しのことが気にかかり始めた。あと数日で、離婚届を提出してから一か月が経過してしまう。どうしよう、こちらから催促の連絡をしようか。いや、でもそれは地雷を踏むようなものではないか。私の迷いと焦りがピークに達した頃、夫であった人からメールがきた。

「転居先が決まりました。明後日の午前中に荷物を取りにいってもいいでしょうか。転出の手続きも、同じ日に済ませます。」

よかった！　これでもう、本当にこの人となんの関係もなくなる！

ホッとすると、今度は腹が立ってきた。

明後日とは、ずいぶん急である。しかも今まで連絡の一つも寄越さずに、突然明後日の午前中などとピンポイントで指定されても、こちらにも都合というものがあるのだ。あれほど早めに連絡をするようにと言ってあったのに！　そんなに私が暇だとでも思っているのか！

私は腹が立って、その辺の椅子を蹴り飛ばしたいほどであった。本当なら、「その日は都合が悪いのでごめんなさい」とでも言ってやりたいところだ。だが悔しいことに、明後日はちょうど家にいなければならない用事がある。ピアノの調律をお願いしてあるのだ。それに引っ越しを先延ばしにしたところで、今度はこちらが困ることになる。私は腹が立って腹が立って、携帯の画面を睨みつけながら、部屋の中をあっちへこっちへと歩き回った。

しかし、落ち着いて考えてみると、これは引っ越しのタイミングとしては最適とも言えそうであった。夫であった人と二人きりになるのは、正直怖い。何事も起こらないであろうが、感覚的に怖いし、気持ち悪い。だがピアノの調律師が来てくれていれば、夫であった人と二人きりにならずに済むのだ。

なんだ、やっぱりこの離婚に関して、運命は私の味方だったのか。

自分に都合のいい結論に落ち着くと、私は怒りもすっかり収まって、夫であった人に返信をした。

「わかりました。その日は何も予定が入っていなかったので、ちょうどよかったです。転出の手続きが済んだら、なるべく同日中に、転居先への転入の手続きもしていただけると助かります。よろしくお願いいたします。」

＊

二日後、朝十時にピアノの調律師が訪ねてきた。年に一回調律に来てくれる、五十代後半と思われる男性だ。

作業中に人の出入りがあるのも気になるかと思い、私は一番最初に断っておくことにした。

「あの、すみません。私、先日離婚したんですけど、今日、夫だった人が荷物を取りにくるんです。作業中に出入りがあると気になるかもしれませんが、申しわけありません」

調律師はそれを聞くと、自分のほうからぺらぺらと話し始めた。

「へえ～、そうなの。実はね、ボクの家の娘も離婚してね、今一人で子供三人育ててるのよ。いや、ボクはね、早く離婚しないかなぁと思ってたわけよ、本当のこと言って」

へ？

「その元旦那ってのが、どうも頼りなくてね。ていうか、いい加減な奴で、結婚した時からボクは気に入らなくてね。でも、結婚する本人がいいって言うんだから、仕方ないしね。娘は薬剤師なんだけどね、自分で家建てて、旦那なんかいらないって、一人でやってるよ。子供たちも、全然父親に会いたがらないもんね。離婚した時、ボク、よかったな～と思ってね。そうか～。あれだね、最近の男の人って、ダメなんだね」

その調律師は、私の話を聞く前から、夫であった人のほうが悪いと決めつけて話を続けた。

「やっぱりおたくもそうなんでしょ？　旦那、どうしようもなかったの？」

最初から相手が悪いと決めつけてくれると、こちらは言いわけがましく事細かに離婚の原因について説明する必要もなくなる。

「そうですねー。うちは、今はやりの、DVモラハラってやつです」

私が冗談めかして言うと、調律師はさらに続けた。

「あー、そうなの？　じゃあ、子供たちも全然淋しがっていないんじゃない？　へー、その旦那さんが今日来るんだー」
調律師は、あからさまに興味津々といった感じだ。
どうぞ、じっくりあの人の顔を見ていってください。

私は今まで、夫であった人に対する愚痴をよそではほとんどこぼしたことがなかった。自分の夫の悪口を言うことは、その人を選んだ自分を辱める行為だと思ったからだ。それは私の見栄でもあったのかもしれない。だが、離婚すると決意してからは、一転して家庭の中で起こったことを、他人にべらべらと話すようになった。これは悔し紛れにそうしているのでも、自分を正当化しているわけでもなかった。

もし夫であった人から何か危害を加えられたら、私がＤＶモラハラで悩んでいたと、証言をしてくれる人が一人でも多く必要だ。

これは、私が曲がりなりにも今まで相談を受ける側に立ってきた経験から言えることであった。

家庭内のことは、家庭内で収めるべきだ。他人様にさらすなんて、恥ずかしい……。日本人は、どうもそのように考える傾向がある。だが、世の中の価値観も生活スタイルも、どんどん欧米化している。それなのに、この考え方だけは旧式のままで、物事を解決できるはずがないと私は思っていた。

だいたいDVもモラハラも、欧米の家族形態を取り入れたからこそ、問題となってきているのではないだろうか。大家族や村を単位として生活していた時代は、DVもモラハラも、エスカレートする前に助けてくれる人が家族の中、あるいは隣近所に、今よりはいたかもしれない。悲しいことに、それが容認されるという社会の価値観もあっただろう。だが、価値観は明らかに変わってきている。そんな人権侵害は許されないと考える時代になってきている。

核家族化が進み、家庭が密室化している現在、問題は顕在化しにくく、どんどんエスカレートしやすくなっている。それなのに、家庭内の問題は家庭の中だけで解決しようだなんて、そこだけ昔のままの価値観で済ませようとするから、おかしくなるんじゃないか。

それに、いろいろな人の相談を受けるうちにわかってきた。うちだけがおかしいのではないか、そんなふうに考えることは、間違いなのだ。そんなことはない。どこの家も、多かれ少なかれ問題を抱えているものだ。それこそが家族なのだとも、言えるかもしれない。自分たちだけで解決できない問題があれば、他人の手を借りる。それは恥ずかしいことでもなんでもない。人の手を借りながら、自分の足で歩いていく、それは立派な自立と言える。おんぶや抱っこをして運んでもらうのとは、わけが違うのだ。

*

ピンポーン。

インターホンが鳴った。

「あ、来たかな?」

調律師のほうが先に反応した。モニターを確認すると、夫であった人のようだ。

「どうぞ。今、来客中ですが。ピアノの調律に来てもらっているので」

玄関を開けると、私は最初に断った。

「お邪魔します」

夫であった人は、不自然なほど他人行儀な態度で中に入ってきた。

リビングで作業している調律師の脇をすり抜け、夫がリビング階段から二階へと上がっていく。夫の姿が見えなくなると、調律師はすぐに作業をやめて私に近付き、

「あれ？　あれ？　あれが旦那？」

とにやにや笑いながら小声で聞いた。私もにやりと笑って目くばせをし、黙って頷いた。

夫であった人のだいたいの私物は、私が押し入れやクローゼットから引っ張り出して、使っていない部屋にまとめておいた。勝手にやったわけではない。断られるのを覚悟で、「あなたのものを私がまとめておいてもいいですか」と尋ねたところ、全く抵抗なく、「そのほうが助かるよ」と返答されたのだ。こういうところの神経が、理解できない。さんざ

ん私を信用できないとか最低だとか言っておいて、自分の物を触られるのが嫌ではないのか。それより何より、いつまでも自分の私物を、離婚した元妻のところに置いておいて、よく平気でいられるものだ。いつまでも夫の気分でいるのではない。私はもうあなたの妻などではない。声を大にして言ってやりたかった。あなたなんか、もう赤の他人なのだと。

思いのほか荷物が多く、夫であった人がうんざりしているのがわかった。

「引っ越し屋とか運送屋とか、頼まなかったのですか？」

「いやー、それがさー、住所変更はできるんだけど、すぐに住めなくてさー。だから会社に荷物置いとくんだよねー。だから最低限しか置いとけないんだよなー。だから、あまり荷物持っていけないんだよねー。だから引っ越し屋は頼まないで、自分の車で来たんだよなー」

何回「だから」と言えば気が済むのだ。その語尾を伸ばした話し方が鼻につく。そんなことより、契約さえ済めばすぐに引っ越せると言っていたではないか。

「前に決まってた物件、売り主が不動産のブローカーか何かやってたらしくて、なんかまずい物件だったらしいんだよねー。それが直前になってわかったんだってさー。それで、不動産屋に慌てて別の物件を探してもらってさー。事情を話して、早く引っ越し先を決めないと奥さんが困るからって、急いで探してもらったんだけど。はぁ……。まったく、とんだ災難だったよ」

夫であった人は、変に語尾を伸ばす話し方を途中からやめて、ひどい目に遭ったというようにため息交じりの話し方に変えた。

私は俄かに不安になってきた。売り主が入院して契約が延びるなどと聞かされていたから、妙な話だとは思っていたが、そんな怪しい物件をつかまされそうになっていたのか？だとしたら、その不動産屋自体、本当に信用できるところなんだろうか？　新しく決まった物件は、本当に大丈夫なんだろうか？　急いでいるのをいいことに、また変な物件をつかまされたのではないだろうか？

別に夫であった人がこの先どうなろうと知ったことではないが、私には別の心配があるのだった。

このような人は、自分の人生がうまくいかないことを、他人のせいにするはずだ。その怒りの矛先は、間違いなく私に向くだろう。

「あいつがあの時、突然離婚なんて言いだすから、俺の人生が狂ったのだ」

何か自分の思うようにいかないことが起こった時、夫であった人は、間違いなくそのように考えるはずだった。そして、その恨みが増幅していったとしたら。

そんな変な物件をつかまされそうになったなんて、私が予感していたとおり、この人の船はすでに沈みかけているのかもしれない。そう考えると、また言いようのない不安が押し寄せてきた。この人のことなんてこれっぽっちも心配などしていないが、私と子供たちがこの先安全に生きていけるように、この人をあまりどん底まで突き落とさないでください、お願いします、神様。

＊

「あ、どうも～。お世話になります。うんうん、あ。そうっすねー、ははは」

荷物の運び出し作業を中断し、夫であった人は自分の書斎であった部屋で、さっきから携帯で話をしている。階下にいる私に聞こえるようにわざと大きな声を出しているのかと思われるほど、話し声が響き渡る。

早く終わらせて出ていってよ。私は心の中で舌打ちをする。

仕事のできるカッコいい男のアピールだかなんだか知らないが、はっきり言って作業が遅くてカッコ悪い。この程度の荷物、私なら一時間で運び出してさっさと出ていく。しかもそんな仕事の電話、「あとでかけ直します」でいいだろう。どう考えても急を要する電話のようには聞こえない。

調律師はとっくに作業を終えて、今度は母の家のピアノを調律しに行ってしまった。ポーン、ポロン、ポロンと、通りを一本挟んだ向かいの母の家からは、調律をするピアノの音が聞こえてくる。

イライラする。非常にイライラする。

やっと長話を終えた夫であった人は、今度は布団を抱えて二階から下りてきたようであった。布団が階段の壁を擂る音が聞こえる。

ガッターン！

突然、階段から何かが落ちた音がした。私が急いで階段を見上げると、壁にかけてあった額縁が落ちている。私が美術館で買った絵葉書を、小さな額縁に入れて飾ってあったものだ。

私は階段に落ちている額縁を拾い上げ、じっと見つめた。表面は割れてはいない。しかし、壁にかけるためにひもを通してあった金具が折れてしまっていた。これではもう、壁にかけることはできない。

「ごめん、割れてはいないよね？　よかった」

夫であった人は、さもすまなそうに言う。

ごめん？　割れてはいない？　よかった？

ふん。私は心の中でつぶやいた。

今さら、「自分は謝れるのだアピール」か？　割れていなくてよかった？　そういう問題ではない。あなたは十年以上も私と一緒に暮らしてきたのだから、私が壁に絵を飾っていたことぐらい、知っているはずだ。百歩譲って気付いていなかったとしても、それ以前に、あんなに大きな布団を運ぶ前に、周囲に障害物がないかどうか確認するのが常識的な行動だ。割れなかったからいいということではない。この絵に対する私の思い入れも、自分の不注意な行動も、ごめんの一言でなかったことにしようなんて、あまりにも虫がよすぎる。

私は何も答えず、拾い上げた額縁を持ってその場から立ち去った。

その後も、夫であった人はせっせと、いやのろのろと、自分の荷物を運び出した。二階と自分の車とを往復するうちに、だんだんと疲れてきたのか、ぜいぜいと息を切らし、足を引きずり始めた。

いかにも疲れきったというようなその態度。お得意の「気にかけてちょうだいアピール」だ。さもなければ、たったこれだけの作業でぜいぜい言ってふらふらしているようでは、重大な病気に違いない。私に気にかけてもらっている場合ではない。早く病院に行ったほうがいい。私は夫であった人にちらりと冷たい視線を送り、無視していた。

「ねえ～、絆創膏ある？　さっき手切っちゃって」

きたきた。そんなにかまって欲しいのか。

「はい、どうぞ」

私は救急箱から絆創膏を取り出すと、無表情で手渡した。

「あとどれくらいで終わりますか？」

「ん～、もう少しかな」

「あ、そうですか」

少しでも早くしてください。

結局、夫であった人がすべての作業を終えて出ていったのは、十二時半を回っていた。全部で二時間超。あれだけ私が荷物をまとめておいたのに！

空っぽになった、夫であった人の書斎であった部屋を覗き、あっと思った。

壁に貼り付けた子供たちからのプレゼントの絵が、そのまま残っている。

やはりその程度だったのだ。あの人の子供たちへの愛情なんて。

*

「ただいま～」

子供たちが学校から帰ってきた。

「ねえねえ、Ｄさんの荷物、なくなった？」

みんな、嬉しそうに聞く。

「書斎、見てきてごらん」

子供たちはバタバタと階段を駆け上がっていった。

「わあ～！　何もない～！」

二階から子供たちのはしゃいだ声が聞こえてくる。私があとから二階へ上がっていくと、一番上の子が神妙な顔をして言った。

「ねえ、お母さん。やっぱりDさん、私たちのことなんてどうでもよかったんだね」

一番上の子は、壁に貼られたままの自分が描いた絵を指さしている。それは学校の授業で低学年の頃に書いた、「お父さんへのお手紙」だった。ひげを生やした男の人の似顔絵に、「パパいつもあそんでくれてありがとう。パパのことだいすきだよ」というメッセージが添えられている。

二番目の子がケラケラと笑いながら自分の絵を指さして言った。

「コレコレ、ボクのおかしい。パパとあそんでうれしいんだよ。パパとあそぶのがたのしいからうれしくて、とてもたのしいです」

恐竜の絵に添えられた、自分で書いたメッセージを何度も読んでは笑っている。三番目の子も一緒になってコロコロケラケラ、じゃれ合いながら笑っている。

「この絵は、ママにちょうだい。ラッキー、Dさんが置いていったから、ママがもらっちゃう〜」

私がふざけた口調で言うと、三人は口々に「いいよー」と言った。

「これ、ＤＶノートに貼っておこう。もしＤさんが、忘れたからとっておいてって言えば、仕方ないから返してあげよう。でも、そう言ってこなかったら、ママの宝物になっちゃうよー」

私はほんの少しだけ、夫であった人から、そのような連絡がくることを期待していた。大事なものを忘れた、子供たちの描いた絵をとっておいて欲しい、と。でも、ほぼ一〇〇％に近い確率で、そんな連絡がこないこともわかっていた。私は子供たち四人分の絵を剥がし、綺麗に折りたたんだ。


「ねえ〜、この部屋、みんなの図書室にするんでしょ？」

夫であった人が出ていってから、私たちはこの部屋の使い道をあれこれと考え、最終的に図書室兼受験勉強部屋にしようと決定したのだった。

「そうそう、壁紙も綺麗なのに貼り替えようね」

「ホント？　やったー!!　あー、早く工事してくれないかな」

子供たちはウキウキして、未来の図書室への希望を膨らませ、ああだのこうだのと話し合っている。

結構薄情だな、子供たち。

私は嬉しそうな子供たちを見て苦笑したが、薄情なのは子供たちではなく、夫であった人のほうなのだと、ちゃんとわかっていた。

*

夫であった人の言動が、離婚後も私を脅かすことに気付いた私は、同僚に借りた『モラル・ハラスメント』をもう一度読み返していた。隅から隅まで読み込んだつもりでも、もう一度じっくり読み返してみると、さらなる発見が得られるものである。

私は、これはと思われるモラハラ加害者の特徴や行動を本から抜粋し、DVノートにまとめてみた。

・加害者とはどのような人間か

「自己愛的な変質者」……自己愛的な性格が、変質的な段階まで高まってしまった人。自分を守るために他人の精神を平気で破壊し、それを続けていかなければ生きていけない。この種の人たちは、「症状のない精神病」と考えることができる。自分の中に悲しみや矛盾はあるが、それを認めてしまうと重大な精神病になってしまう可能性があるため、自分に引き受けられない苦しみや葛藤を他者に押し付けて生きている。

・自己愛的な人格とは（DSM－Ⅳ）

①自分が偉くて重要人物だと思っている。

②自分が成功したり権力を持ったりできるという幻想を持ち、その幻想には限度がない。

③自分が「特別な」存在だと思っている。

④いつも他人の称賛を必要としている。

⑤すべてが自分のおかげだと思っている。
⑥人間関係の中で相手を利用することしか考えない。
⑦他人に共感することができない。
⑧他人を羨望することが多い。

この中のうち、五つ以上当てはまれば、「自己愛性人格障害」と診断される。

私は念のため、インターネットでＤＳＭ―Ⅳ（※）を検索し、自己愛性人格障害の診断基準について調べてみた。すると、ＤＳＭ―Ⅳの診断基準では、この八項目に、「尊大で傲慢な行動、または態度」を加えた計九項目の特徴が示されていた。九項目中五項目以上当てはまれば「自己愛性人格障害」と診断されるという。（※）「アメリカ精神医学会」による『精神障害の診断・統計マニュアル』。世界保健機構によるＩＣＤ―10とともに、世界中で精神疾患の診断基準として使われている。

私はう〜んと唸りながらしばらく考えたあと、⑧のあとに、

⑨　尊大で傲慢な行動、または態度。

と書き加えた。

ここまでまとめ終わった私は、もう一度「自己愛的な変質者」と「人己愛性人格障害」の特徴について、ＤＶノートをじっくり読み返してみた。読めば読むほど、まさに夫であった人の人格を的確に表しているように思えた。

「自己愛的な変質者」の特徴で言えば、母親が自分の求めるようには愛してくれなかったその葛藤を、自分の問題として直視することができずに、すべて他人が悪いと責任を押し付けている。その一生の餌食として、私を選んだのであろう。夫であった人が私をひどく責める時は、私が夫であった人の理想の母親像もしくは妻像でない時だということには、実はずいぶん前から気付いていた。それは私の至らなさゆえだろうと思ってきたが、その

現象も、これですべて説明がつく。夫であった人は、本当は母親に憎しみをぶつけたいのだ。でもそれができないから、かわりに私に憎しみをぶつける。自分がマザコンだとは認めたくないから、お前が悪い妻であり母なのだと私を責め立てる。

また、夫であった人は紛れもなく「自己愛性人格障害」と言えるだろう。最初に読んだ時には、「なんとなく当てはまるけれど、ここまでひどくはないかな」と思っていた。しかし今読み返してみると、五つどころか、すべて当てはまっている。たとえば①〜⑤、⑨に関して言えば、対外的にはここまで傲慢な人物ではないように思える。しかし家庭の中だけで考えると、自分が尊敬されたり愛されたりするようなことは何一つしていないのに、愛されないのは私や子供たちのほうが悪いのだと思っている。夫であれば、父親であれば、無条件に愛されて当然だと考えているのだ。私や子供たちは、夫であった人の人生を飾るアクセサリーとしての意味合いくらいしかないのだと以前から感じてきたから、本当に私や子供たちに共感したり愛情を持ったりしているかというと、それは違うだろう。そうなると、⑥も⑦も当てはまっていると言える。⑧は完全に当てはまる。私が人を誉めると、必ずその人を馬鹿にしたりけなしたりする。テレビを見ていても、人のうわさ話をしていても、必ず人を悪く言う。そういう時は決まって、自分はそういう奴らとは違う、とでも言いたげに偉そうな口をきく。

ほら、全部当てはまる。

この本では、モラル・ハラスメントの加害者像をさらに詳しく述べている。私はそれらも抜粋、要約し、丁寧にDVノートにまとめていった。

・誇大性……自己への過大な評価

すべてのことにおいて自分が正しいと思い込み、自分が道徳であり常識であると思い込んでいる。自分の基準が絶対的であると考え、それを周りの人間に押し付ける。それにより、自分は優れた人間であるという印象を周りの人間に与える。

・感情を避ける

加害者は自分の感情に動揺しないために、相手とも十分に感情的な距離を置く。一見感情の交流がなされているように見えても、それは加害者のナルシシズムを満足させるための手段にすぎない。相手に対して本当の共感、愛情を感じることはできない。とりわけ、加害者は悲しみの感情を感じることができない。だから相手が自分の期待するような反応を示さないと、それは悲しみのかわりに怒りや恨みとなり、復讐心には際限がなくなる。

・精神の吸血鬼（羨望 → 自分のものにする → 破壊）

加害者にとって、パートナーは人間としては存在せず、自分が手に入れようとする「優れた性質」として存在する。加害者は、自分が幼い頃に受けたトラウマによって、心に空洞を抱えている。それを埋めてくれる存在（母性的な人物）、あるいは自分の持たない能力や性質を持つ者に羨望を抱き、それを手に入れようとする。しかし手に入れてしまうと、その人物は逆に自分の空洞を際立たせることになり、加害者にとって危険な人物となる。だから加害者は相手を破壊し、相手を低めることによって自分を守ろうとする。

・無責任

モラル・ハラスメントの加害者は、本当の意味での主体性を持たないので、すべてのことに関して自分には責任がないと考える。何かに失敗したりうまくいかなかったりすると、責任は他人にあると考え、反省はしない。相手を非難することにより、自分の身を守る。また、自分で決定を下すことができないので、いつも誰かに支えられている必要がある。一人で計画を立てたり、行動したりすることができない。他人に依存しなければ生きていけない人間なのだ。

・妄想症との類似

妄想症（自尊心が強く、他人に対して優越感を持っている。執拗で他人を許さず冷たい合理性。他人を軽蔑する。他人からの攻撃を異常に警戒する。他人の悪意が自分に向けられていると思い込む。嫉妬心が強い、など）の特徴と非常によく似ている。こういった妄想的な不安を、すべて被害者への憎しみとして向けることで、自分の心の安定を保つ。このようにして、被害者以外の人にはいい人として振る舞うことができ、安定した社会生活を営んでいける。

もう、本当に。読んでいると具合が悪くなるほど、すべて夫であった人に当てはまる。そして私も、被害者になりやすいタイプの人間に、ぴたりと当てはまっているのだ。

〈被害者になりやすいタイプ〉

・活力にあふれている。誰から見ても、喜びにあふれ、幸福そうに見える。
・素直な性格で、相手の言うことを信じやすい。
・子供の頃に、「お前のためだ」と言って屈服させる抑圧した教育を受けてきている。
・良心的で、罪悪感を持ちやすいタイプ。すぐに自分が悪かったのではないかと考えるタイプ。

私ははっきりと覚えている。自分が「お前はどうしてそんなに素直じゃないんだ。優しくないんだ」と言われ続けて育ってきたことを。そして、自分でもそうだと信じ込み、だから人の言うことはなるべく丸ごと受け入れ、それが優しさだと思って生きてきた。私は素直じゃなくて優しくないから、なるべく相手の思うようにして優しくしなきゃいけないのだと。

人からの嫉妬を受けやすかったことも自覚していた。別に人と比べるつもりも張り合うつもりもないのに、なぜか嫉妬され敵対心を向けられる。そういう人には、言いたかった。あなたの欲しいものを私は持っているかもしれない。でも、それは私が望んで手に入れたものではない。あなたにあげられるものなら、私は喜んで手離すのに。私の欲しいものは、もっと別のものだったのに。

そして、そんな私でも、人から見たら活力にあふれ幸せそうに見えることも、嫌というほど自覚していた。

あーあ。望んでこうなったわけではないのに。
どうしてこんな、損な役回りなんだ？　私……。

＊

『モラル・ハラスメント』。
何度読んでも新たな発見があり、読むたびに深みを増す。これがフランスでは一九九八年に刊行されていたなんて。マリー＝フランス・イルゴイエンヌという人は、なんと素晴らしい精神科医なのだろう。今でこそ「モラハラ」という言葉が我が国でも市民権を得てきているが、それはほんのここ数年のことだ。

私がこの本を初めて読んだのは、「モラハラ」なんて言葉が流行る前のことだった。その頃私は、地域包括支援センターで社会福祉士の仕事をしていた。「地域包括支援センター」とは、地域の高齢者やその家族が、安心して生活していけるように、生活全般の相談に乗り、その解決のために支援をする機関である。その存在は未だに周知されているとは言い難いが、市区町村が設置する機関のため、日本全国津々浦々、どこに住んでいても、必ずその居住地区を管轄する地域包括支援センターがあるはずなのである。

さて、この地域包括支援センターは、だんだんと人の手を借りないと生活しづらくなってきたかな……というくらいの、介護されるにはまだまだという気もするが、かといって完全に自立して生活していくのも不安だという人のための、ケアプランを立てる役割も担っている。介護保険でいうと、要支援1、2という、わりと軽度の介護度の人の、介護プランを立てるのだ（現在では介護保険制度の改正により、軽度者へのサービスは、それぞれの市区町村独自の枠組みで行うサービス体系へと移行されつつある）。この本を貸してくれた同僚も、私と同じ地域包括支援センターで働いており、担当していたご利用者さんが亡くなった際に、遺品整理をしていた家族がこの本を見つけ、よかったらどうぞと言ってくださったものらしかった。

同僚がその本をもらって帰ってきた時、私は一番に飛びついて言ったのだった。

「これ、私に貸してくれない？」

実は私は、地域包括支援センターに配属される前、同じ法人の経営する小さな診療所で、ソーシャルワーカーとして働いていた。そこでひどいパワーハラスメントを受け、法人の上層部にかけ合って、この地域包括支援センターに異動させてもらったばかりなのだった。同僚から借りた『モラル・ハラスメント』を読み、私にパワハラを行った元上司にあまりにもよく当てはまることに驚いた私は、夫であった人に興奮して報告したのであった。

「ねえねえ、この本すごいの！　あの上司に、そのまんま当てはまることが書いてある！こういう人って、本当は自分がトラウマを抱えていて、その葛藤に向き合えないから、他人を攻撃するんだって。自分は絶対に反省しないって書いてある。やっぱりね。あの人、私へのパワハラのことが明るみに出なかったら、きっと今でも平気な顔して働いてたと思う。いや、今だって、きっと自分のしたことがバレたことを悔やんでいるだけなんだと思う。なんでバレたんだ、バレなければ自分の人生は狂わされなかったのにって。きっとどこまでも被害者の意識でいるんだと思う」

それを聞いて、夫であった人は言った。

「まあ、そういう奴だったんだな、その上司は。でもこうなった今、そいつの人生は終わってるよ。ざまあみろってんだよな」

私がパワハラを受けた時、夫であった人は本当に憤り、自分が法人に殴り込むなどと言っていたのだった。あの時、私は夫であった人が私を本当に大事に思ってくれているからなのだと信じていた。でも……。

今ならわかる。それは違ったのだ。

夫であった人にとって、自分の所有物が他人によって汚されることは我慢ができなかったのだ。自分の獲物は、自分だけのものでなければならない。私がほかの人に支配されるなんてことは、あってはならない。私はあの人にとって、ただの所有物だったのだ。

認めるにはあまりに苦しい事実だったが、仕方のないことだった。あんな人に一時期でも本当に愛されていると信じ込み、夫に選んだのは、私自身なのだから……。

それにしても、どうしてあの時、自分の夫も元上司と同じ種類の人間であることに、少しも気付かなかったのだろう。私は自分の馬鹿さ加減に、ほとほと呆れかえるのだった。仮にも相談員という仕事をして、人に対する洞察力は、並の人よりも優れていると自負していた。それなのに、自分がモラハラの被害者となっていることに気付きもしなかったなんて。それも二回も。

しかし、そんなことを悔やんでもどうにもならないことだった。今は、これから先のことを考えるしかない。これ以上、私と子供たちが傷付かないように。そしてこれから先の人生は、二度と同じ過ちを繰り返さないために。

＊

八月に入った。

子供たちも私と同じ姓に変わり、さまざまな煩わしい手続きもほとんど済んだ。私たちは穏やかな生活を取り戻しつつあった。

離婚届を提出してちょうど二か月後の夏休み真っただ中に、子供たちのダンスの発表会が予定されていた。一番上の子と三番目の子は、ダンスを習っている。一番上の子はジャズダンスで、今年が三回目の発表会。三番目の子はヒップホップで、今回が初舞台であった。

夫であった人からメールがきた。

「そろそろ発表会だと思うけど、当日のスケジュールを教えてください。母親も連れて見にいきたいので。」

図々しい。

まあ、そう言ってくるだろうと思ってはいたが、本当に、これっぽっちも、遠慮とか気を遣うとかいうことをしない。当然のことのように連絡してくる。

せっかくこのところ落ち着いていた私の心も、このメールによってざわざわと騒ぎ始めた。

「ねえ、どうする？　Dさんが発表会に来たいって言ってるけど」

私は当事者である子供たちに相談した。

三番目の子は、「どっちでもいいよー」と言った。別に取り立てて会いたいわけではないが、自分のカッコイイところを見にきてくれるのなら、それはそれで嬉しいといったところであろう。それはそうだ。納得できる。

だが一番上の子は、断固拒否の立場をとった。

「私は嫌だ。絶対にDさんなんかに見て欲しくない。今年はとても頑張っているんだから。自分としてはできもすごくいいと思ってる。でもDさんが来ると思ったら、気持ちよく踊れない。私はもう二度と会わないって決めたんだから。絶対に来て欲しくない！」

主役である二人のうち、一人は「どっちでもいい」、もう一人は「絶対拒否」。これは、遠慮してもらうしかありませんね。

私は内心ほっとして、夫であった人にメールをした。

「発表会に出る子供のうち、一人はどっちでもいいと言っていますが、一人は来て欲しくないと言っています。」

すると、夫であった人から次のような返信があった。

「子供たちと話をしたいです。今夜電話してもいいですか?」

ちっ……。

めげない。なんとも図々しい。

一番上の子にDさんが話したがっていると告げると、「電話は嫌だけど、メールならいい」との返答だった。私は「今夜九時までなら、子供とメールでやり取りをしてもいいです。」と、夫であった人にメールで伝えた。

「こんばんは。ダンスの発表会に来たいそうですね。見るだけで会わないで帰るのなら、オッケーです。ちなみに私の出番は一部の六番目と二部の十番目。リョウは一部の十二番目です。これはまだ決定ではないみたいですが、いちおう教えておこうと思いました。時間も場所も、去年と同じです。　ナツミ」

「発表会は会わなければ見にきていい、ですか……。携帯も買ってもらったようですが、パパには番号を教えてくれませんね。パパはあなたの父親ですよ。血がつながっているのですよ。そんなにパパがきらいですか？　とても悲しいですね。残念です。　パパ」

「べつにきらいと言ったことは一度もないと思いますけど。でも、あまりにもお父さんの言っていることがまちがっていると思います。なんでもお母さんのせいにするのは、よくないですよね？　悪いけど、お父さんは今までにも何度もウソをついていますよね。私は全部覚えています。

それに、ショウくんが一番かわいそう。生まれたばかりなのに、ぜんぜんお父さんにかわいがってもらってない。休みの日も、つかれたとか言って、だっこしてもすぐにおろしちゃうし、おふろもいれないし。

ほかにもいろいろあるけど、とりあえずこれくらい。

私も前より成長しました。　ナツミ」

「君の言いたいことはわかったけれど、パパにも言いたいことがありますね。
①パパがまちがっているとはどういうこと？
②ショウのことかわいがってないって？　じょうだんじゃない。
③やっぱりきらわれているように思うけど？
④子供たちと会えないのは本当につらいです。一人ぼっちで過ごすさみしさが君にわか

る？　でも、次に子供たちと会えるのを心の支えに、いっしょうけんめい仕事をしているんだよ。

⑤こんなことは子供に聞かせてはいけないのかもしれないけど、君が成長したというのなら、一人の人間として、わかってもらえると思って書きました。」

「だから、お父さんの言うことはまちがっていますよ。すみません。私が言い方をまちがえました。ばかばかしい、ということです。

ショウくんのことは、わかりましたけど、今までショウくんに会いたいと一言も言ってませんよね。私、知ってます。

③と④は、しかたないいんじゃない？　自分がそういう父親になっちゃったんだから。私は知らない。

⑤私が成長した一人の人間？　本当にそう思っているの？　ばかにしないでください。子供をなめないでください。」

「ちょっと……。もうそのくらいにしておいたら？　ねえ、Dさんが怒るよ。ちょっと、ちょっと」

このメールのやり取りは、私の携帯を使って行われていた。すべてのメールは、私が目を通してチェックしている。子供と夫であった人のやり取りが、だんだんと険悪なムードになってきたのを感じ、心配になって私はストップをかけた。夫であった人は、すでに子供を責めるような文章を送ってきている。夫であった人の言葉によって、この子が傷付くのではないか。

子供は私が制するのを、きっぱりとはねのけた。

「大丈夫。私は傷付かない。言ってやりたいことがたくさんあるの。止めないで」

子供は挑戦的な文章を、そのまま送信した。

「なるほどね。あーそうですか。よくわかりました。なめてないからああいうふうに書いたんだけど、ま、君にはわからないんだね。想像どおりだったよ、なるほどね。」

「だから、その書き方がなめているんですよ。言っておきますけど、お母さんはモラハラではありません。あなたが、相談員さんに、都合のいいように話したんでしょ。どうせウソつきですから。

ちなみに、モラハラってどういう意味か説明できる？　教えてあげる。かんたんに言うと、言葉の暴力や精神的ないやがらせのことを言うんですよ。それはあなたでしょ？

私はあなたと違って、言いたいことが山ほどあるんですよ。

あ、もしこれでイライラしたからって、絶対に私たちをおそわないでくださいね。何かあったらすぐに警察を呼びます。あなたはきょうぼうだから、おそわれるんじゃないかと、私たちは心配でしかたないんです。」

この文章だけは、私が少し入れ知恵をした。私たちに少しでも何かしたら、すぐに警察に通報するつもりであることを伝えておくことは、衝動的な行動に対する抑止力になると考えたからだった。


「なめてるって？　それはこっちのセリフですよ。

モラハラについては、相談員さんが言ったことで、私が言いだしたことではないんですけどね～。

おそうだって？　その辺の犯罪者といっしょにしないでほしいですね。バカにするのもいいかげんにしてください。

君の考えはよくわかりました。」


「バカにしているのはあなたのほうだと思いますけどね。どうせモラハラについて説明もできないくせに、お母さんがモラハラだとか言ってるんでしょう。本当に子供ですね。くだらなすぎて話になりません。

あなたはなんでも暴力で解決しようとするから、こういうときにダメなんです。この勝負は完全に私の勝ちですね。

テメエーが悪いんだろうがよ‼

あなたのまねしてみました。じょうずでしょ？

とにかく、これでもう、一生私にかまわないでくださいね。

それでは、永遠に、さようなら……。」

＊

子供とのメールバトル以来、夫であった人からの連絡は、またふっつりと途絶えた。私は内心安堵していた。子供からあれだけこてんぱんにやっつけられたのだ。連絡してこないところを見ると、きっと発表会のことも、諦めたのだろう。

いや、正直に言おう。心の片隅に一抹の不安はあった。一抹どころか、半分くらいは不安が占めていた。どこまでも図々しいあの人のことだ。何事もなかったように、ひょっこり現れるかもしれない。

けれども、もう半分は甘い考えがあった。今回のバトルの相手は子供だった。さすがに子供に言われたことは、私に言われるよりは堪えたのではないか。今回ばかりは諦めたであろう。

しかし、やはりその考えは甘かった。

*

発表会当日、開演前のロビーで、夫であった人と義母であった人にばったり出くわした時、私はくらくらとして危うくその場に崩れ落ちそうになった。あれほどまでに拒絶されてもなお、平気な顔をしてやってこられるこの親子の神経を疑った。しかもあろうことか、義母であった人は私を見つけるなり、「ミミちゃーん！」と大きく手を振っている。私は気付かないふりをして、そのままトイレへと直行した。

どうしよう、どうしよう……。上の子はあんなに嫌がっていたのに……。

私はトイレの列に並びながら、下を向いて必死で考えていた。舞台の上から客席の人の顔など、ほとんど識別できないことは、私もよく知っている。けれども、もし、万が一、子供が夫であった人を発見してしまったら。私はその時の子供の気持ちを考えると、悔しくて涙が出そうになってきた。元妻の私だけならともかく、あの人は自分の子供の気持ちさえも踏みにじるのか。

せっかく楽しみにしていた発表会が台なしだった。洗面台の鏡の中には、赤い顔をしてむすっとした、不細工な私が映っている。

こんなんじゃいけない。なんとか気持ちを立て直して、子供たちの晴れ舞台を見届けなくては。

トイレを済ませて客席に戻ると、なんと夫であった人が私たちの席までやってきて、出演しない子供たちと話をしていた。一緒に来ていた母は、困ったような顔をして笑っている。夫であった人は私の姿を見つけると、私がむすっとした顔をしていることなどおかまいなしに、二枚の封筒を手渡してきた。

「これ、今日のお祝い」

夫であった人からと、義母であった人からだった。これは子供たちに宛てたものだから、私が勝手に断るわけにはいかない。私はむすっとしたまま、無言でそれを受け取った。「ありがとう」とは言わなかった。社交辞令などこの人には無用だ。むしろ、迷惑ですと言って突き返してやりたい。

夫であった人はさらにもう一枚の封筒を取り出して言った。

「発表会が終わったら、ＤＶＤができるでしょ。あれ、俺の分も買っといて。あと、写真も適当に見繕って。この中にお金が入ってるから」

図々しい。なんと図々しい……。

私はそれには答えず、無愛想に言った。

「今日、来て欲しくないと言われていたはずですけど」

夫であった人は変に愛想のいい言い方で返す。

「そうそう～。だからさ、カーテンコールの前に、会わずに帰るよ。親にもそう言ってあるから」

「ぜひそのようにお願いします」

私はそれだけ言うと着席し、夫であった人を無視して荷物の整理を始めた。

夫であった人は、客席にいる子供たちと、さも親しそうに、にこやかに話をしている。それは誰に見せるために演じているんだ。ちらりと客席の後ろのほうを見やると、義母であった人がこちらに向かって大きく手を振っている。私は今度も気付かないふりをして、さっと前を向いた。


「ママー、おばあちゃんとこ、行ってきてもいい？」

二番目の子が聞きにきた。

「いいよ。いいけど、開演までにはここに戻ってきてよ」

「うん、わかってる」

二番目の子は夫であった人に連れられ、義母であった人のもとへと行ってしまった。

私はなんだか妙な気がして考え込んだ。義母であった人は、世間体を何よりも重んじるくせに、その基準は一般常識とは大きくかけ離れている人だ。にしても、今回はあまりにひどすぎるような気がした。子供があれほど父親を拒絶しているのに、それを知っていながら平気な顔をしてくっついてきているのだろうか。しかもコソコソせずに、堂々と私に手を振ったりして。

そして、はっと気付いた。もしや、夫であった人は、子供とのあのメールのやり取りを、義母であった人には伝えていないのではないだろうか？

それは十分に考えられることだった。マザコンである夫であった人は、自分がよき父親であると母親に思い込ませることによって、親孝行をしてきたようなものだ。しかし、離婚して、さらに子供たちに拒絶されたとなると、親孝行な自分を演じられる要素がなくなってしまう。それはあの人にとって、非常に都合が悪いことだった。だから、その点については触れずに、義母であった人を連れてきたのではないだろうか。

＊

発表会の翌日、私は夫であった人にメールをした。

「昨日は驚きました。子供に拒否されたので、来ないものとばかり思っていました。来るとの連絡も、なかったですよね。

昨日は、子供たちに会っていったのですから、面会に当たると思います。面会は、事前に十分協議のうえ、無理のない場所、方法を選ぶという約束になっていましたよね。そういう内容で、公正証書を交わしたと思います。昨日は会いたくないと言っている子供もいました。それなのに、完全に不意打ちです。

今後、そのようなことは困ります。もう一度公正証書の内容を読み込み、ご理解をお願いします。

お義母さんには公正証書の内容を読んでもらっていますか。昨日のような場合、お義母さんにも面会についてご理解いただくことが必要だと思います。お義母さんにも、公正証書を読んでいただき、理解していただいてください。必要であれば私からお義母さんにご連絡差し上げ、ご説明いたします。

また、養育費ですが、離婚してからまだ一度も払い込まれていません。公正証書を交わす時、たしかに毎月払いでなくていいと申し上げましたが、月末までに支払えない時は、その旨ご連絡をいただきたいとお願いしていたはずです。お忘れになりましたか？　あまりいい加減な対応をされていると、困るのはそちらだと思います。もう一度、内容をご確認いただきたいと思います。

よろしくお願いいたします。」

案の定、腹の立つメールが返ってきた。

「昨日はありがとうございました。

私は昨日は、行かないとは一言も言っていませんよ。それに、子供とのメールのやり取りも、親子の間のことです。そりゃーいろいろありましたが、親子喧嘩です。そんなものじゃありませんか？

あなたのほうこそ、そんなことを口実に、私から子供たちとの面会の機会を奪うつもりじゃありませんよね？

養育費の件は、これもまた汚いやり方ですねぇー。公正証書さえ交わしてしまえば、あの時の約束はなかったことになってしまうわけですか。あなたは毎月払いでなくてもいいとおっしゃっていましたよ。これだから、困りますねぇ〜。やはりどこかの悪徳商法と同じ手口ですよね〜。

ま、あなたの言うことはわかっていますよ。納得できないなら調停にでもしろ、でしょ。なるほどねー。相変わらず卑怯ですねー。」

質問に対する答えが返ってきていない。内容がない割には、喧嘩口調で不快感だけはやたらと煽る内容である。わかってはいるが、この人のメールを読むとどうしてもむかむかする。

返ってこない答えをもう一度確認するため、私は再度メールを送った。

「養育費は、すぐに支払って欲しいと言っているわけではありません。支払えないなら、その旨を連絡して欲しいと言っているだけです。公正証書を交わす時に、支払えない時は、だいたいいつ頃までに支払えそうだという目安を連絡して欲しいとお願いしたはずです。そのことを確認しているだけです。

それと、お義母さんには公正証書を読んでいただきましたか？　内容を検討する際に、ナナさんにも立ち会ってもらったのですから、ナナさんにもお見せしてください。私からお義母さんとナナさんに、ご説明いたしましょうか？」

「公正証書の書き方として、支払期限を書くものだと言われたので、月末払いにしたのは覚えています。会社の決算期が八月なので、その頃には溜まっている一年分の支払いも済ませると話をしたのは覚えています。

母親と妹には、私から面会について説明をしておきます。あなたのように、母に会っても挨拶もできない、お祝いをもらってもお礼も言えないような非常識な人に、説明をして欲しいとは思いません。」

なんと……。重箱の隅をつつくようにこちらの弱点を探しだしたうえに、巧みに質問に対する答えを避けている。

音沙汰もなく養育費を支払わずにいたら、財産を差し押さえられて困るのはあなたのほうではないか。こちらにはその権利がある。私に喧嘩など売っている場合ではなかろう。愚かなくせに威張り腐っているその態度にまた腹が立つ。本当なら、とことん痛い目に遭わせてやりたい。

しかしこのメールで二つのことがはっきりした。一つ目は、夫であった人は、多分養育費を支払う目途が立たないのだろうということだ。もうすぐ会社の決算期のはずなのに、お給料がいつ、どれくらい入るか、きっと見通しが立たないのだろう。だから、いつまでにいくら支払うと明言できないのだ。

そしてもう一つは、私と義母であった人、そしてナナさんが直接やり取りをするのを避けている、ということだった。それは多分こういうことであろう。私から直接の情報が入ると、自分が今までどんなことをしてきたのか、どれだけ子供たちに拒絶されているのか、そういったことがバレてしまう。今まで、自分に都合の悪いことは隠したり捻じ曲げたりして話してきたに違いない。私から公正証書の内容を説明されるなんて、そんなことになったら、自分の都合のいいように説明できなくなってしまう。それはなんとしても阻止したいのだろう。

そしてこれら二つの危険性を避けるため、夫であった人は、私に対して攻撃的な態度に出ているのだ。

最近私は、不快ながらも、少しずつ夫であった人の行動を冷静に分析できるようになってきていた。あの人が攻撃をしかけてくる時は、私が真実を突いている時、もしくはそれ以上深入りされたくないことに触れられた時だ。だから、あの人が攻撃的になっている時は、私のほうが優勢なのだと考えることもできる。

よし、最終兵器は決まったぞ。

夫であった人に対抗する手段を思いついた私は、とりあえず今は簡潔な返信だけを送ることにした。

「では、公正証書の説明については、あなたからしていただくよう、お願いいたします。」

＊

夫であった人と連絡を取り合うと、私はどうしてもイライラする。頭が鈍く痛み、身体がいうことを聞かなくなる。大丈夫、こちらのほうが優勢なのだ。そう思ってはみても、身体は正直だった。あんなメールのせいで、これからの数日間、この身体の不調に悩まされなければならないのか。

もうすぐ正午になる。昼食の準備をしなければならなかった。

夏休みは、保育園に行っている四番目の子供以外、朝から晩まで四人の子供たちが家にいる。普段は自分と末っ子だけだから、昼食など残り物で済ませられるが、夏休みの一か月半の間は、たとえ手抜きであっても、小学生の子供たち三人分の準備もしなければならない。それだけでなく、夏休み中は昼間にちょっと休むということがなかなかできなかった。末っ子は未だに夜中に何度かぐずる。慢性的な寝不足と連日の猛暑で、身体はずっしりと重く疲れきっていた。それに昨日の発表会と、さっきのメールのやり取り……。

私は自分の心と身体を、自分ではコントロールしきれなくなっていたのだろう。


「ねえ、そろそろお昼だから、ゲームやめて。ほら、その辺散らかってるのも片付けてー」

私が声をかけると、子供たちは面倒臭そうに「はーい」とか「うーん」とか返事をした。

私は冷蔵庫の中を覗き、ウインナーと野菜を数種類取り出した。袋入りの中華麺が買ってある。ラッキー。今日はヤキソバにしちゃおう。


正午のチャイムが鳴っても、二番目の子はまだゲームをしている。床もまだ散らかったままだ。

「ちょっとー、もうゲームやめなさいって言ったでしょー」

私がイライラした口調で言うと、二番目の子は、

「あーもう、ちょっと待って。途中なんだから」

と不機嫌に言う。ほかの子供たちは、私の機嫌が悪いのを察知して、そそくさと片付けを始めた。それでも二番目の子はまだゲーム機の電源を切ろうとしない。

「ちょっとジュン、いい加減にしなさい。みんな片付けているじゃない。あなたも散らかしたでしょう？　すぐに一緒に片付けなさい」

私が命令口調で言うと、二番目の子はゲーム機をポイッと投げ、ドンと足を踏み鳴らして立ち上がった。

「わかったよ！　まだ途中だったのに！」


こいつ!!

私は調理を途中でやめてリビングへと突進していった。

「あんた、なんなの？　偉そうに！　誰もあなたにゲームしてって頼んでやってもらっているわけじゃないのよ。それなのに、なんなの？　その偉そうな態度は！」

子供も負けてはいない。

「だって、途中だったんだもん！　最後までやらないと消えちゃうんだもん！」

「そんなの、また最初からやればいいでしょう！」

「だって、ボクまだ少ししかゲームやってないもん。だから最後までできなかったんだもん！」

「だったら、午前中に無理してやらないで、午後にやればよかったでしょう？」

「でも、みんなお昼の前にやったじゃん。そんなのずるいじゃん」

「別にずるくはないでしょう？　午前だって午後だって、ゲームには変わりないでしょう？」

「だって、みんなが終わるの待ってたら、遅くなっちゃったんだもん！」

「でも、もうお昼だって言ってるでしょう？　みんな片付けをしているでしょう？　どうしてあなただけ遊んでいるの！」

「だって、まだご飯できてないじゃん」

この子は……！

「じゃあ何？　私がぜ〜んぶ準備をして、『みんな、ご飯よ〜』って呼んであげなきゃならないの？　あんた何様のつもり？　私はあなたたちの召使いでもなんでもないのよ！」

「そんなこと言ってないじゃん」

「だったら片付けを手伝いなさいよ」

「じゃあ、ママだって片付けしなよ。ママだって自分のもの、片付けてないじゃん。いつもボクたちにばっかり命令してさ！」

　私を睨みつけて言い返すその姿は、あの人にそっくりだった。ふてくされた態度も、屁理屈で返してくるところも、話をすり替えるところも、何もかも、全部！

　私は二番目の子の胸ぐらをつかんで、頭をぺちんとたたいた。

「あんた、自分の言ってることがわかってるの？　そんなの、Dと同じじゃない！　なんでも私がやればいいと思ってるのね？　私が大変な思いをしても、かまわないと思っているんでしょう？　そういうところ、Dとそっくり！　自分が悪くても謝らないところ！

全部人のせいにするところ！　サボってばかりいるところ！　あんたのそういうところ、
大嫌い！　許せない！　あんたなんか……。Dのところに行っちゃえばいいのよ!!」

この子は本当にあの人に似ている。容姿も、性格も、何もかも。将来この子は、ああいう大人になるんだ。そんなこと、許せない！　自分の子供があんなふうになるなんて、そんなこと、絶対に、絶対に、我慢できない!!

私は子供の胸ぐらをつかんだまま、ゆさゆさと揺らし続けた。


「ダメ！　お母さん！　それ以上やったら……Dになっちゃう!!」


一番上の子の叫び声が聞こえ、私ははっとした。

三番目の子がわっと泣きだした。

この場面は、どこかで経験したことがある。そうだ、三番目の子の入学式の前日だった。

あの時も、あの人の怒声に驚いた三番目の子が泣きだしたのだった。

あんなに憎んで忌み嫌っていたあの人の行為と、同じことを私はしている……。

私は子供の胸ぐらをつかんでいた手を離した。気付くと二番目の子供は、ひっくひっくとしゃくりあげて泣いている。

「ごめん。こんなことしちゃいけなかった。言っちゃいけなかった。ごめん。ママが悪い……」

＊

どうしよう、どうしよう……。

私は鈍く痛む頭を抱えながら考えていた。

本当は、もうずいぶん前から気付いていた。二番目の子供は、夫であった人に一番似ている。この子のそういった面を見るたび、私は自分ではどうにもならない嫌悪感を覚えてきた。

容姿が似ていること。これは本人のせいではないからどうしようもない。屁理屈をこねるところ。これは裏を返せば、頭がいいということでもある。そして、意地っ張り。絶対に自分から謝らない。

これらはすべて、自分の子供でなかったら、全く気にもならなかったであろう。

「いい子じゃない。屁理屈をこねるなんて、頭がいい証拠だよ。親に言い返すのも、成長の証し。喜ばしいことじゃない」

私が他人だったら、きっとこんなふうに言う。

私も頭ではそう思う。でも、いくら頭でわかっていても、ダメなのであった。これはもっと原始的な感覚の問題だ。この子を見ていると、嫌悪感が湧き上がってくる。それは否定したところでどうにもならない、私の正直な感覚であった。

そしてその原因も、私にはわかっていた。夫であった人へのマイナス感情が強ければ強いほど、私はこの子を憎んでしまう。

虐待を受けた者は、自分も同じように虐待をするようになるという。アルコール依存症の親を持つ子供は、アルコール依存症になる確率が高いという。ＤＶを受けていると、自分も虐待をする側になりやすい。

嫌だ、自分はそうなるまいと思っても、自分が憎しみを持って見つめたであろうその行為を、なぜか人間は繰り返すことになる。

まさにそうなのであった。

夫であった人がいなくなってから、私はそれが真理であることを、よりいっそう強く感じていた。

夫であった人と一緒に住んでいた時は、子供を叱る時にはいつも、夫であった人に見られているような気がしていた。叱っている私の耳元で、夫であった人が不機嫌そうにささやいているような気がするのだ。

「お前の育て方がダメだから、子供たちがそうなるんだよ。そんなこと、早くやめさせろよ。お前は叱りすぎなんだよ。そんなんだから、お前はダメなんだよ……」

ダメだ、ダメだ、こんなんじゃダメだ……。そう思えば思うほど、きつく叱りつけている自分がいた。夫であった人に怒鳴りつけられている自分の姿を想像しながら、子供たちを叱りつけていた。

呪縛とは恐ろしい。断ち切ろうと思えば思うほど、どんどん強く縛られていく。

夫であった人と離れてから、子供たちを叱る回数が明らかに減った。夫であった人にかけられていた呪いから、解放されたのだと思った。だが、二番目の子が夫であった人に似ていると思う瞬間だけは、どうしても嫌悪感が込み上げてくることを自覚していた。

そう。この子が悪いのではない。あの人を憎む私の気持ちが、この子に向けられているだけなのだ。

どうしよう、どうしよう……。

どうしたらこの負の連鎖から抜け出せるのか……。

きっと、夫であった人への負の感情を消し去ってしまえれば、ここから抜け出せるであろうことはわかっていた。でも、これから先も、養育費や面会の件で、夫であった人とは定期的に連絡を取り合っていかなければならない。これは子供たちのために、どうしても続けていかなければならない。逃げるわけにはいかないことだった。

私は助けを求めて、ナナさんにメールを送った。

「ナナさん、相談したいことがあります。電話してもいい日時を、教えてもらえますか？」

＊

「ねえ、おばあちゃんに会いたいな……」

夏休みも終わろうという頃、一番上の子が言いだした。義母であった人は発表会の時に、子供たちへのプレゼントを持ってきてくれていた。それが嬉しかったのだろう。一番上の子は、義母であった人への否定的な感情が、薄らいできつつあるようだった。

物でつられると弱い性格は、どうやら私に似たらしい。私は苦笑しつつ、それは当然だろうなと思った。義母であった人も、もともと孫が憎くて意地悪をしたわけではない。その非常識さゆえ、孫の怒りを買ってしまったというだけのことだ。それに夫であった人と違って、直接的に子供たちを責めるわけでもない。時が経てば怒りが収まるのも、当然のことであった。

そろそろ最終兵器を使う時がきたかな。

私は、夫であった人に対抗するための最終手段を、使ってみることにした。

「それじゃあ、おばあちゃんに、電話してみようか」

電話をする前、私は一番上の子と、義母であった人に伝える内容を打ち合わせておいた。

①みんな、おばあちゃんのことを嫌っていない。お父さんに会いたくないだけ。
②お父さんはメールで、お父さんを嫌うなんて私が悪いというようなことを言った。
③私は、発表会には来て欲しくないと言ってあったのに、勝手に来た。
④これからは、孫に会いたい時は、ナナさんを通して欲しい。お父さんのことは通さないで欲しい。
⑤誕生日には、お父さんとは会いたくないが、おばあちゃんとは会いたい。プレゼントも欲しい。

①の「みんな」の中には私も含まれる。本当は嘘であったが、嫌っていないと思っていただいて悪いことは何もないので、訂正せずに子供の表現に任せることにした。②～⑤については、子供の気持ちであることには間違いないのだが、ここに私の意図も含ませておいた。

実は私の最終兵器とは、義母であった人と直接交流をすることであった。夫であった人を介して連絡を取り合っていたのでは、いつまで経っても、夫であった人の都合のいいように情報が操作されてしまう。夫であった人にとって一番避けたいのは、私と義母であった人が仲よくなることだと、私は見ていた。結婚してからの十二年、私と義母であった人は、夫であった人によって、うまくいかないようにコントロールされてきたのだと、最近思うようになっていた。誤解を招くように、不和を生むように、あの人は巧みにコントロールしていたのだ。

しかし、私と義母であった人が直接連絡を取るようになれば、正しい情報のやり取りが行われることになる。そうなると、今度は逆に、夫であった人の立場が悪くなると考えられるのだ。

義母であった人は、自分の価値観を持たない。他人の評価が、即自分の価値観にすり替わってしまう。だから、他人に「すごい」と言われれば「すごい」のだし、「いいわね～」と言われれば、それは「いい」ことなのだ。義母であった人にとっては、そうなのだった。だから、かわいい孫が「おばあちゃんが好き」と言えばその気になるし、その孫に「会いたい」と言われれば、息子がいくら阻止しようとしても、絶対にこちらに流れるはずだった。自分にとって都合のいいほうに流される、そういう人なのだ。義母であった人が一番大事なのは自分である。究極の局面に立たされた時、義母であった人は息子ではなく、自分が得をするほうを選択するはずだった。

子供たちが電話をすると、予想どおり、義母であった人は踊りださんばかりの勢いで喜んだようだった。そして、子供の話によれば、「私の話を信じてくれた」とのことだった。自分の息子が、嫌われても仕方のない父親であったことも、子供たちから拒絶されていることも、発表会に来て欲しくないと言っていたことも、メールバトルの内容も、すべて、「そうなのー。そうなのー」と聞いてくれたのだそうだ。

義母であった人が、子供たちの話を、本当に理解してくれた訳がない。そんなことは百も承知だった。でも、今はこれでいいと思った。今重要なことは、表面上だけでも、義母であった人と私たち母子が和解した形を取ることだった。夫であった人の、これからの行動を封じ込めるために。

この電話の会話の中で、義母であった人のことを一言も責めないということが、実はポイントであった。夫であった人もそうだが、この種類の人たちは、自分が責められることを一番警戒する。あなたのことを全く責める気がない、という立場を示すことは、この駆け引きをうまく制することができるかどうかの、重要な要素であった。

今のところ、この作戦はうまくいっているみたいだ。あとは、ナナさんのほうの作戦がうまくいくかどうか。

これ以上、私のすべきことはなかった。私は運を天に任せて待つしかなかった。

第七章　決別

九月に入り、子供たちが学校に行くようになると、私はやっと少し余裕のある生活が送れるようになっていた。

二番目の子供とは、夏休みが明けてすぐ、交換日記を始めた。口ばかり達者で生意気だが、ところどころ、びっくりするほど幼いと思うところがある。頭だけはどんどん成長していくのだろうが、心はまだまだ子供なのだ。夏休みの一件以来、この子とどう向き合っていくべきか、ずっと考えていた。そして、交換日記を思いついた。「嫌だ」と言われるかと思っていたら、意外にもすんなり「いいよー」という答えが返ってきた。口を開くと生意気なことしか言わないのに、ノートに書くことは驚くほど素直だった。きっと本人なりのプライドがあり、兄弟たちの前では甘えられなかったのだろう。この交換日記がどういう結果に結び付くか、本当のところ自信がない。もう手遅れかもしれないとも思う。だが、思い付くことはなんでもやってみようと思っていた。負の連鎖を断ち切るために。

末っ子ももうすぐ一歳を迎える。保育園に入れなかったため、ほんの少しだけ延ばしてもらった育児休業だが、年が明けたら、職場の院内保育所に末っ子を預け、職場復帰することになっている。こちらが甘やかすからなのか、本当に私にべったりでどうしようもないが、確実にこの子が最後の子であると思うと、可愛さもひとしおであった。私は、育児休業明けまでに残された時間を、ゆっくりと噛みしめるように過ごしていた。

家の中の片付けをしていたある日、私はふと思い立って、ジュエリーボックスの中を覗いてみた。

離婚すると決めた日から、私は左手の薬指から指輪を外していた。もう手元に置いておくのは嫌だったから、少し落ち着いたら売ってしまおうと決めていたが、そろそろいい時期かもしれない。夫であった人から贈られたほかのアクセサリー類も一緒に処分しようと思い立ち、私はジュエリーボックスを開けてみたのだった。

「あ……」

指輪やネックレスに交じって、くすんだ金色のコロンとしたボタンが出てきた。そう、これは中学校の卒業式の日に、大好きだった人からもらった第二ボタン。

そのボタンを手に取ると、私は思い出にのみ込まれそうになった。

そうだった、中学生の私は、この人に出会ったことを奇跡だと思ったのだった。

彼はH君と言った。背はさほど高くなく、取り立てて顔がいいわけでもなかった。でも、彼はとても面白い人で、いつも周りを笑わせてくれていた。そして、誰に対しても平等だった。

私が彼を好きになって、彼も私のことが好きだと知った時、私は奇跡が起きたと思った。だって、そうじゃないか。何十億人もいる地球上の人間たちの中で、私が思いを寄せたたった一人の人が、私のことも好きになってくれたなんて……。

卒業式に好きな人から学生服の第二ボタンをもらうことは、あの当時の女の子たちにとって、誇らしいことだった。第二ボタンは心臓に一番近い部分に付いている。だから、思い出にそのボタンをもらえるのは、一番好きになってもらえた女の子だけ。

でも、私にはなんとなくわかっていた。彼とは結ばれない。私たちの人生のレールは、どこまで行っても交わらない。これから先、きっと私たちは離れていってしまう。もっとあとになってから出会えばよかったのに、と何度も思った。でも、それが叶わないことも知っていた。そしてどんなタイミングで出会ったとしても、彼と私とは結ばれなかったということも。

その後、誰を好きになっても、どんな人と付き合っても、H君ほど好きになれる人はいなかった。いつでも、どんな時も、H君が私の中の一番だった。

そしてそれは、夫であった人と出会ってからもそうだった。

夫であった人にH君のことを話したことは、もちろんない。このボタンのことも。裏切っているようで悪いという気持ちはあった。でも、どうしても捨てることができなかった。

自分の心を殺すことなんてできない。

このボタンが証明している。

私の心は最初から、夫であった人のものではなかったのだ。

なぁんだ、最初から私の勝ちだったんじゃないか。

私は掌の上のそのボタンを見つめて、くすくすと笑った。そして気付くと、私は笑いながら泣いていていた。

私は夫であった人に屈してなどいなかった。このボタンが気付かせてくれた。私の心は、最初から自由だったのだ。

そうか、だからこそ……。

夫であった人は余計に苛立ったのだろう。私のすべてを手に入れることなどできない。完全に支配することなどできない。そう感じていたからこそ、焦っていたのだろう。

でも、馬鹿な人。

私は心の中でつぶやいた。

たとえ私の中でH君が一番であったとしても、それがなんだったというのだ。私が結婚相手に選んだのはあなただ。あなたが私の一番になるチャンスは、いくらでもあったはずなのに。

この世の中で、どれだけの人が、本当に一番好きな人と結婚できるのだろう。もし結婚相手に選んだ人が、一生のうちで一番好きな人でなかったとしても、だからなんだというのだ。夫婦の関係とは、二人で築き上げていくものだ。二人が思い合い、分かち合い、力を合わせて、自分たちだけの家庭を作っていく。その営みの中で、お互いがかけがえのない「一番」になっていくものなんじゃないのか。

あなたは私の一番になれたかもしれないのに、自らそのチャンスを手離した。
本当に、馬鹿な人……。

私は夫であった人から贈られたアクセサリーをすべて箱から取り出すと、握っていた第二ボタンを、そっと箱の中に戻した。
そして、決めた。

末っ子が昼寝から目覚めたら、このアクセサリーをすぐに売りにいこう！　そして、いくらかでもお金になったら、子供たちと一緒においしいものでも食べにいこう！

あなたからもらった物など、なんの痛みもなく手離すことができる。そして私はこれから、いつどこであなたに会おうと、あなたに何を言われようと、そよとも心を動かさずにいられる私になろう。あなたなど、私に微塵の影響力も持たない。それくらい、あなたの存在を、私の中からかき消してやる。

それが本当の意味での、あなたとの決別だ。

＊

九月の下旬、夫であった人からメールがきた。

「こんにちは。子供たちは元気ですか。

遅くなりましたが、ようやく養育費を支払える目途がつきました。今週中には、六、七、八月分を振り込みます。九月分以降は、まだ給料が入る見込みがないので、支払えるようになったらまた連絡します。

ご確認を、よろしくお願いします。」

あれ以来連絡をしてこなくなったと思っていたら、いきなりまともなメールがきた。今までの態度から一変して、気味が悪いほど普通のメールだ。

本来なら喜ぶべきところだが、今までのやり取りを経験している私は、どうしても裏があるのではないかと勘繰ってしまう。

養育費と公正証書の内容確認については、ナナさんにすべて任せることにしていた。ナナさんから、「私に策があるから、ミミちゃんはおとなしくしていて」と固く言われていたので、私は本当に何もせず、今日までおとなしくしていた。

夫であった人になんらかの動きがあったら、すぐに連絡して欲しいとナナさんから言われていた。私はすぐにメールを打った。

「ナナさん、お兄さんからメールがきました。なんだか急におとなしくなっちゃって、気味が悪いです。養育費を三か月分振り込むと書いてありました。どうなっちゃったの？ ナナさん、何したの⁇」

しばらく経って、ナナさんから返信がきた。

「兄と母に関する方程式が解けたのです！　その方程式どおりに、私の作戦を実行しているだけです。でも、即効性がある策ではないから、思ったより早く効果が表れているみたいで、私としては満足です。」

私には全くわけがわからなかった。

「なになに？　方程式って。作戦って何？　気になる〜〜〜。教えて！」

「今夜、仕事が終わったら電話します。方程式を解くのに、ミミちゃんの意見も大いに参考になりましたよ〜。ありがとう！」

ありがとうだなんて。お礼を言うのは私のほうなのに。

それにしても、どういうことだろう。

私はその夜、早々に子供たちを寝かしつけると、そわそわしながらナナさんからの電話を待った。

*

子供たちの寝静まったあとの暗い部屋で、私はナナさんと長電話をしていた。

「方程式っていうのはね……」

ナナさんは意味ありげに、少し得意そうに話し始めた。

「兄と母を引き離すこと」

「え、それだけ?」

「そう、それだけ」

私には具体的なイメージがさっぱり湧いてこなかった。私はうずうずしてナナさんをせっついた。

「もう、それじゃ全然わからない！　もうちょっと説明してよ。具体的には、どういうことをしたの？」

「あのね、兄と母は、要するに親離れ子離れができていないのよね。あの二人をくっつけておくと、ろくなことにならないと思ったわけ。この二人は、放っといたらいつまで経ってもくっついてる。それだけならいいんだけど、周りを巻き込んで不幸にする。だから強制的に引き離すしかないって。

といっても、物理的にくっついているわけではないから、精神的にね、もちろん。要するに、私がそれぞれに対して、別々に働きかけをしているわけ。

公正証書と、離婚届を出した日に私が書記をしたノート、あれを写メとって送ってもらったでしょ？　その内容をもとに、まず母に話をした。結論から言うと、母はやっぱり兄から何も聞かされていなかった。発表会に来ないで欲しいと言われていたことも、面会に関する約束も、養育費についても。私が説明したら、そんなことになっているなら、自分は図々しく出ていけないって言ってた。孫たちに会わせてもらえるのなら嬉しいけど、もし会えないことになっても、それはそれで仕方ないだろうって。自分の立場なら」

「えぇー、そんなものわかりのいいこと言ったの？」

「うん。まあ、いい子ぶってるだけだと思うけどね」

それにしたって、今までのわからんちんのイメージからは想像もできないほど、あっさりと身を引いたものだ。

「それで、お兄さんのほうは？」

「兄はねー。お給料がいつ入るかわからない、だから養育費がいつ払えるかわからない、それを素直にミミちゃんに言えなかっただけなんだね。よくわかんないけどね、そういう見栄って。だから、そういういい加減なことしてると困るのは自分じゃないのって、そう言っただけ。公正証書の内容を引用して。あとは、離婚の協議に私も立ち会ってるけど、あなたはこういうふうに言ってたじゃないって、いくつか釘を刺しといた」


それだけ？

非常にシンプルだった。普通のことだ。でも、同じことを私が言っても、きっとダメだっただろう。いや、絶対に。

そうか、当たり前のことを、私でない人が言うこと。それが必要だったんだ……。

「でも、言ってることはわかるけど、それだけであのお兄さんとお母さんを封じ込めることができたわけ？　なんか、まだちょっと信じられないけど」

私はまだなんとなく納得のいかない気分で尋ねた。するとナナさんは、自信たっぷりに答えた。

「二人に対する魔法の呪文はね、実は、『お父さん』なんだよね。母親は、自分の軸がない人でしょ。それに加えて、母親にとって、お父さんは一番だったの。レジェンドだったの。だから、お父さんの言うことが絶対で、お父さんが基準で、全部お父さんに寄りかかって生きてきたの。でも、そのお父さんが死んでしまった……。だから今度は、溺愛する息子を拠り所にしようと思ったのよ、母は。

でもその兄が、自分の軸を持たない人だった。今まではミミちゃんがいて、軌道修正してくれたからなんとか一人前の男の体面を保ってきたけど、ミミちゃんと離れたらもうガタガタでしょ？

だから、母親には、『これからは私を基準に考えて』って言ったの。『これから私は、お父さんが生きてたらどうするだろう、なんて言うだろう、そう考えて物事を決定していくから』って。そうしたら、コロッと私にくっついてきたよ。今まで兄にしがみついていたのに、簡単に。

兄にも同じように宣言したの。『これからは私がこの家の長になる！　私が、お父さんだったらこうしただろうと思うことを実行して、この家を引っ張っていく！』って」

「でも、プライドの高いお兄さんが、それでOKしたの？」

「それがね、兄も、もうどうしていいかわからなくなっていたんだろうね。なんせ自分に軸がない人だから。それでいいよって、むしろホッとした表情で言ったんだよね」

そうか……。

とても不思議な気がしたけれど、親子であるからこそ、兄妹であるからこそわかるものも、あるのかもしれなかった。私には感覚的に理解することが難しかったけれど、この家族にとっては、これが基準となる価値観なのだ。

「そういえばね、あの人はどうしてこんなふうになっちゃったんだろうって、何度も思ってたんだ。出会った時は友達も多くて、たくさんの人が集まってくるような人だった。不思議な魅力があって、磁石みたいな人だって思ってた。だけどね、数年前、ふと思ったんだ。ああ、この人は、いつからこんなにつまらない人間になってしまったのだろうって。そう思った瞬間を、はっきりと覚えている。昔はこの人のことが大人に見えた。でも今は、私のほうが大人になってしまった、私のほうが豊かになってしまったって。

それで、それから考えたの。いつからこうなってしまったのかって。そうしたら、わかったんだ。多分それは、お義父さんが亡くなってからだなって。

きっとあの人にとっては、お義父さんが怖い存在だったんだと思う。怖いって言うと語弊があるかもしれないけど。お義父さんは、本当に優しい人だったから。でも、あの人にとって、お義父さんがある種の抑制になっていた部分があると思うんだ。あの人、自分で自分を律することができないでしょ。誰かが目を光らせて、見張られていないと、自分を制御できないみたいな。そういう存在だったお義父さんがいなくなったから、あの人はもう抑制がきかなくなったのかなって思ったの。だから、どんどん横柄になって、やりたい放題するようになって」

ナナさんも、しみじみと言った。

「それはねー、実は私も思ってたんだ。私はミミちゃんとはちょっと見方が違うんだけど。私は、お父さんが死んじゃったことで、兄はこの一族のボスになったと思ったんだと思う。母親もああでしょう？　お父さんがいなくなったら兄にすがりついて、兄が一番になっちゃって。だから、自分がボスだと勘違いしちゃったんだね。自分はそんな器じゃないのに。だから、私もそう思うよ。兄の言動がエスカレートし始めたのは、お父さんが死んでからだって」


不思議だった。ナナさんは私と姉妹ではないのに、夫であった人の妹なのに、今ここで、こんな話をしている。私は、頭ではわかっていてもどうしても拭いきれなかった苦しい思いを、そっと打ち明けた。

「ナナさん。私ね、虚しいんだ。やりきれない。あの人にとって私は、物と同じだったたんだよ。所有物。私を大事にしてくれていると思ったのは、所有物に対する執着心にすぎなかったんだよ。私はあの人にとって、ただのアクセサリーにすぎなかった。私は結局、人としては愛されなかったんだよ」

それはただただ、虚しく、悲しい事実だった。

しかしナナさんは力強く言った。

「違うんだよ、ミミちゃん。それでも、兄にとってはミミちゃんが一番なんだよ。子供たちより何より、ミミちゃんなんだよ。兄は何よりも、誰よりも、ミミちゃんに執着してるんだよ」

その言葉は、私を救いはしなかった。けれども、今の私にとって必要な言葉であることには、間違いなかった。

ありがとう、ナナさん。

もしかしてナナさんは、魔法使いなのかもしれないね。

＊

今年も残すところあとわずかである。

十二月に入ったある日、私たちは家族で大掃除をしていた。子供たちは窓拭き、私は風呂掃除や普段行き届かない家具の裏、部屋の隅、窓枠の細部など、窓を開け放して、お祭り騒ぎのようにわいわいとやっていた。


去年まではこうはいかなかったな。

掃除とは苦しいもの、できればやりたくないもの。そういった空気が家中に流れていた。


でも今年からは違う。掃除って楽しいんだよ。綺麗になると気持ちがいいんだよ。いい気分で生活できるんだよ。そういうことを、子供たちに教えていける。なんでも一緒に経験していける。

私は明るい気持ちで、ボロ布と百均で買ったブラシを手に、掃き出し窓の桟に溜まった砂埃を丁寧に掻き出していた。

「ねえー、お母さーん」

二階で図書室兼受験勉強部屋の整理をしていた一番上の子供が、何やら神妙な声を出しながら下りてきた。

「えー、なあにー？」

私は作業の手を止めずに答えた。

「私が産まれたのって、結婚してからどれくらいだったの？」

「うーん、あなたの誕生日が十一月でしょう？　結婚したのが十二月だから、結婚して一年経たないくらいで、あなたが産まれたかな。あなたは夏生まれじゃないけど『ナツミ』って名前付けたくて、私、一生懸命漢字を考えたのよね」

どうして突然そんなことを聞くのだろうと思いながら、私は桟に詰まった砂埃と格闘しつつ、そんなふうに答えた。

「これ、去年の結婚記念日のことだよね……」

子供は、かがみ込んでいる私の顔の横に、何かを差し出した。耳元にかさかさという音を聞いた私は、ようやく手を止めて子供のほうを振り返った。

「何？　これ……」

子供は白いコピー用紙を差し出しながら、私を見下ろしていた。私はそれを受け取って、書かれている文字を目で追った。

それは、夫であった人が私に宛てた、ラブレターであった。

本人はそんなつもりはなく書いたものかもしれない。でもその内容には、私のことが好きでたまらないという気持ちがあふれ出てしまっていた。それはラブレター以外の何物でもなかった。

私の全身に、ふっと鳥肌が立った。嫌悪感によるぞわっとした感覚。

それから、私の心がズキンと痛んだ。なんだろう、この痛みは。

「何？　これ……」

私はもう一度、私を見下ろしている子供に尋ねた。

「あのね、図書室の掃除をしていたの。そしたら、コピー用紙の間から出てきた」

「コピー用紙の間って。使っていない真っ白なやつ？　その束の間に挟まっていたの？」

「うん、そう」

私はこれを書いた時の、夫であった人の気持ちを想像した。そして、これを置いていった時のことも。

私の胸をじわじわと、さらなる痛みが締め付けるのを感じた。その痛みは静かに、少しずつ、私の心を絞め上げていった。

ああ、なんて可哀そうな人。そして、なんて馬鹿な人……。

この人は、私の心が離れているなんて少しも気付かずに、この手紙を書いたのだろう。そして、書いたはいいが照れ臭くなって渡せなくなり、私がコピー用紙を使う時に気付いてくれればいいとでも思って、真っ白なコピー用紙の間に挟み込んだに違いない。あるいは、本当に紛れ込んでしまったのかもしれない。

けれども私は、間違いなく前者であると思った。うっかり紛れ込んだものが、真新しい紙の間にそんなにぴったりと収まるはずがない。もし仮に紛れ込んだものだとしたら、もっと早くに発見されていただろう。この一年間で、私も夫であった人も、何度となくコピーも印刷もしてきたのだから。

そして私は、夫であった人がこの手紙をそんなところに紛れ込ませたのは、多分離婚が決まってからのことだろうと思った。

あの人はこの手紙を渡すことも処分することもできずに、どこかに隠していた。けれども離婚することになり、書斎を片付けていた時に、この手紙が出てきた。あの日、のろのろと荷物を運び出しながら、あの人は考えたに違いない。この手紙の、効果的な利用方法を。

そして意図的に、この手紙を未使用のコピー用紙の間に紛れ込ませた。自分が出ていったあとに家族の誰かがこの手紙を発見し、後悔し、胸を痛めてくれることを期待して。

私は子供に向かって尋ねた。

「この手紙を読んで、どう思った？　Dさんのこと、少しは見直した？　私たちのこと、大事に思っていたんだなぁって。それとも、可哀そうだなぁと思った？」

するとと子供は、さらりと答えた。

「ううん。どっちでもない」

「え？　じゃあ、どう思ったの？」

「馬鹿だなぁと思った。こう思っていたなら、伝えなきゃ意味ないじゃん。もしちゃんと、こうやって伝えていたら、離婚しなくて済んだかもしれないのに。だから、今までよりももっと、ダメな人だなぁと思うようになった」

そうなんだ。

いかにも善き夫、善き父であるかのようなこの手紙も、この子の心を動かしはしなかった。

この子の言うことは、いつも正しい。


あの人が意図的にこの手紙を置いていったというのは私の勝手な推測だが、もしそうであったとしたら、あの人の作戦は完全に失敗だった。この手紙は、子供の同情を引くことすらできなかった。

そして私も。


私もこの手紙を読んで、彼を愛しいと思う気持ちも、後悔の念も、微塵も湧いてこなかった。

そして、さっき感じた胸の痛みは、憐憫だった。愛情でも同情でもない、ただの憐れみだった。この人は、なんて憐れで、悲しくて、淋しい人なのだろう。

この手紙の内容は、完全にあの人の妄想だ。彼はこれを書いた自分自身に酔っている。憐れみとか滑稽さを感じはしても、この人に対する愛情は、もう私の中に少しも残っていなかった。

あの人は私に会うたびに、連絡を取り合うたびに、私の様子をうかがっていたことだろう。いつあの手紙に気付くだろうか、そうしたら、どんな反応を示すだろうかと。

可哀そうに、私はなんの反応も示さない。これから先も、ずっと。

私は一生、この手紙に気付かなかったふりをしよう。あの人は一生、首を傾げながら生きていくだろう。あの手紙はどうなったのか、誰も読まなかったのだろうか、そう思いながら……。

さようなら。

あなたなど、私になんの影響力も持たない。

あなたの力は、もう私には届かない。

エピローグ――手紙

愛する妻へ

せっかくの結婚記念日、一緒に過ごせなくてごめん。
こんな日に出張だなんて、淋しい思いをさせて、本当に申しわけないと思っています。
結婚してから、干支でちょうど一周したね。
オレたちは、本当に理想の夫婦だと思います。
子供たちもすくすくと育ってくれている。

これ以上望むものは何もないよね。
こうやって、十年先も二十年先も、一緒に過ごしていけたらいいと思っています。
一緒のお墓に入ろう。
そして、ずっとずっと、一緒にいよう。

二〇一四年の結婚記念日に

君を誰よりも愛する夫より

あとがき

ここまで読んでくださった皆様。

長い長い物語に、辛抱強くお付き合いくださって、ありがとうございます。

まず最初にお断りしておきますが、この物語は、フィクションです。

ですが、私が離婚をし、その経験がこの物語を書くきっかけとなったこともまた事実です。

この物語はフィクションですが、だからといって現実からかけ離れているのでは意味がないと思いました。ですから、この作品から受ける印象は、私が経験してきたこと、見聞きしてきたことと乖離しないようにと思って書きました。つまり、ここに描かれている一つひとつの出来事はフィクションだとしても、そこから受ける印象は、現実と変わらないと思っていただきたいのです。

私などは運のいいほうです。受けたのはかすり傷程度のものです。でも、心身ともにボロボロに傷付けられながら逃げ出せない人たちが、一体この世の中にどれだけいることでしょう。

だから、そういう人たちがたくさんいるということに気付いて欲しくて、この物語を書きました。

そしてもう一つは、もしかして気付いていないだけで、誰しも同じ状況に陥っている危険性があるということです。自分も含め、自分の近くにいる人も、もしかしてそうなのかもしれない。だから、「これくらい我慢しなくちゃいけない」「こんなことくらいで離婚してはいけない」と思って自分を責め続けて、逃げずにそこに留まろうとしている人たちに、そんなことはないよと伝えたいのです。

今、私はとても幸せです。子供たちも、楽しそうにしてくれています。家の中が明るくなりました。もちろん、うまくいかないことや苦しいことはたくさんあります。これから先、予想もつかないような困難が待ち受けているかもしれないと思うと、不安に押しつぶされそうになることもあります。それでも、離婚したことを後悔したことは、一度もありません。本当に、微塵も、これっぽっちもです。

私はソーシャルワーカーという仕事柄、たくさんの人に出会います。人生の大きな課題を抱えた人たちばかりです。そういう人たちと関わっていて、実感として思うことがあります。

人生、なんとかなるものです。

本当に、どんなに厳しい状況にあっても、必ずどこかに救いの道はあるものです。相談に乗ってくれる専門機関は、必ずあります。そして、助けてくれる人も、必ずいるものです。だから自分の心の声に耳を傾け、しっかりと心の目を開き、勇気を出して一歩踏み出してみて欲しいのです。

最後に、この物語を書くに当たり、自分の経験を私に話してくれた人たち、自分のことを書いていいよと言ってくれた人たち、書くことを応援し、原稿を読んでダメ出しとアドバイスをしてくれた子供たち、出版に向けて私の背中を押し、今までサポートしてくださった文芸社の担当の方たち。そして最後まで読んでくださった読者の皆様方へ……。

本当に、ありがとうございました。

この物語が、どこかの誰かの助けとなりますように。

穂美

この物語はフィクションであり、実在する個人・組織等とは一切関係ありません。

著者プロフィール

穂美（ひなみ）

1976年生まれ。子持ちのシングルマザー。

社会福祉士、精神保健福祉士、介護支援専門員の資格を持ち、現役のソーシャルワーカー、ケアマネージャーとして活躍している。

さよなら、DV

2016年9月15日　初版第1刷発行

著　者　穂美
発行者　瓜谷 綱延
発行所　株式会社文芸社
〒160-0022　東京都新宿区新宿1－10－1
電話　03-5369-3060（代表）
03-5369-2299（販売）

印刷所　株式会社フクイン

ISBN978-4-286-17473-0